ハヤカワ文庫NF
〈NF470〉

ヒトラーのオリンピックに挑め
若者たちがボートに託した夢
〔上〕

ダニエル・ジェイムズ・ブラウン
森内　薫訳

早川書房
7818

THE BOYS IN THE BOAT

Nine Americans and Their Epic Quest for Gold
at the 1936 Berlin Olympics

by

Daniel James Brown

Translated by
Kaoru Moriuchi
Published 2016 in Japan by
HAYAKAWA PUBLISHING, INC.
This book is published in Japan by
arrangement with
WILLIAM MORRIS ENDEAVOR ENTERTAINMENT, LLC
through TUTTLE-MORI AGENCY, INC., TOKYO.

この本を次の人々に捧げる。

ゴーディ・アダム
チャック・デイ
ドン・ヒューム
ジョージ・"ショーティ"・ハント
ジム・"スタブ"・マクミラン
ボブ・モック
ロジャー・モリス
ジョー・ランツ
ジョン・ホワイト・ジュニア

そして一九三〇年代にまぶしく輝いていたすべての青年たちに。
われわれの父親たち、祖父たち、叔父たち、そして古い友人たちに。

ボートを漕ぐことは、ひとつの芸術だ。この世でもっともすぐれた芸術であり、動きの交響曲《シンフォニー》だ。すばらしく漕げば、完璧に近づき、そして完璧に近づけば、神の領域にふれる。自分の中の自分に、つまりは自分の魂にふれる。

——ジョージ・ヨーマン・ポーコック

しかし、私は故郷に帰ることを毎日のように願い、望み、故郷の地をふたたび踏む日のことを夢に見た……なぜならば、私はもうすでに波の上であまりに多くのものごとを耐え忍び、戦ってきたからだ。

——ホメーロス

目次

下巻目次

ヒトラーのオリンピックに挑め〔上〕

若者たちがボートに託した夢

ワシントン湖での夜明けの練習

プロローグ

ボートという、苛酷で、さして華々しくもなく、しかし何世紀にもわたって人々に親しまれてきたスポーツには、かならず何がしかの美がある。ふつうの人間は気づかなくとも、卓越した人間はそれに気づく。

ジョージ・ヨーマン・ポーコック

この本が生まれるきっかけは、冷たい小雨降る、晩春のある日の出来事だった。私は、わが家ととなりの敷地を区切る木の柵をのりこえ、雨に濡れた森を通り抜け、小さな木造の家をめざした。その家で、死病を得たジョー・ランツが私を待っていた。

彼の娘、ジュディの家の扉をその日たたくまで、ジョーについて知っていたことはたったのふたつだ。ひとつは、さっき私がよじ登ったあの柵が、ジョーの作ったものだということ。彼は七〇代なかばのころ、スギの丸太を何本もひとりで山からおろし、それを手ずから割って横木を作り、支柱を切り、敷地をかこむ全長六八〇メートル近い柵をつくりあげたのだ。私にはどう考えてもできそうにない、ヘラクレス的な偉業だ。

もうひとつ知っていたのは彼がそのむかし、一九三六年のベルリン・オリンピックで八人漕ぎボート競技の金メダルに輝き、漕艇界とアドルフ・ヒトラーを驚かせた九人の若者のひとりだったことだ。九人の若者はワシントン州の生まれで、農民や漁師や木こりの息子たちだった。

ジュディが扉を開き、心地よい居間に私を案内した。ジョーは長椅子の上に一九〇センチを超える長身を、足を高くして横たえていた。グレーのスウェットスーツを着て、鮮やかな赤のダウン入りブーティをはいている。顔には白いひげがうっすらと生えている。彼の命を奪いかけている鬱血《うっけつ》性心不全の影響か、顔は土気色で、両の目は腫れていた。すぐそばに酸素ボンベが立っている。薪ストーブの中で炎がパチパチと音をたてている。壁には古い家族写真が一面に飾られている。反対側の壁にはガラスの飾り棚があり、中には人形や陶製の馬や、白地にバラ模様の陶器がぎっしり入っている。森を見渡す窓のガラスに、雨の粒が落ちていく。ステレオからは、三〇年代か四〇年代のジャズが小さな音で流れている。

ジュディがジョーに私を紹介し、ジョーはこちらに手をさしだした。ありえないくらいに長くて細い手だった。

ジョーに会うことになったいきさつはこうだ。私が以前書いた本を、ジュディが父親のジョーに読み聞かせていたとき、ジョーが著者――つまりは私――に会って、話をしたいと言いだしたそうだ。ジョーは若いころ、アンガス・ヘイ・ジュニアという男と友だちだった。そして奇遇にもそのアンガスの父親は、本の中に主要な人物として登場していた。私たちはしばらくその本の話をした。けれども、話題はだんだんにジョー自身の人生へと移っていった。

ジョーの声は高くて弱々しく、今にも消えそうに細かった。ときおり、しばしの沈黙があった。娘のジュディが、父親を気遣いながらゆっくりと話のつづきをうながすと、ジョーはふたたび記憶の糸をたぐり寄せはじめた。子ども時代のこと。大恐慌のただなかの青年時代のこと。とぎれとぎれに、しかしきっぱりとした口調でジョーは、自分が耐え忍んだ数々の苦難と、のりこえた数々の障害について語った。私は座ってメモをとりつつ、彼の話に耳をかたむけた。最初は驚きながら。のちには仰天しながら——。

話題がワシントン大学のボート部のことにおよぶと、ときおりだがジョーは嗚咽《おえつ》しはじめた。彼は、漕ぎ方を学んだころのことを話し、シェル艇とオールについて話し、戦略とテクニックについて話した。鉛色の空の下、冷たい水の上で何時間もすごした思い出を話し、大勝利をおさめた試合や辛くも勝利した試合について話した。ドイツに渡り、ヒトラーの見つめる中、ベルリンのオリンピック・スタジアムに入場行進したときのことを話し、チームメイトについて話した。どんな話をするときも、ジョーは涙を流したりしなかった。だが「ボート」について語ろうとしたとき、ジョーは言葉に詰まり、明るい色の両目には涙がいっぱいにたまった。

最初私は、ジョーが〈ハスキー・クリッパー〉のことを言っているのだと思った。彼を栄光へと導いた、あのレース用シェル艇のことだ。それとも彼は、漕艇の世界で最大の勝利をもぎとった、あの奇跡のような九人のクルーのことを言っているのだろうか？　だがジョーが何度も言葉を詰まらせ、そのたび平静を保とうとするのを見るうち、彼のいう「ボート」とは単にハスキー・クリッパーをさすのでも、九人のクルーをさすのでもないのだと悟った。ジョーにとって「ボート」とは両者を含むと同時に、それらを超えた何かであり、神秘的で、ほとんど定義不能な何かだ。それは、いうなれば体験の共有だ。はるかむかし、輝かしいあの一瞬の時の中で、九人の善良な若者が協力しあい、一体となって目標に向かい、自分の持てるすべてを相手にさしだし、誇りと尊敬と友愛によってたがいに永遠に、固く結ばれたあの稀有な体験――。ジョーは泣いていた。それは一部には、輝かしいあの時が過ぎ去ったのを嘆いてにちがいない。けれども思うに、彼が泣いていたのはその思い出の美しさゆえだ。

その午後、いとまごいをはじめると、ジュディはガラス棚からジョーの金メダルをとりだして、私に手渡した。それに見惚れているあいだ、ジュディはそのメダルはじつは数年前に一度なくなったのだと話した。家族は総出でジョーの家をすみずみまで探したが、結局見つけられず、なくなったものとしてあきらめていた。それから何年もたって家の改築の準備をしていたとき、ようやく見つかった。屋根裏部屋の絶縁体の中に、それはひっそりと隠されていた。おそらくは金メダルの輝きに魅せられたリスが、自分ひとりの宝物にしようと隠してしまったのだろう。ジュディがこの話をしているあいだ、頭にふとある考えが浮かんだ。

ジョーの話もこのメダルと同じように、人目につかないところにあまりに長いあいだ、しまわれすぎていたのではないか、と。

　私はジョーの手をもう一度握り、こう言った。

「また来ます。もっと話を聞かせてほしいので。それから、あなたのボートの話を本に書いてもいいでしょうか？」

　ジョーは手を握り返し、かまわないと答えた。だが、彼はもう一度言葉を切り、おだやかに、諭すようにつづけた。

「でも、私のことだけを書くのはだめだ。ボートのことを書いてくれ。ぜったいに」

第一部　彼らが通り過ぎてきた季節　一八九九年—一九三三年

1930 年代、ワシントン大学の艇庫

第一章　すべてのはじまり。一九三三年、シアトル

私は一二歳のころからずっとボートを漕いできた。だから、ボートという競技のいわば知られざる価値について、厳然と語ることができる。ボートという、記録に残る世界最古のスポーツには、社会的、道徳的、精神的価値がある。口でどれだけ教えても、若者にこれらの価値を培わせることはできない。自分の目で観察し、自分で学ばなければ、それは身につかない。

ジョージ・ヨーマン・ポーコック

一九三三年一〇月九日、月曜日。シアトル。曇り空の一日が明けた。灰色の時代の、灰色の一日だ。

ゴースト空輸の水上飛行機がピュージェット湾の水面をゆっくりと飛び立ち、一面の雲の下を西へと低く飛ぶ。飛行機がめざすのはすぐ近くのブレマートンにある海軍の造船所だ。ダウコールマン・波止場《ドック》からはフェリーが、波のない鈍い青灰色の水面を這うように進む。

ンタウンにそびえるスミスタワーは巨大な人差し指のように、薄暗い空をさしている。タワーの下にある道路では、すり切れた上着にすり切れた靴、すり切れたフェルトの中折れ帽といういでたちの男たちが、木製の手押し車を押して町に向かう。カートに積んだリンゴやオレンジやガムを、一個数セントで日がな一日売るためだ。シアトルでいちばん古いドヤ街、イェスラーウェイの急な坂道のあたりには、もっとたくさんの男たちが長い列をつくっている。男たちはみな下を向き、濡れた歩道を見つめ、仲間同士、小さな声でなにかを話しながら、無料給食施設《スープ・キッチン》が開くのを待っている。『シアトル・ポスト・インテリジェンサー』紙のトラックが、丸石を敷いた道路をがたがたと走り、新聞の束を落としていく。ウールの帽子をかぶった新聞売りの少年たちがその束を、人通りの多い交差点や市街電車の停留所やホテルの入り口まで引きずっていく。そして新聞を高く掲げ、見出しを大声で叫びながら、一部二セントで新聞を呼び売りする。「アメリカ経済の立て直しに一五〇〇万ドル！」イェスラーウェイから南に数ブロック行くと、エリオット湾沿いに貧民街が広がっている。そこに住む子どもが毎朝目を覚ますのは、寝床代わりの湿っぽい段ボール箱の中だ。親はブリキとタール紙のバラックから這い出し、外に出る。あたりには腐った海藻とゴミの臭いが西の干潟からただよってくる。彼らは捨てられた木箱をこわし、体をかがめ、木っ端を焚火にくべながら一面灰色の空を見上げる。空には、さらに冷たい天気がやってくる予兆がある。これから来る冬をいったいどうしのげばいいのかと、彼らは頭を抱えこむ。

　ダウンタウンの北西、古くから北欧移民の住むバラード地区では、タグボートが黒煙を吐

シアトルの貧民街、フーヴァーヴィルの光景（当時）

きながらいかだ舟を曳いていく。舟は閘門《こうもん》（高低差の大きい運河などで船舶を昇降させる装置）を通ってワシントン湖に押し上げられる。しかし、閘門近くの埃だらけの造船所やボートの修理工場は、おおかたがひっそりとして、ほとんど打ち捨てられている。すぐ東にあるサーモン湾では何十隻もの漁船が、係留されたまま数カ月も使われずに、ぷかぷかと波に揺られている。風雨にさらされた船体の塗料がはげかけている。バラード地区の向こうにぼんやり見えるフィニーリッジでは、何百もの小さな家の煙突から煙がゆらゆらとたちのぼり、もやのなかに溶けていく。

大恐慌がはじまって、もう四年になっていた。アメリカの労働人口の四人に一人は――つまり一〇〇〇万人は――仕事がなく、仕事を得られる見込みもなかった。そして、何らかの救済金を受けとっているのは、そのうちの四分の一にすぎなかった。工業生産高は、過去四年間で半分に落ち込んでいた。ホームレスになった人々は、すくなくとも一〇〇万人、へたをすれば二〇〇万人近くもいた。家を失った彼らは路上やシアトルのフーヴァーヴィル（世界恐慌時にアメリカ各地にできた貧民街。名前は、アメリカを世界恐慌に陥れたと非難されたフーヴァー大統領に由来している）のような貧民街で暮らした。アメリカの多くの町では、銀行という銀行の扉が永遠に閉ざされ、その扉の向こうで無数のアメリカ人家庭の蓄えが無と化した。厳しい時代がいったいいつ終わるのか、いやそもそも終わりが来るのか、だれにもわからなかった。

そう、おそらくいちばん恐ろしいのは「だれにもわからない」ということだ。銀行家《バンカー》もパン屋《ベイカー》も、家庭の主婦《ホームメイカー》も浮浪者《ホームレス》もみな、未来についての恐ろしい不安から昼も夜も解放されない。いつなんどき自分の足下が崩れ去るかわからない、そんな不安と無縁の人はどこにもいない。三月には奇妙なほどこの世相を反映した映画が封切られ、たちまち大ヒットになった。その映画は『キング・コング』。アメリカ中の映画館に長蛇の列ができ、あらゆる年齢層の人がなけなしの硬貨をにぎりしめ、巨大で非理性的な野獣が人々の生活をおそう物語を見にきた。キング・コングは人間たちをその手でつかみ、深い淵の中に落とした。

良い時代がやってくる兆しも、ないわけではなかった。だがそれは、兆しにすぎなかった。その年の初めに株式市場は一時的にもちなおし、三月一五日にはダウ平均株価が六二・一〇まで上昇した。わずか一日のうちに一五・三四パーセントも上がるのは、新記録だった。けれどもアメリカ人は一九二九年から一九三二年の終わりまでに、あまりに多くの資本が崩壊するのをその目で見てきた。だからほとんどすべての人は、ダウ平均が以前と同じ三八一ポイントまで回復するにはゆうに一世代分の年月、つまり二五年程度はかかるだろうと信じていた（その予測が正しかったことは、のちに判明する）。それに結局のところ、ゼネラル・エレクトリック社の株価がどうなろうと、株などもっていない大多数のアメリカ人にとっては関係のないことだ。大多数の人々にとって重要なこと、それはベッドの下に隠してある金庫やガラス瓶――いまやアメリカ人は、自分の手元に残った貯金はこうした場所に保管するようになっていた――が、ほとんど空っぽに近いという危機的状況にあることだ。

ホワイトハウスには新しい大統領がいた。フランクリン・デラノ・ルーズヴェルト。陽気でエネルギッシュだったセオドア・ルーズヴェルト元大統領の遠いいとこにあたる男だ。フランクリン・ルーズヴェルトはたくさんのスローガンや計画をたずさえ、楽観をふりまきながらホワイトハウスにやってきた。だが、前大統領のハーバート・フーヴァーも、同じような楽観論をとうとうと述べていたのだ。アメリカからいっさいの貧困がなくなる日がまもなく来ると、フーヴァーは明るく予言していた。「われわれの国はゆたかな資源と、すばらしい美しさをもっている。何百万もの幸福な家庭であふれ、快適さとチャンスに恵まれている」。フーヴァーはこの言葉を、就任演説の時に述べた。そして、さらにひとこと付け加えた。「今日、われわれアメリカ人はどの国家の歴史にも見られなかったほど、貧困の克服に近づいている」。その言葉が痛烈な皮肉になってしまうのは、ずっとあとのことだ。

新大統領ルーズヴェルトは、だれも予測していなかった運命をたどることになった。その夏、ルーズヴェルト大統領が計画に着手しようとすると、反対の声があちこちでいっせいにあがり、彼は「ラジカル」、「社会主義者」と呼ばれ、果ては「ボリシェビキ」とまで言われた。これを耳にした人々は恐怖に震えた。何が恐ろしいといって、アメリカ人にとって、ロシアと同じ道をたどることほど恐ろしいことはなかったのだから。

ドイツでもこの年の一月、新しい男が権力の座についていた。男が率いるのは国家社会主義ドイツ労働者党という、暴力的な行為で知られる政党だった。それが何を意味するかを理解することは、ルーズヴェルト大統領の行く末を占う以上に困難だった。ともかく権力の座についたその男、アドルフ・ヒトラーはヴェルサイユ条約を無視し、ドイツの再軍備に全力を注ぎはじめていた。おおかたのアメリカ人はヨーロッパ大陸で起きていることにまるで関心がなかったが、イギリスは徐々に無関心ではいられなくなった。イギリスにとって、第一次世界大戦の惨禍がふたたび繰り返されるか否かは重要な問題だった。ふたたびあのような戦争が起きる可能性は低いように見えた。だが、可能性がないとは言い切れなかった。暗雲は消えることなく、漂いつづけていた。

しかしこの日のシアトルでは、曇り空も暗さも長くはつづかなかった。午前中のうちに、空を覆う雲には切れ目があらわれはじめた。シアトル市の背後までひろがるワシントン湖の静かな水面は、灰色から緑色へ、そして青へとゆっくり色を変えていった。湖を見おろす断崖にたつワシントン大学のキャンパスでは、斜めに差しこんできた太陽の光が、広い中庭の芝生にたむろする学生の肩をあたためはじめた。芝生の向こうには、新しい巨大な石造りの図書館がある。学生たちは芝生の上で、昼食を食べたり、本に読みふけったり、おしゃべりに興じたりしていた。真黒なカラスが学生のあいだをふんぞり返って歩き、ソーセージやチーズのかけらがどこかに落ちていないかと目を光らせている。図書館のてっぺんにはステンドグラスの窓があり、ネオゴシック調の尖塔が天をさしている。カモメが甲高い声で鳴きながら、徐々に青くなっていく空に白いループを描いていく。

学生たちはだいたいが、男女別々のグループになって座っていた。男子学生のいでたちは、プレスされたスラックスに、つやつや光るオックスフォードの靴、そしてカーディガンという具合。彼らは食事をしながら、熱心におしゃべりをしている。話題は授業のこと。間近に迫ったオレゴン大学とのアメリカンフットボールの試合のこと。あるいは二日前に終わったワールドシリーズの意外な幕切れのこと。一〇回ツーアウトで打席に立った、ニューヨーク・ジャイアンツのちび、メル・オット選手は、カウント・ツー・ツーからセンターへのホームランを放ち、これが決勝点となってジャイアンツはワシントン・セネタースを下し、ワールドシリーズの勝者となった。この出来事は、小柄な男のおかげで状況が一変することもあるのだと示すと同時、ものごとは何かの拍子に良いほうにも悪いほうにも突然変わってしまうのだと、人々に思い出させた。男子学生の何人かは、エイジュの根で作られたブライアーパイプを気だるげに吸っている。タバコを口にくわえながら、『シアトル・ポスト・インテリジェンサー』紙のページを繰っている学生もいる。彼らはある半ページの広告を満足げに眺める。そこには喫煙の健康効果を示す最新の実証例が紹介されている。「ワールドシリーズの覇者、ジャイアンツのメンバーの二三人中二一人はキャメルのタバコを吸っている。タバコが神経を安らげてくれたおかげで、彼らは勝利をおさめられたのだ」

芝生の上に座っている女子学生たちは、かかとの低いパンプスにレーヨンのソックス、そしてふくらはぎまでのスカートをはいている。ふんわりしたブラウスには、袖口と襟元にひだ飾りがほどこされている。髪は、さまざまなスタイルやかたちにセットされている。男子学生と同じように、女子学生も授業の話や、野球の話をしたりしている。週末にデートに行ってきた学生は、新作映画について話す。ゲイリー・クーパーの『ある日曜日の午後』。フランク・キャプラの『一日だけの淑女』。男子学生と同じように、女子学生の何人かはタバコを吸っている。

昼ごろには雲が晴れ、太陽が姿をあらわした。金色の光に満ちた、あたたかで透明な午後のはじまりだ。

図書館前の中庭の芝生をひときわ背の高い青年が二人、足早に駆け抜けていった。青年の一人の名はロジャー・モリス。一九二センチのひょろりとした長身に、くしゃくしゃの黒髪。前髪が始終落ちかかる面長な顔。太くて黒い眉のせいで、一見こわもての風貌だ。もう一人はジョー・ランツ。ロジャーと同じくワシントン大学の一年生で、ロジャーより若干背は低いが、がっしりした肩とたくましい両脚に恵まれた、しっかりした体つきをしている。髪はブロンドで、クルーカットに刈られている。顎の輪郭はくっきりとし、全体に整った顔立ちだ。瞳は青とも灰色ともつかない微妙な色だ。芝生の上に座った女子学生の何人かが自分にちらりと視線を送るのを、彼は目の端でとらえる。

二人は工学の授業のクラスメイトだ。その晴れた午後、二人は同じ野望をもって、ある場所に向かっていた。図書館の角を回り、フロッシュ池のコンクリートの縁沿いを走り、長い芝生の斜面を駆け下りる。黒のクーペやセダンやロードスターの車の流れをよけながらモントレイク通りを横切り、さらに東へ。バスケットボールのコートと、大学のアメリカンフットボールの競技場として使われている馬蹄形の窪みのあいだを抜け、今度は南に折れる。開けた森の小道を抜けると、ワシントン湖をとりまくぬかるんだ一帯に到着する。さらに歩みを進めるうち二人は、同じ方角をめざす何人かの男子学生に追いついた。

彼らがたどり着いたのは、地元の人間が「ザ・カット」と呼ぶ運河、正しくは「モントレイク・カット」がワシントン湖の西側のユニオン湾に注ぐその地点だ。そこには奇妙なかたちの建物が立っている。大きな窓がいくつも並んだ側壁は、風雨にさらされた木羽板《こばいた》でおおわれ、中心に向かってわずかに傾斜している。その上にあるのは、二段勾配の腰折れ屋根。正面にはスライド式の巨大な扉があり、扉のほぼ上半分にはガラスがはめこまれている。そのスライド式の扉から幅広い木製のスロープが延びている。運河の岸と平行に浮いている長い桟橋まで、そのスロープは続いている。

建物は一九一八年に海軍が建てた格納庫だ。第一次世界大戦中、海軍航空部隊訓練学校の水上飛行機を格納するためにつくられたものだ。しかし、建物がじっさいに使われるように

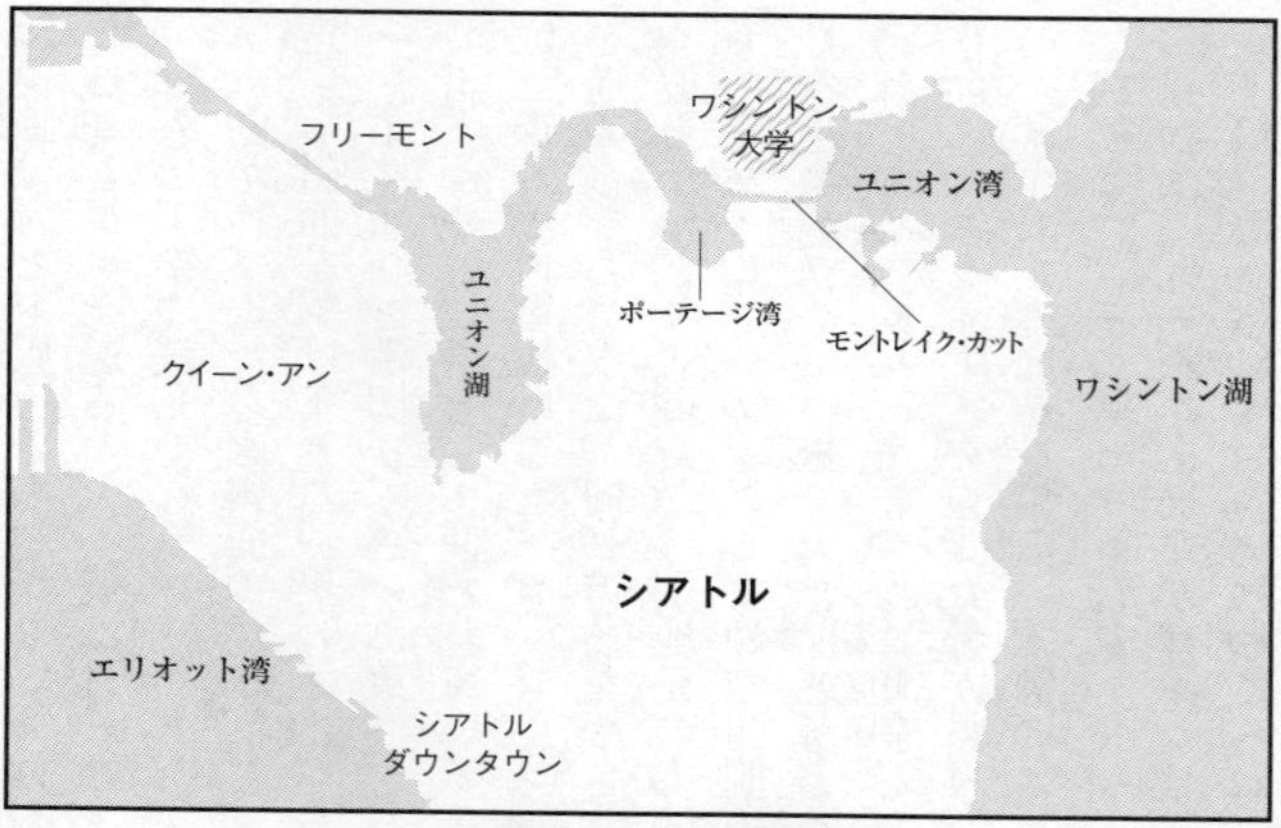

ワシントン大学周辺図

なる前に戦争自体が終わってしまった。だからその建物は一九一九年の秋にワシントン大学に譲り渡され、以後、大学のボート部のシェル艇をしまう艇庫として使われてきた。今、水辺につづく幅広いスロープにも、建物の東側にある狭い岩棚にも新入生の群れがごった返し、所在無げにあたりをうろついている。その数は一七五人。おおかたの学生はすらりとした長身だが、細身ではあるがあきらかに背の低い学生も十数人はいる。紫色の大きな「W」という紋章をつけた白いジャージ姿の上級生もその場に何人かいる。彼らは建物に寄りかかりながら腕を組み、新参者の品定めをしている。

ジョー・ランツとロジャー・モリスは建物の中に足を踏み入れた。洞穴のような空間の両脇には、細くて長いレース用シェル艇が木の台の上に四段に積み重ねられている。上下を逆さにされたつやのある木製の船体に、高い窓から日の光が白い矢のように降り注ぎ、足を踏み入れた者を一瞬、教会の中にいるような気持ちにさせる。静謐《せいひつ》で乾燥した空気には、ニスの甘い匂いと切りたてのスギ材のさわやかな香りが漂う。さまざまな大学のカラフルな、だがすこし色褪せた校旗が高い垂木からいくつも下がっている。カリフォルニア大学、イエール大学、プリンストン大学、海軍兵学校、コーネル大学、コロンビア大学、ハーヴァード大学、シラキュース大学、マサチューセッツ工科大学。部屋の隅には、トウヒでつくられたオールが何十本も立てかけてある。それぞれの長さは三メートルから三・五メートルあまり。先端には白いブレードがついている。屋根裏の奥のほうにある部屋からは、だれかが木にやすりをかけている音が聞こえる。

ジョーとロジャーは新入生の登録帳にサインをすると、建物の外の陽だまりの中に出て、ベンチに腰をおろし、次の指示を待った。ジョーはロジャーをちらりと見た。ロジャーはリラックスして、自信にあふれているように見えた。

「ずいぶん落ち着いているんだね」。ジョーがため息交じりに言った。

ロジャーが振り返って言った。「パニックだよ、内心は。ライバルを怖気づかせるために、平気なふりをしているだけさ」。ジョーはすこしだけ笑った。彼自身、パニックになりかけていたから、笑顔を長く保つことができなかった。

この日の午後、この場に集まった青年のだれよりもおそらくジョー・ランツにとって、ボート部への入部は自分のこれからを左右する大きなできごとだった。彼はそれを十分すぎるほど自覚していた。さっき芝生の上で彼に流し目を送ったあの女学生たちは気づかなかったかもしれない。けれど、彼には痛いほどわかっていることがある。それは、彼の服装がほかの生徒とはちがっていることだ。ズボンには折り目がついていない。オックスフォードの靴は新しくもなく、輝いてもいない。セーターは新品でも清潔でもなく、だれかのおさがりのくたびれたしろものだ。ジョーは冷たい現実を理解していた。自分は場違いな存在だ。このボート部で芽が出なければ、折り目のついたズボンやブライアーパイプや、カーディガンやセーターや、興味深いアイディアや洗練された会話やすばらしいチャンスにあふれたこの世界にとどまることはきっとできない。化学エンジニアになることもできない。将来を誓い合い、彼を追ってシアトルまで来た高校時代の恋人との結婚も、かなわなくなるかもしれない。ボート部での競争にもし勝ち残れなかったら、オリンピック半島の小さな寒村に戻って、将来に何の展望もないまま、冷たい、空っぽの、つくりかけの家にひとりぼっち、半端仕事で日銭を稼いだり食べ物を探し回ったりしながらその日暮らしをするのが関の山だ。運が良ければ市民保全部隊（一九三〇年代のアメリカで行なわれた失業対策プログラム）の高速道路建設の仕事にありつけるかもしれない。運がなければ最悪、イェスラーウェイのスープ・キッチンの外で長い列をつくる、うちひしがれた男たちの仲間入りだ。

新人クルーのメンバーに選ばれれば漕艇の奨学金がもらえる、というわけではない。一九三三年のワシントンにそんなものは存在しなかったが、キャンパスのどこかでパートタイムの仕事をする保証は得られる。高校卒業後、厳しい肉体労働でこつこつ貯めたなけなしの蓄えとあわせれば、なんとか大学を卒業できるはずだ。けれどジョーは知っていた。ここに集まっている青年のおおかたは今から数週間でふるいおとされ、残った一握りの学生で一年生のメンバーの座を争うことになるのだと。結局のところ、シェル艇にはたった九つの座席《シート》しかないのだから。

その日の午後のおおかたは、身体測定や問診に費やされた。ジョー・ランツとロジャー・モリス、そしてそのほかの新入生たちは体重計に乗るよう指示され、尺杖《しやくじよう》の横に立つよう指示され、医学的なこまごまとした情報を書類に記すよう指示された。アシスタントコーチと上級生がクリップボードを手にそばに立ち、新入生を観察しながらつぎつぎ情報を書き込んでいく。結局、新入部員のうち身長が六フィート（一八三センチ）を超える者は三〇人いた。六・一フィート（一八五センチ）を超える者は二五人、六・二フィート（一八八センチ）を超える者は一四人。六・三フィート（一九〇センチ）を超える者は六人。六・四フィート（一九三センチ）の学生は一人。そして二人の学生は、あるスポーツ記者によれば「六・五フィート（一九五センチ）を超える、雲に届くほどののっぽ」だった。

あれこれ指示を出しているのは、大きなメガホンを手にした細身の若い男だ。新入生のコーチで、名前はトム・ボレス。自身もワシントン大学の卒業生で、在学時はボート部で漕手をつとめた。おだやかそうな顔立ちにやや尖った下顎、ワイヤー縁のメガネが良く似合うボレスは、大学では歴史を専攻し、今は修士課程にいる。その学者然とした風貌のせいで、シアトルのスポーツ記者はボレスのことをいつしか「プロフェッサー」と呼ぶようになった。

その秋、いや正確には毎年の秋、教授ことボレスに課された任務は、さまざまな面において学生たちを〈教育〉することだった。バスケットボールやアメリカンフットボールのコーチが毎年秋に迎える新入部員は、おおかたが高校時代にその競技の経験を積み、すくなくとも競技のイロハは知っている連中だ。かたや、その日の午後艇庫のまわりに集まった若者のほとんどは、それまでの人生でただの一度もボートを漕いだことはない。すくなくとも、レース用シェル艇のような繊細かつ無慈悲な舟の上で、自分の身長の二倍もあるオールを漕いだ経験はまずない。

新入生のおおかたは中庭にたむろしていた青年らと同じように町育ちの、弁護士やビジネスマンの息子で、ウールのスラックスにカーディガンやセーターという小ぎれいな恰好をしている。ジョーのような、農家や木こりや漁師の息子は少数派だ。靄《もや》の立ち込める海辺の村や、じめじめした泥だらけの農場、あるいは州のあちこちで煙を吐く材木の町で生まれ育った彼らは、魚をとる鉤竿《かぎざお》や斧や熊手を幼いころから振り回してきたおかげで、強い腕とがっしりした肩に恵まれている。そうした肉体的な強靭さはたしかに彼らの強みだ。

だがボートとは、トム・ボレスもその他の人間も知っているように、筋力だけの勝負ではない。筋力の勝負であるのと同時、それは一種の芸術でもあり、肉体的な強さと同じほど、鋭い知性が必要になる。学ぶべきことや身につけなければならないことや、正しいやり方できちんとできるようになるべき細々したことは山のようにある。それができなければ、人間の肉と骨を載せた総計四分の三トン、幅六一センチのシェル艇を水の上で自在のスピードで優雅に操るなどできるわけがない。ここにいる青年たちに、正しくいえばチームにメンバー入りする一握りの青年たちにこれから数カ月間、山のような細かい教えをひとつ残らず叩き込んでいかなくてはならない。だが、それとは別に大きな問題がある。農家のせがれたちは、この競技の知的な側面を果たして習得することができるのか？　町育ちの青二才は、音をあげずについてくる根性をもちあわせているか？　ボレスの知るかぎり、たいていの場合、答えはどちらも「ノー」だ。

ボレスのほかにもう一人、背の高い男が艇庫の幅広い入り口近くに立ち、新入生のようすを静かに眺めている。黒い三つ揃えのビジネススーツに糊のきいた白いシャツ、ネクタイ、中折れ帽という、いつも通りのすきのない出で立ちだ。手は、全米優等学生友愛会〈ファイ・ベータ・カッパ〉の会員章の紐をもてあそんでいる。これが、ワシントン大学ボート部のヘッドコーチ、アル・ウルブリクソンだ。万事にきちょうめんな性格の彼は、その洋服の着こなしを通じて、あるシンプルなメッセージをまわりに伝えている。それは、ここでは彼がボスだということ、そして彼が真剣だということだ。まだ三〇歳のウルブリクソンはその若さゆえ、指導する青年らとのあいだにはっきり境界線を引く必要があった。ビジネススーツやファイ・ベータ・カッパの会員章はそのための道具でもある。整った容姿や、むかし漕手だったことをうかがわせるがっしりした体つきも、彼に一目置かせるのに役立っていた。ウルブリクソンは学生時代、ワシントン・クルーの整調《ストローク》として一九二四年と一九二六年に全米選手権のチャンピオンに輝いた。長身で筋骨たくましく、広い肩幅。高い頬骨や鑿《のみ》で彫った

アル・ウルブリクソン

ような顎の線。そして冷たい石板色の瞳は、あきらかに北欧の人間のものだ。彼の言葉に学生のだれかが反論をしようとしても、その目を見たとたん何も言えなくなってしまう、そんな瞳だ。

ウルブリクソンが生まれたのは、このシアトルのモントレイク地区の、艇庫からさほど離れていないあたりだ。彼はその後、ワシントン湖を数キロ下ったところにあるマーサー島で育った。まだこの島が金持ちに囲い込まれるずっと前の話だ。彼の家庭はそのころ非常に貧しく、両親は懸命に働いて糊口《ここう》をしのいでいた。フランクリン高校に通うためにウルブリクソンは毎日、小さなボートをシアトルまで三キロ漕ぎ、また同じ距離を漕いで戻ってこなくてはならなかった。彼はそれを毎日、四年のあいだ続けた。成績は優秀だったが、教師にとくに何かを触発された覚えはない。彼がはじめて本気で何かをしたのは、ワシントン大学に入学し、ボート部のメンバーになってからだ。教室でも水の上でもライバルに触発されたウルブリクソンは、どちらの分野でも優れた成果をおさめ、一九二六年に卒業するとすぐに大学からボート部の一年生のコーチとして雇われた。そしてその後、ヘッドコーチになった。彼にとってワシントンのボート部は生活であり人生そのものだった。ワシントン大学とボート部が、彼という人間をつくりあげたともいえる。今やボートはウルブリクソンにとって、ほとんど宗教に等しいものだった。彼のつとめは、いわば改宗者の獲得だ。

ウルブリクソンはまた、大学のキャンパスでいちばん、いやおそらく州の中でもいちばん寡黙な人間だった。彼の口の重さと不可解な表情は語り草だった。デンマーク人とイギリスのウェールズ人を親にもつ彼の口からまともなコメントがなかなか引き出せないことに、ニューヨークのスポーツ記者はいらつくと同時に不思議と魅了され、ウルブリクソンにいつしか「気難し屋のデーン人」とあだ名をつけた。ボート部の学生もそれを言いえて妙だと感じていたが、本人の前でその名を口にできる強者《つわもの》はひとりもいなかった。学生にとってウルブリクソンは、多大な敬意を払わなければいけない存在だった。彼は大声をあげずとも、いやほとんど言葉すら発しなくても、それをきっちりと学生に伝えた。彼が口にする注意深く選ばれたわずかな言葉は、相手をあるときは剣のように刺し、あるときは慰撫した。ウルブリクソンは学生に飲酒と喫煙を厳しく禁じ、汚いののしり言葉を使うことも禁じた。しかし彼自身はその三つをすべて、学生に見られたり聞かれたりしない場所でときおりやっていると噂があった。学生らにとってウルブリクソンはときに、まったく感情のない人間に見えた。だが年月を重ねるうち彼らはウルブリクソンの言葉から、それまで経験したことがないほど深い、肯定的な感情を呼び起こされるようになった。

その午後、新入生を観察しているウルブリクソンのすぐ横に、ひとりの痩せた男が立っていた。名前はロイヤル・ブロアム。『シアトル・ポスト・インテリジェンサー』紙でスポーツ記者をしている男だ。ひょろりとした体つきの彼は後年、ABCのキース・ジャクソンから「陽気な小人」の異名を授かることになる。だが彼は陽気なだけでなく、狡猾でもあった。ウルブリクソンのとりつく島のなさをブロアムはよく心得ており、ひそかに彼を特別なあだ名で呼んでいた。「ポーカーフェイス小僧」。あるいは「石の顔をもつ男」。今、ブロアムはウルブリクソンの石のような表情をちらりと見て、質問を浴びせようとしかけた。さぐるような、相手を困らせるような質問を投げかけて、新入りの、ブロアムいわくの「木偶《でく》の坊」どもについてこのコーチがどう思っているのかを、ぜひ突きとめなくてはならない。ウルブリクソンはスロープにたむろする新入生をじっと見つめ、運河に反射する日の光に目を細めている。気温は二一度を超え、一〇月のシアトルの午後にしては異様なほどあたたかく、何人かの新入生はシャツを脱ぎ、日光浴をはじめている。数人の学生は栈橋をぶらぶらと歩き、水面に体を乗り出して長いオールを持ち上げ、その感触を味わったり目方を推量したりしている。黄金色の午後の陽ざしの中を、青年たちはしなやかに動きまわる。軽やかなその動きは、彼らがこれからどんなふうにでもなれそうなことを予感させる。

ウルブリクソンがようやくブロアムのほうに向き直り、短い、とりつく島のない言葉を発した。「悪くない」

ウルブリクソンのことを知り尽くしていたブロアムは、この答えをすぐさま独自に解釈しなおした。ウルブリクソンがこの言葉を発したときのようすには、何かが感じられた。その声。その目の輝き。そして口角がかすかにピクッとしたことが、ブロアムの注意をとらえた。次の日の紙面に、ブロアムはウルブリクソンの答えを次のように翻訳してみせた。「くだいて言えば……『非常に良い』ということか」


アル・ウルブリクソンがその日栈橋で何を考えていたかをブロアムが知りたがったのは、担当する毎日のコラム記事をウルブリクソンの素気無いコメントで埋めるという、月並みな理由だけではなかった。ブロアムにはある野望があった。『シアトル・ポスト・インテリジェンサー』紙での六八年のキャリアの中で、彼が追い求めるたくさんの野望のひとつだ。一九一〇年に『ポスト・インテリジェンサー』に入社して以来ブロアムは、野球のベーブ・ルースやボクシングのジャック・デンプシーなどの超大物選手から魔法のようにコメントを引き出す能力で、地元では伝説的な人物だった。ブロアムの意見や人脈、そして粘り強さは高く評価され、彼はまもなくシアトル市民の団長のような存在になった。政治家、スター選手、大学の学長、試合のプロモーター、コーチ、そして賭け屋に至るまでさまざまな分野の大物に慕われたブロアムはしかし、なにより興行の才にすぐれていた。彼と並ぶシアトルの名物記者、エミット・ワトソンから「半分は詩人、半分は名興行主のP・T・バーナムのような男」と呼ばれたブロアムが、なによりいちばん宣伝したかったのは、シアトルという町そのものだった。彼はシアトルの評判を変えたかった。漁業と林業で食べている灰色のさえない町というイメージを払拭し、もっと偉大な、もっと洗練された町としてイメージアップを図りたいと思っていたのだ。

ブロアムが入社したてのころ、ワシントン大学のボート部は農村育ちの青年の寄せ集めも同然だった。水の洩るバスタブのようなシェル艇でワシントン湖をゆらゆらと漕ぎまわる彼らを指導するのは、ハイラム・コニベアという男だった。多くの人々の目には「赤毛のいかれ野郎」としか見えなかったこのコーチのおかげで、数年間でボート部は大躍進を遂げたが、その威光も所詮は西海岸だけのものだった。ブロアムはこうしたすべてを変えるのは、今この時しかないと考えていた。結局のところ、町の偉大さと洗練ぶりをアピールするのに、世界第一級のボート部以上に強力な手段はそうそうない。ボートという競技にはそれだけの、華やかな輝きがあった。そして、町の知名度をあげるためにも、大学の知名度をあげるためにも、ボート部は格好の手段だった。

一九二〇年代と一九三〇年代のアメリカでは、大学のボート部はスポーツ界の花形中の花形で、受ける取材の数や観客の動員数では野球やアメリカンフットボールに引けをとらなかった。時はベーブ・ルースやルー・ゲーリッグやジョー・ディマジオの時代だったにもかかわらず、すぐれたボート選手の活躍は全国紙の紙面で賞賛を受けた。第一級のスポーツ記者が大学の主要なレガッタをくまなく観戦し、何百万人ものファンがひいきのボート部やクルーを、トレーニングシーズンから試合のシーズンまで熱心に追いかけ、応援した。この傾向は東部でとくに顕著で、ボートの舵取り役である〈コックス〉のたかが喉風邪が新聞の見出しにまでなった。イギリスのイートン校などをモデルにつくられた東海岸のプライベートスクールでは、紳士のスポーツとしてボートを生徒に教え、彼らはハーヴァードやイエール、プリンストンなどの名門大学のボート部に進んだ。熱烈なファンは、ひいきのボート部のトレーディングカードまで収集する熱狂ぶりだった。

一九二〇年代には西海岸でも東海岸と同じように、ファンがボート競技に熱中しはじめた。そのきっかけになったのは、二つの巨大な公立大学のボート部同士で一九〇三年から繰り広げられてきた激しい戦いだった。その二つの大学とは、カリフォルニア大学バークレー校（以下、UCバークレー）とワシントン大学だ。資金繰りと認知度向上のために何年も苦労してきた両校のボート部はようやく、東部のライバルたちと戦っても時折り勝利をおさめられる実力をつけてきていた。バークレーのボート部は、オリンピックの金メダルを二つ獲得さえした。西海岸の覇者を決める毎年四月のレガッタには、両校の在校生や卒業生、そして熱狂的な市民からなる数万人のファンが声援を送るようになった。だが、西海岸のチームのコーチは、東海岸のコーチに比べると雀の涙ほどの給料しか得ていなかった。そして西海岸のチームはまだたいていの場合、西海岸同士でばかり戦っていた。バークレーもワシントン大学も、ボートの選手発掘のためには一銭もカネを出さなかったし、金持ちのパトロンらしきものもなかった。全米の大学ボート部の中心がどこにあるかは、だれの目にもあきらかだった。それは、ケンブリッジかニューヘヴンか、プリンストンかイサカか、あるいはアナポリスあたりの、とにかくいまだに東部のどこかにあるのだ。これが西側にシフトするとしたら、その先はまさにここシアトルであるかもしれないことを、そしてそれが現実になればシアトルのイメージは大きく向上することをブロアムは理解していた。だが今のままでは、それはシアトルではなくカリフォルニアになるかもしれないことも、ブロアムにはよくわかっていた。

その午後、シアトルの艇庫でアル・ウルブリクソンが新入生を観察していたころ、八〇〇〇キロ東の地では、ヴェルナー・マルヒという三九歳の建築家が夜遅くまで、ベルリンのとある事務所の設計台の上にかがみ込み、作業をしていた。

数日前の一〇月五日、彼とアドルフ・ヒトラーはベルリンの西の郊外で、黒いメルセデス・ベンツの装甲車から降りた。ドイツオリンピック組織委員会の会長であるテオドール・レヴァルト博士と、帝国内務大臣のヴィルヘルム・フリックも一緒だった。一行が車を降りた場所は、まわりよりやや高台になっている。市内の中心に比べたら三〇メートルほども標高が高いはずだ。西に広がるグリューネヴァルトの古い森は、一六世紀当時は王子たちがシカやイノシシを狩り、現在はあらゆる階層のベルリン市民がハイキングやピクニックやキノコ狩りに興じる場所だ。東には、秋の冷気で赤や黄色に色づいた木々の海の向こうに、古い教会の尖塔とベルリン中心部の家々の屋根の先端が見えている。

彼らがやってきたのは、古いドイツ・スタジアムを視察するためだ。一九一六年に予定されていた幻のオリンピックのために建設されたスタジアムだ。当時としては世界最大のこのスタジアムの設計を手掛けたのはヴェルナーの父のオットー。建築の監督をしたのもオットーだ。だが、ドイツに大きな屈辱を与えた第一次世界大戦のせいで、結局オリンピックは開かれなかった。そして今、オットーの息子の監督のもと、スタジアムでは改修工事が行なわれている。一九三六年にドイツで開催されるオリンピックに向けての準備だ。

ヒトラーはもともと、オリンピックの開催にまったく乗り気でなかった。はっきり言えば、開催にまつわるほとんどすべてのことが、彼には気に食わなかった。一年前には、オリンピックを「ユダヤ人とフリーメーソンの」発明として唾棄《だき》すらした。オリンピックの理念のまさに核にある「あらゆる国の、あらゆる民族の選手が一堂に会し、同じ条件で競う」という概念は、国家社会主義の核心にある「アーリア人種は、他のあらゆる人種よりもあきらかに優れている」という信念とは相いれない。それに、ユダヤ人や黒人や世界各地の「クズ民族」がドイツの大地をうろつきまわるなど、考えただけで虫唾《むしず》が走った。だが一月に権力を掌握してから八カ月が過ぎた今、ヒトラーは考えを変えはじめていた。

ヒトラーの変節にだれより大きな役割を果たしたのは、国民啓蒙・宣伝大臣のヨーゼフ・ゲッベルス博士だ。ヒトラーの政治的浮上の最大の策士として活躍したゲッベルスはとりわけ激しい反ユダヤ主義者だ。その彼は今、ドイツにいまだ残る自由な報道を計画的に叩き潰そうとしていた。身長わずか一五〇センチあまり。右足が内反足で左足より短く、小さな体のわりには異様に大きな、しかも奇妙な形の頭のゲッベルスは、一見フィクサーの役割を果たしているようには見えない。だがじっさいには彼は、ヒトラーの側近の中でだれよりも重要で、だれよりも影響力の大きいひとりだった。彼は頭脳明晰で、滑舌がよく、きわめて狡猾だった。社交の場でゲッベルスと知り合った人々の多くは――たとえば、当時アメリカ大使としてドイツにいたウィリアム・ドッドとその妻のマティ、そして娘のマーサらは――彼のことを「愉快な人」「感化力の強い人」「ドイツ人には珍しく、ユーモアを解する人」などと評した。小柄なゲッベルスの声は驚くほど力強く、説得力に富み、彼にとってそれは大衆を前に演説するときやラジオで演説するときの大きな武器だった。

まさにこの週、彼はベルリンのジャーナリスト三〇〇人あまりを集め、ナチスの新しい国家新聞条例の規定について説明を行なった。彼は開口一番、こう宣言した。以後ドイツ国内で報道を行なうためには、ゲッベルスが創設した〈国内新聞局帝国組織〉の会員として認証を得なければならない。そして、父母や祖父母に一人でもユダヤ人がいる場合や、そういう人物と結婚している場合、その記者は会員になることを許されない。記事の中身は検閲し、党の目を通っていないものの出版は禁じる。とりわけ、「国内もしくは国外における帝国の力を弱めるように計算された記事、もしくはドイツ民族という共同体の意志や軍隊の士気、帝国の文化、経済を弱体化せんと計算された記事」は、その出版をいっさい認めない。何も問題はないはずだと、ゲッベルスはその日、唖然として言葉を失った記者を前に、穏やかに告げた。「君たちが書く記事の論調を、国家の利益に則する方向に調整することに、いったい何のさしさわりがあるのか？　当局とて時には誤りをするかもしれない。それは個人の場合と同じだ。だが、自国の政府が劣等であるかのような印象をわざわざ内外にばらまくのはばかげている。懐疑的な記事が、いったいなんの役に立つのか？　そんな記事は、国民をただ不安に陥れるだけだ」。その同じ週、新政権はダメ押しのように新たな条項を制定した。それは、「反逆的な記事」を出版した人物を死刑に処するという内容だった。

だがゲッベルスはマスコミの掌握だけでなく、もっとはるかに遠くを見ていた。ベルリンからもっと巨大なメッセージを広める新しい絶好のチャンスを求め、つねに目を光らせていたゲッベルスは、今のドイツにとってオリンピックの開催は、ドイツが文明的かつ近代的な国家であることを世界に知らしめる稀有なチャンスであると即座に見抜いた。オリンピックの開催は、ドイツが友好的だが強力な国家であることを知らしめ、他の強大な国々にドイツの力を認めさせ、ドイツが尊敬に値する国家であることをアピールするまたとない好機のはずだ。そしてゲッベルスの話に耳をかたむけたヒトラーは、ゲッベルスが数日後のドイツに、あるいは数カ月後、あるいは数年後のドイツに抱いている計画を徐々に理解し、だんだんと自分も考えを変えはじめた。茶色い制服の突撃隊や黒い制服の親衛隊を並べることでたしかにこれまで成果はあった。だが、それとはちがう何かを、ドイツのもっと魅力的な顔を世界にアピールすることで得られるかもしれない。すくなくともオリンピックという幕間《まくあい》演芸を行なえば、時間を稼ぐことはできる。そしてその時間を使って、ドイツに悪しき意図はないと他国に信じこませることもできる。来《きた》るべき巨大戦争に備えてドイツが再軍備と産業復興に力を入れはじめたのだとしても、あくまでその意図は平和的であることを、他国になんとかして信じさせなければならないのだ。

ヒトラーはその午後、帽子を脱いでオリンピック会場の敷地に立ち、ヴェルナー・マルヒの言葉に静かに耳をかたむけていた。スタジアムのすぐ隣に競馬場があるせいで、古いスタジアムを大々的に拡張するのは難しいとマルヒは説明した。競馬場をちらりと見やったヒトラーは、マルヒが思いもかけなかった言葉を口にした。競馬場は「消さなければ」ならない。すくなくとも一〇万の観客を収容する、以前よりもはるかに巨大なスタジアムを建てなければならないのだから。そしてさらに、さまざまな競技の会場となる巨大な周辺スポーツ施設もつくらなければならない。そうして、ひとつの統合された「帝国運動競技場」をつくるのだ。

「これは国家の果たすべきつとめだ」とヒトラーは言った。これは、ドイツ民族の天才性とドイツ文化の卓越性を、そしてドイツの伸びゆく力を示す証しになるはずだ。ベルリンの町を見下ろすこの小高い一画に一九三六年、世界各国から集まった人々は、ドイツの未来だけでなく、西欧文明の未来図をも目にすることになるはずだ。

それから五日後、設計台の上に夜通しかがみこんでいたヴェルナー・マルヒは、明け方近くにようやく、仮の改築計画をヒトラーの前にさし出した。

同じころシアトルでは、トム・ボレスと数人のアシスタントコーチが新入生を解散させていた。日はすでに短くなりはじめており、午後五時半には、艇庫のすぐ西にあるモントレイク橋の向こうに太陽が沈んだ。学生たちは三々五々、大学の校舎をめざして丘を登りはじめた。彼らは頭を振ったり、自分がメンバーになれる可能性について、仲間内でひそひそと話したりしている。

アル・ウルブリクソンは浮桟橋に立ち、湖の水が岸辺にひたひたと寄せる音を聞き、岸辺を打つ波が返すのを無表情な瞳で見つめている。その頭の中では歯車がふだんより高速で回転し、脳裏には、忘れようとて忘れられないある出来事が浮かんでいた。二シーズン前の、惨憺《さんたん》たる結果だった一九三二年のレースのことだ。年に一度のUCバークレーとワシントンの対校戦を見ようと集まった一〇万人を超える観客で、ワシントン湖の岸辺はごった返していた。メインイベントである大学代表の対校エイトのレースがまさに始まろうというとき、強い風が吹きはじめ、湖の水面に白波が立った。そして、レースが始まったとたんにワシントンのボートは水をかぶりはじめた。コースの中間地点に到達するまでにボートの底には数インチも水がたまり、スライド式のシートが前後に動くたび、盛大に水がはねた。彼らは、バークレーに一八艇身も遅れてようやくゴールラインに近づいた。問題は、ボートが水中に没しないうちにゴールラインを越えられるかどうかだった。最悪の事態はなんとか免れたものの、結果はワシントン大学の史上最悪の惨憺たるものだった。

その年の六月、ウルブリクソンのチームは、ニューヨークのポキプシーで開かれた年に一度の全米大学漕艇選手権で巻き返しを図ったが、UCバークレーを相手にまたも、今度は五艇身の差で敗れた。その夏、チームは再起をかけて、マサチューセッツ州クインシガモンドで開かれたオリンピック代表選考レースに出場した。結果は予選敗退。とどめはその八月、ウルブリクソンの目の前で、彼のライバルであるUCバークレーのコーチ、カイ・エブライト率いる〈ベアーズ〉クルーが、スポーツマンの夢であるオリンピックの金メダルを獲得したことだ。ロサンゼルスで開かれたオリンピックでのことだ。

ウルブリクソンは急遽チームの再編成に取り組んだ。翌一九三三年四月には新生の代表クルーがさっそくリベンジに乗り出し、オリンピックの覇者であるバークレーのベアーズを、彼らのホームであるオークランド・エスチュアリで打ち負かした。その一週間後に、またも快挙は繰り返された。今度はカリフォルニアのロングビーチにある二〇〇〇メートルのコースで、ワシントンはUCバークレーとUCLAの両チームに勝利したのだ。一九三三年にはその大恐慌のため、恒例のポキプシーの全米選手権は中止されたが、ワシントンのチームはその夏ふたたびロングビーチに戻り、イエール大学やコーネル大学、ハーヴァード大学など東部の最強チームと対戦した。ワシントン大学は、二位のイエール大学にわずか二・五メートルの差で辛くも勝ち、事実上の全米チャンピオンに輝いた。ウルブリクソンはチームのことを、自分がこれまで育てた中で最良の、けた違いに強いクルーだと『エスクワイア』誌に語った。新聞記者らは「ものすごくすばしこい」クルーと呼んだ。そうした最近の成果や、その日集まった新入生の中に何人か有望株がいたことを考えると、次のシーズンには大いに期待をもてそうな気がウルブリクソンにはしていた。

だが、腹立たしい、厳然たる事実がひとつあった。ワシントンのコーチはこれまで一度も、オリンピックの切符に手を伸ばしかけたことすらない。いっぽう、このところ急に関係が険悪化した宿敵バークレーは、これまでに二個の金メダルを獲得しているのだ。ウルブリクソンの頭の中にはすでに、三年後の一九三六年に行なわれるオリンピックのことがあった。なんとしてもここシアトルに金メダルを持ち帰りたいとウルブリクソンは、言葉にできないほど強く願っていた。もちろん彼が、それを口にするわけはないのだが——。

越えるべきハードルが山のようにあるのは承知している。前シーズンはふるわなかったとはいえ、UCバークレーのヘッドコーチ、カイ・エブライトは漕艇界きっての頭の切れる指導者として名高く、策に長《た》けた手ごわい相手だ。エブライトはここ一番というビッグ・レースで勝つための神業のようなコツを心得ている。エブライト率いる最強のクルーを負かすことのできる、それもオリンピックの年に負かし続けることのできる強力なメンバーを、ウルブリクソンはこれから見つけていかなければならない。それができたら今度は、東の強豪にふたたび勝利する道を探さなくてはならない。強敵に目されるのは、コーネル大学、シラキュース大学、ペンシルヴァニア大学、コロンビア大学。彼らを一九三六年に、ポキプシーで行なわれる全米選手権で破ることができたら、次には、わざわざポキプシーに参加しようともしないイエールやハーヴァードやプリンストンなどの伝統強豪チームと、オリンピックの代表選考レースで対戦しなくてはならないだろう。なかでもイエール大学は、一九二四年のオリンピックで金メダルを獲得している超強豪だ。東部にある私立の漕艇クラブも——とりわけペンシルヴァニア・アスレチッククラブやニューヨーク・アスレチッククラブあたりは——オリンピックの代表争いにおそらく参入してくるはずだ。よしんばベルリンに行けたとしても、今度は、世界の最強チームを打ち負かさなくてはならない。最大の敵となるのはおそらく、オックスフォードやケンブリッジから来たイギリスのクルー。ドイツも新しいナチスの政権下で、尋常でなく力強い、規律正しいクルーを養成していると聞く。一九三二年のオリンピックで金メダルに手を伸ばしかけたイタリアも要注意だ。

すべてはこの桟橋から、夕暮れの光の中を歩いていく青年らとともにはじまる。まだ青い、力のほどもわからない彼らの中から、栄冠に手を届かせられる人材を選び出すのが最初の仕事だ。漕手になる潜在力を、超人的なまでのスタミナを、不屈の意志を、そして細かなテクニックを習得する知性をもちあわせているのはだれかを見極めること。それがメンバー選びのポイントになるはずだ。問題は、そうしたすべての資質に恵まれた人材が万一いたとして、彼らがもうひとつの、もっとも重要な資質を兼ね備えているかどうかだ。それは、個人の野望を二の次にできる能力。自身のエゴを舷縁《ガンネル》の外に投げ捨て、ボートの背後で渦を巻かせておける能力だ。自分自身のためだけでなく、栄光のためだけでもなく、一緒にボートに乗った仲間のために櫂《かい》を漕ぐことのできる青年は、この中の誰なのか？

父ハリー、兄フレッド、母ネリーとジョー・ランツ。1917 年ごろ

第二章　ジョー・ランツの幼年時代

森に生えるあの大きな木々をごらん。何本かは一〇〇〇年もの長いあいだ、ずっとあそこに生えてきたのだ。そしてそれぞれの木にはそれぞれの歴史がある。生きのびるための、数世紀を超える長い闘いの歴史がどんな木にもある。年輪を見れば、その木がどんな季節をくぐり抜けてきたかがわかる。日照りで枯れかけた年には、年輪の幅はかぎりなく細い。日照りつづきではなかった豊饒の年には、年輪の幅はもっとずっと太い。

ジョージ・ヨーマン・ポーコック

一九三三年のその午後、ジョー・ランツが中庭を抜けて艇庫へと走り抜けた道は、彼がそれまでの人生で通り抜けた、はるかに長く、はるかに苦しく、時には暗い道の先にある、ほんの数百メートルにすぎなかった。

人生の始まりは順調だった。彼は、ハリー・ランツとネリー・マクスウェルの次男として生まれた。父親のハリーは一八〇センチを超える長身で、手足が大きく、骨太な体格をしていた。邪気のない顔立ちはとりたてて特徴的ではないが、均整がとれ、人好きがした。素朴で真摯な表情で相手の目をまっすぐに見るハリーは、女性にも好かれた。けれども穏やかな顔の下には、外見に似合わぬ大きな野心が隠れていた。修理や発明が大得意で、便利な道具や工具を愛し、あらゆる種類の機械や仕掛けを設計できるハリーは、将来に大きな夢を抱いていた。機械にまつわる難題を解決するのが彼の生き甲斐であり、ほかの人がどれだけ時間をかけても考えつかない斬新な方法を思いつける自分に誇りをもっていた。

当時は、大胆な夢想家が社会に続々と登場した時代だった。一九〇三年にはハリーと同類の修理工であるウィルバー・ライトとオーヴィル・ライトという二人の兄弟が、ノースカロライナ州のキティホークの近くで、自ら発明した機械に乗り込み、地面の三メートルほど上をたっぷり一二秒間漂うのに成功した。同じ年にはカリフォルニアで、ジョージ・アダムス・ワイマンという男が自動二輪車に乗り込んでサンフランシスコからはるばるニューヨークまで旅した。アメリカ大陸をモーター付きの乗物によって横断したのはこのワイマンが初めてだった。しかも、かかった日数はわずか五〇日だった。それから二〇日後には、ホレイショ・ネルソン・ジャクソンという男がバドという名のブルドッグを連れ、オンボロで泥だらけのウィントン車でサンフランシスコからニューヨークにたどり着き、自動車で大陸横断を成し遂げた最初の人物になった。ミルウォーキーでは、弱冠二一歳のビル・ハーレイと二〇歳のアーサー・ダヴィッドソンが独自に設計した改造自転車にエンジンを取り付け、工房の入り口に看板を掛け、オートバイの製造と販売をはじめた。同じ年の七月二三日、ヘンリー・フォードは、歯科医のエルンスト・フェニングに最初の自動車である、輝く赤のモデルAを売った。それから一年半のうちにフォードは同じ型の自動車を、一七五〇台以上も販売することになる。

　このような技術の勝利の時代にあって、「発明の才と気概が十分あれば、成し遂げられないことはほとんどない」とハリーは確信していた。そして彼は、この新しいゴールドラッシュに乗り遅れるつもりは毛頭なかった。その年が終わる前に、彼は自分で一からオートバイを設計し、組み立て、完成させた。目を丸くする近所の人々の前で、ハリーは誇らしげにそれを道路で操縦してみせた。ステアリングには、ホイールではなくティラーバー（棒状のハンドル）が使われていた。

　ハリーは一八九九年に電話で結婚式を挙げた。それはただ、離れた町同士を新奇な発明品でつないで誓いの言葉を交わすという、物珍しさゆえだった。妻となったネリー・マクスウェルはピアノ教師で、プロテスタントのディサイプルス派の敬虔な信者の娘だった。ハリーとネリーの最初の子どもは一八九九年の終わりに生まれ、フレッドと名づけられた。一九〇六年に若夫婦は、ハリーが世界規模の成功をおさめられる場所を求めてペンシルヴァニアのウィリアムズポートを去り、西に向かった。二人がたどり着いたのは、ワシントン州のスポケーンだった。

　スポケーンは、一九世紀の無秩序な材木の町そのままのような土地だった。冷たく澄んだスポケーン川の水が低い滝壺にしぶきをたてて落ちる場所に、町は位置していた。町のまわりにはポンデローサマツの森と自由放牧地が広がっている。夏は焼けるように暑く、乾いた空気にはポンデローサの樹皮のヴァニラに似た香りが漂った。秋には、うねるように西へ続く小麦畑のほうから、高くそびえる茶色い砂塵嵐が時おり吹き下ろしてくる。冬の寒さは厳しく、春の訪れは遅かった。毎週土曜の晩にはカウボーイや材木の伐り出し人らが場末のバーや安酒場にたむろし、ウィスキーをあおり、どんちゃん騒ぎをし、千鳥足で町の通りを歩いていく。

しかし、一九世紀の終わりにノーザンパシフィック鉄道が西部まで延び、何万人もの人々を輸送できるようになって以来、スポケーンの人口は急増し、その数はたちまち一〇万人を超えた。新しい、もっと上品なコミュニティが古くからの材木の町の周辺に生まれ、川の南側には商業地域ができた。重厚なレンガ造りのホテルがいくつも建てられたほか、石灰岩でできた堅牢な銀行や、さまざまな種類の大商店、評判の商業施設などが軒を連ね、活況を呈した。川の北側には、芝生の庭つきの小さな木造家屋が立ち並ぶ小ぎれいな界隈ができた。ランツ一家が越してきたのはそうした家のひとつだった。住所はイースト・ノーラ通りの一〇二三番。ジョーはこの家で、一九一四年の三月に誕生した。

スポケーンに移ってまもなく、ハリーは自動車の製造と修理を請け負う店を開いた。プスプス音をたてている車でも、ラバに引かれて運ばれてきた車でも、あらゆる種類の車をハリーは修繕することができた。だが彼の本領は、自分で車を作ることにあった。単気筒エンジンを載せたサイクルカー（オート三輪車）として人気のマッキンタイヤ社のIMPモデルを製造したり、独自の工夫で新しい自動車を作ったりするのがハリーの得意技だった。まもなく彼は仕事のパートナーであるチャールズ・ハルステッドと組んで地元の販売会社を手に入れ、新品のフランクリン自動車など、もっと実のある車も売るようになった。町の人口が急増するのとあわせて商売は急速に広がり、修繕店のほうでも販売店のほうでも、こなしきれないほどの仕事が舞い込むようになった。

ハリーは毎朝四時半に起きて店に行き、夜は七時を過ぎるまで帰らなかった。ネリーは近所の子どもたちにピアノを教え、幼いジョーの世話を焼いた。ネリーは二人の息子を可愛がり、注意深く見守った。子どもを罪深さや愚かさから守るのが自分のつとめだと、ネリーは考えていた。フレッドは学校に通い、土曜日は店で父親の手伝いをした。日曜日の朝は、一家でセントラルクリスチャン教会に行った。教会ではネリーが首席ピアニストをつとめ、ハリーは合唱隊で歌った。日曜の午後は、のんびりと過ごした。アイスクリームを食べにダウンタウンまで足をのばすこともあれば、町の西側にあるメディカル湖まで車を走らせ、ピクニックをすることもあった。涼しさと木陰を求めて、川沿いのポプラの木々の中にあるナタトリウム公園を散策することもあった。公園で一家は、セミプロの野球チームの試合をのんびりと観戦したり、新しいぴかぴかのメリーゴーラウンドにはしゃぎながら乗ったり、野外ステージで行なわれるジョン・フィリップ・スーザの名曲コンサートを観たりした。だいたいにおいて、文句のつけようのない満ち足りた日々だった。少なくともそれは、ハリーが西部でかなえようと願っていた夢の一部ではあった。

しかし、そうした穏やかな日々はジョーの記憶に残っていない。彼が覚えているいちばん古い記憶は、四歳になる少し前、一九一八年の春からのできごとだ。けれどもそれは、万華鏡の中身のような断片的なイメージの寄せ集めにすぎない。幼いジョーは、一面に茂った草原に母親と二人で立っている。母親がハンカチを口にあて、激しく咳き込む。ハンカチは血の鮮やかな赤に染まる。次の記憶は、黒い革鞄をもった医者が家に来るところ。そして家に立ち込めるカンフル剤の匂いだ。次の記憶は、教会の堅いベンチに腰掛け、足をぶらぶらさせている自分の姿だ。教会の前のほうには箱が置かれ、母親が中に横たわっている。母親は起き上がらない。次の記憶は、家の二階のベッドに寝転んで兄のフレッドと話をしているところ。フレッドはベッドの縁に腰を掛けている。春風が窓をカタカタと鳴らす。フレッドはやさしい声でジョーに話す。死ぬことについて。天使について。大学について。そしてなぜフレッドが、ジョーと一緒に東部のペンシルヴァニアに行けないのかについて。次の記憶はひとりぼっちで電車の中に座っているところ。いくつも繰り返される長い昼と長い夜。窓の外を過ぎていく青い山。緑の沼地。錆《さび》色の線路。煙突が立ち並ぶ暗い町。すべては、ジョーの座席の窓から一瞬で遠ざかっていく。糊のきいた青い制服を着た、まるまる太った禿げ頭の黒人の男が、ジョーの面倒を見てくれる。男はジョーにサンドウィッチを運び、夜は寝台に潜り込むのを手伝ってくれる。次の記憶は、見知らぬ女に対面しているところ。女は、自分は「アルマおばさん」だと言う。そして次に、ほとんど一瞬のうちに、顔と胸に発疹があらわれる。喉が痛む。高い熱が出る。前とは別の医者が、前とは別の黒い革鞄をもってあらわれる。それから何日も、何週間ものあいだ、ジョーは見知らぬ家の屋根裏部屋のベッドに横たわり続けている。窓にはいつも日よけが下ろされている。光もなく、動きもない。時おり遠くを列車が通る、孤独なうめき声のような音がする。それ以外には、何の物音もしない。ママもいない。パパもいない。フレッドもいない。時おり聞こえる列車の音。ぐるぐる回りだす奇妙な部屋。そしてさらに、何かが始まる。今まで知らなかった重苦しさ。鈍い不安感。疑念。恐怖。それらがジョーの小さな肩の上にも、鬱血した胸の上にもずっしりとのしかかっていた。

猩紅熱《しょうこうねつ》にかかったジョーが、初めて会う叔母の家の屋根裏部屋に横たわっていたころ、遠く離れたスポケーンでは、ジョーのそれまでの世界の残骸がばらばらに崩れつつあった。喉頭がんで亡くなった母親は、だれにも顧みられない墓の中で眠っていた。フレッドは大学を卒業するためにスポケーンを去った。夢に破れた父親のハリーは、カナダの大自然へと逃げるように去った。妻の最期の瞬間をその目で見た彼は、その記憶からどうしても逃れられなかった。彼に言えるのはただ、人間の体の中には自分が思っていた以上に、そして記憶から洗い落とそうとしても落とせないくらいに、大量の血が入っていたということだけだった。

それから一年と少しが過ぎた一九一九年の夏、五歳になっていたジョーは生涯二度目の列車に乗り、西へと戻った。ジョーを呼び戻したのは兄のフレッドだ。ジョーが東部のペンシルヴァニアに送られたあと、フレッドは大学を卒業し、二〇歳になるやならずやでアイダホのネズパースの学校に管理人の職を得た。フレッドは仕事の口のほかに、妻も手に入れていた。妻の名前は、テルマ・ラフォレット。ワシントン州東部の裕福な小麦農家に生まれた双子の姉妹の一人だ。こうして仕事と妻を得たフレッドは小さな弟に、母親が亡くなる前のような、そして傷心の父親が北に去る前のような、安全で安らかな家庭生活を贈ってやりたいと思ったのだ。だが、ポーターに付き添われてネズパース駅のホームに降りたとき、ジョーは、フレッドの顔すらほとんど思い出せなかったし、テルマがだれなのか知るよしもなかった。ジョーはテルマを自分の母親だと思い込み、駆け寄っていって彼女の脚に抱きついた。

その秋、父親のハリー・ランツが突然カナダから戻ってきた。彼はスポケーンで大量の資材を買い、家の建築をはじめた。壊れた生活をもう一度、立て直すためだ。そして新しい家をほんものの家庭にするために、ハリーは長男と同じく、妻を必要とした。そして長男と同じくハリーは、自分が求める伴侶をラフォレットの双子の片割れに見出した。テルマの双子の姉妹のスーラは当時二二歳で、細身で愛らしい娘だった。あちこちに跳ねる黒い巻き毛に囲まれた顔には茶目っ気があり、笑顔が魅力的だった。ハリーはスーラより、一七歳も年上だった。けれども年齢は、彼にとっても彼女にとっても問題にならなかった。ハリーがスーラに惹かれたわけはだれの目にもあきらかだったが、スーラがハリーに惹かれたわけはあきらかどころか、スーラの家族にとってはほとんど謎だった。

おそらくハリー・ランツはスーラにとって、ロマンチックな人物に見えたのだろう。スーラはそれまで、広大な小麦畑の中にぽつんと立つ農場屋敷の中で、乾いた木の葉を秋風が揺する音以外、楽しみらしい楽しみのない生活をしていた。ハリーは背が高く、整った顔だちで、目には強い輝きがあった。世慣れもしていて、エネルギッシュで、機械を扱う独自のすぐれたセンスもあった。なにより彼は、スーラの目には一種の預言者のように見えた。彼が何かを語るだけで、スーラはそれがほんとうに未来に起きるような気がした。これまでだれも思いつかなかったようなことですら、ハリーの口から語られると、いつかほんとうに起こるような気がした。

事態はすみやかに進展し、ハリーはスポケーンに家を完成させた。そして一九二一年の四月、ハリーとスーラは州境を越えたアイダホ州のクールダレーヌ湖の湖畔で結婚式を挙げた。わざわざ隣の州で式を挙げたことに、スーラの両親はおおいに不満だった。ともあれ、スーラはあっというまに双子のかたわれであるテルマの義理の母になってしまった。

この結婚はジョーにとって、新たな家庭に新たに馴染んでいかねばならないことを意味していた。ジョーはネズパースの兄の家を出て、よく知らない父親とまるきり知らない若い義理の母とともに暮らしはじめた。

しばらくのあいだはジョーの人生にもふつうの生活が戻ってきたかに見えた。ハリーが建てた家は広々として明るく、切りだしたばかりの木材のほのかに甘い香りがした。裏庭には一家の三人が同時に座れる大きなブランコがあり、夏の暑い夜には三人で並んでそれを漕いだ。学校には歩いて通えた。途中で畑を横切るとき、ジョーは熟したメロンを時おりこっそりと拝借し、放課後のおやつ代わりにした。長い夏の日は、家の近くにある空き地に巨大なトンネルを掘り、夏の焼けるような暑さを逃れるために、時おりそこに潜った。トンネルの中は暗く、ひんやりとしていた。家は、ジョーの実の母親が生きていたころと同じように、いつも音楽であふれていた。母のネリーが大事にしていた小型のグランドピアノは今も家にあり、ハリーはピアノの前にジョーと座って歌を歌うのが好きだった。流行の歌をハリーが大声で歌うと、ジョーはおおはしゃぎで声をあわせた。

二人が好む音楽を、スーラは下品だと感じていた。前妻のピアノが家にあること自体、スーラにはおもしろくなかったし、ハリーとジョーが興じる低俗な音楽に加わるつもりはなかった。彼女は並の演奏家とはちがう、すぐれたヴァイオリン奏者だった。その才能は家族から高く評価されており、洗剤や水で指を傷める心配から、皿洗いの手伝いはいっさい免除されて育った。スーラも両親も、いつの日か彼女がニューヨークかロサンゼルス、あるいはもしかしたらベルリンやウィーンで、有名なオーケストラと一緒に演奏すると信じて疑わなかった。そして今、ジョーが学校に、ハリーが仕事に行った午後、スーラは何時間も休みなしでヴァイオリンを練習した。クラシックの美しい旋律が、日よけを下げた窓から舞い上がり、舞い落ち、埃っぽくて乾燥したスポケーンの町を漂った。

一九二二年の一月には夫婦に最初の子どもが生まれ、ハリー・ジュニアと名づけられた。翌一九二三年の四月には次男のマイクが生まれた。だがそのころから、ランツ家の生活にはほころびが生じはじめた。ビッグ・ドリーマーの時代はハリーの見ている前で、すでに過去のものとなっていった。ヘンリー・フォードはベルトコンベアの上で自動車を組み立てる方法を編み出し、ほかの者たちもすぐそれに倣った。今や時代の合言葉は「大量生産」、「安価な労働力」、「巨大資本」になり、ハリーは自分が等式の中の「安価な労働力」の側に入ってしまったことに気づかされた。

前の年からハリーは平日、アイダホにある鉱山で出稼ぎをするようになっていた。毎週金曜日、曲がりくねった山道を愛車で二二〇キロも走ってスポケーンの家に戻り、日曜の午後にまたアイダホに帰るという生活だ。車は縦長で黒く、四つのドアがついたフランクリン自動車のツーリング・コンバーティブルだ。ハリーはアイダホでの仕事を気に入っていた。安定した収入が見込めるし、機械を扱う技術を生かすこともできる。けれど妻のスーラにとってそれは、週末までの長い陰気な日々を家でたった一人、手助けをしてくれる人も夜に話し相手になってくれる人も、夕食をともに食べる人もいないまま過ごすことを意味していた。いるのは、三人の騒々しい男の子たちだけだ。一人は赤ん坊。一人はよちよち歩きの幼児。そしてもう一人は奇妙に殻が堅く、警戒を解こうとしない若い継子《ままこ》だ。

マイクが生まれてまもないころ、ある事件が起きた。ハリーが週末に家に戻ってきたときのことだ。月のない、暗い夜が更けたころ、ジョーは煙の臭いと家のどこかで炎がパチパチとはぜる音ではっと目を覚ました。ジョーは赤ん坊のマイクを抱きあげ、ハリー・ジュニアの腕をつかんでベッドから引きずりだし、小さな義理の弟二人と一緒に転げるように家を飛び出した。それからまもなく、ハリーとスーラが焦げ臭い寝巻を羽織ったまま、動揺した顔で子どもの名を呼びながら外に出てきた。家族がみな無事なことを見てとると、ハリーは小走りに煙と炎の中に戻っていった。長い数分間が過ぎたあと、ガレージから母屋への入り口のあたりに、炎に照らされたハリーの影が浮かび上がった。ハリーは前妻のネリーの唯一の遺品である、あの小型グランドピアノを押していた。汗で光るハリーの顔には苦しげな表情が浮かんでいる。彼がピアノに向かって体をかがめ、渾身の力を込めて出口のほうにじりじりと押し出すたび、体中の筋肉という筋肉がピンと張りつめた。ようやくピアノが安全な場所まで押し出されると、ハリーと家族はそのまわりに集まり、家が焼け落ちるのを呆然として見ていた。

揺れる炎のまぶしい光に照らされながらその場に立ち尽くし、屋根の最後の残骸が炎の中に落ちるのを見ていたスーラは、いったいなぜ夫はよりによってあの古ぼけたピアノを、命をかけて家から救い出したのかと考えていた。そばに立っていたジョーの胸には、五年前、ペンシルヴァニアの叔母の家の屋根裏で初めて味わった気持ちがよみがえっていた。あのときと同じ冷ややかさ。あのときと同じ不安とよるべなさ。家とは必ずしも頼りにできるものではないのだと、九歳のジョーは感じはじめていた。

一家に行くあてはなく、ハリーは家族を愛車フランクリンに乗せ、北東をめざして走り出した。そうしてランツ家は、一年前からハリーが機械工の頭として働いているアイダホの鉱山キャンプに移り住んだ。一九一〇年にジョン・M・シュナッタリーという男が開いたその鉱山は、アイダホ州北部のフライパンの柄のような部分に位置し、モンタナ州とのちょうど州境にあった。北隣のカナダのブリティッシュ・コロンビア州からクートニー川が町を抜け、南へ流れていく。もともとこの鉱山は、シュナッタリーが莫大な価値のあるラジウム鉱脈を発見したと主張したことから「アイダホ・金・ラジウム採掘会社」と名付けられていたが、じっさいにはラジウム鉱石はまったく採掘されず、政府に改名を命じられた。シュナッタリーは笑ってこれに従い、「アイダホ・金・ルビー採掘会社」と名前を改めた。ルビーは一見ガーネットに似ており、そして小粒のガーネットなら鉱山の廃石の中にまれにではあるが見つかることがある。だが二〇年代初頭の当時、この鉱山ではまだ金はおろかルビーも、そしてガーネットですらろくに採掘されてはいなかった。

鉱山の持ち主であるシュナッタリーは知らぬ顔だった。金もルビーもガーネットも採れなくても、当時、東部の金持ちの投資家からカネは潤沢に流れてきていた。シュナッタリーは投資家を豪華なヨットに乗せ、宴をもよおしながらクートニーの採掘キャンプまで案内し、結果的に彼らから数百万ドルもの投資金をまきあげた。そうするうちシュナッタリーは少なからぬ人間を敵に回し、銃撃沙汰に三度まき込まれ、銃痕を三カ所に負い、最後はヨットの上で起きた爆発事故で命を落とした。単なる事故だったのか、だれかが仕組んだ復讐だったのか、真実はわからない。だがおそらく答えは後者のようだ。

三〇人あまりの社員とその家族はほとんどみな、ボルダーシティの採掘現場近くのキャンプで暮らした。そこにはさまざまなボロ屋が集まっていた。屋外便所のついた、どれも同じつくりの小さくて粗末な丸太小屋が三五戸。鍛冶屋が一軒。機械の修理工場が一軒。単身者のための飯場が一軒。教会が一軒。水力の製材所が一軒。ささやかな、自家製の水力発電所が一軒。それらがみなボルダー・クリークの山腹にびっちりと並び、それぞれの建物は木でできた歩道で結ばれていた。キャンプよりも高いところにある平らな一角には、マツの木々に囲まれるようにして小学校もあった。だが教室はたったのひとつ。そもそもキャンプには子どもがほとんどいないので、授業もぱらぱらと不定期にしか行なわれなかった。学校からふもとの山ぎわまでは、車の轍のついた泥だらけのジグザグ道がずっと続き、クートニー川の手前でようやくまっすぐになる。橋を越えてモンタナ州の側に行くと、そこには会社の店と調理小屋がある。

暗くみじめな居留地ではあったが、修理が生きがいのハリーにとっては楽園に等しく、スポケーンの思い出を忘れる絶好の場所でもあった。修理の名人であるハリーは、あちこちを嬉々として修繕し、水力の製材機や電動の削岩機や四五トンもの重さがあるマリオンの蒸気ショベルを保全したりした。その他、採掘にかかわる多くの運搬具や、機械の奇妙な部品もすべてハリーが整備した。

九歳のジョーにとってボルダーシティは驚くべき喜びの宝庫だった。父親のハリーが蒸気ショベルを操縦しているとき、ジョーは大喜びで機械の後尾に腰をかけた。蒸気を吐く巨大な機械を父親がぐるぐる回転させるたび、ジョーはメリーゴーラウンドに乗っている気分を

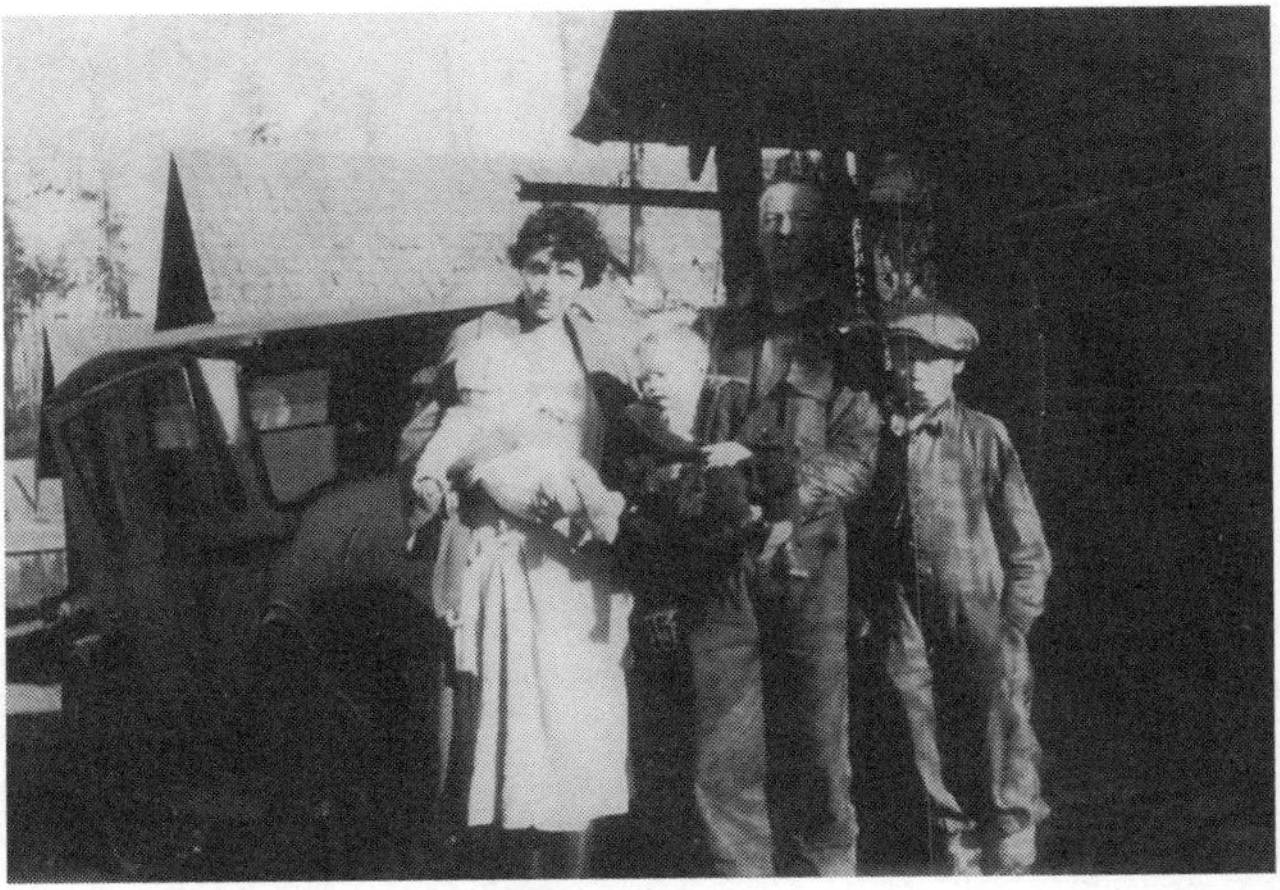

金・ルビー採掘会社のキャンプで。ジョーとハリー、スーラ、マイク、ハリー・ジュニア

味わえた。ジョーがそれに飽きると、ハリーは会社の店で夜までかけて手製のゴーカートをこしらえた。次の日の午後、ジョーはその奇妙な乗り物を苦労しながら車道沿いに山の上まで引き上げ、先端をふもとに向け、中に乗り込むと、ブレーキをはずした。ゴーカートは車道を猛スピードで下り、いくつものヘアピンカーブを疾走し、川にかかる橋を越えて止まった。ジョーはその間ずっと、あらんかぎりの大声で叫び続けていた。ゴーカートが停止するとジョーはそこから降り、また長い道のりをたどって山の上まで運び、同じことを繰り返した。あたりがすっかり暗くなって道が見えなくなるまで、ジョーは何度も同じことを繰り返した。野外で体を動かし、顔に風があたるのを感じていると、ジョーは自分が生きているのだという気がした。そうしている

あいだは、母親が死んで以来ずっと心に巣食っている不安を忘れることができた。

冬が近づき山の斜面が厚い雪でおおわれると、父親は溶接の道具をとりだして橇《そり》をこしらえてくれた。それに乗ると、ゴーカートよりもさらに猛スピードで車道を滑り降りることができた。そのうちにジョーは、両親の目を盗んで弟のハリー・ジュニアを一緒に山の上まで連れていき、ボルダー・クリーク沿いに延びる構脚橋のいちばん上にある鉱石車に乗せ、車を一押ししたあと自分もそこに飛び乗り、がたがた音をたてながら猛スピードで山を駆け下りた。前に座った腹違いの弟と一緒にジョーは興奮した金切り声をあげた。

山の斜面を疾走したり、製材所で手伝いをしたり、キャンプの上にある一部屋しかない学校に行っているときのほかは、近くの森を探検したり、すぐ西にあるカニクス国有林の標高二〇〇〇メートル近い山に登ったりした。森で鹿の枝角などの宝物を集めたり、クートニー川で泳いだりもした。丸太小屋を囲む杭垣のわずかな土地に猫の額ほどの野菜畑を作り、その手入れもした。

しかしスーラにとってボルダーシティは、地球上で最悪のみじめな場所だった。夏は耐えがたいほど暑くて埃っぽい。春と秋は湿っぽくてじめじめする。そして年中、いやになるほど汚い。最悪の季節は冬だ。一二月が来ると、北のブリティッシュ・コロンビアからクートニー渓谷へと、痛いほど冷たい風が吹き下ろし、粗末な丸太小屋の壁のあらゆる隙間や裂け目から家の中に入り込む。スーラがどれだけ寒さから逃れようと衣服や毛布を重ねても、無駄だった。おまけに彼女には、泣きわめく赤ん坊と退屈がって不平ばかりいう幼児と、成長するにつれ扱いにくくなる継子がいた。その子は次第にスーラに、夫の前の妻のことを、そして今よりも幸せだったらしい結婚生活のことを、嫌でも思い出させる存在になった。ジョーが退屈なときにウクレレをかき鳴らし、彼や父親が好む低俗なメロディーを口ずさんだり口笛で吹いたりするのも、スーラの癇《かん》にさわった。仕事を終えて帰ってきたハリーが丸太小屋の中に油やおがくずを始終持ち込むのも嫌だった。震えるほど寒いある夜、スーラの我慢は突然限界に達した。仕事を終えた夫はその日も、油で汚れたつなぎを着て丘をとぼとぼ登り、家に入ってきた。スーラはその姿を一目見るなり金切り声をあげ、夫をドアの外に押し出した。そして「その汚いものをぜんぶ脱いで、川で体を洗ってきて」と命令した。言われたハリーはおとなしく丸太の上に腰をかけ、長靴を脱ぎ、白い木綿の下ばき一枚になると、岩だらけの道をボルダー・クリークの沢へと裸足でよろよろ歩いていった。それ以後、気温がどうだろうとハリーは年中、仕事のあとは川で体を洗ってから、長靴とつなぎを抱えて家に入ることを義務づけられた。

スーラはいつも両親に宝物のように大切にされて育った。それは美しい容姿のせいだったかもしれない（じっさい彼女は、双子の姉妹のテルマよりも格段に美しかった）。すぐれたヴァイオリンの才能ゆえだったかもしれない。しかしおそらくそれは、彼女の洗練された感覚やもって生まれた繊細さゆえでもあった。スーラはじっさい非常に感覚が鋭く、家族はみな、彼女には千里眼のような能力があると信じていた。それが確信に変わったのは、一九一二年四月一五日の朝、両親が新聞を読んでいたときだ。前の日の晩、スーラは突然目を覚まし、氷山と、沈んでいく大きな船、そして助けを求める人々を見たと叫んだのだ。

教養があり芸術も理解したスーラは、小麦農家で与えられるよりずっとすばらしいものを手に入れるつもりでいた。それが今、彼女はボルダーシティに島流しも同然の身だ。数少ない話し相手は、教養もなく貧しい、木こりや坑夫の妻たちだけ。スーラは徐々に、思い描いていた夢からかぎりなく遠く隔たってしまったことを痛感するようになった。有名なオーケストラに入り、最重要な第一ヴァイオリンとして誇らしげに演奏するどころか、今の自分は満足に練習すらできない。冬には手の指がかじかみ、指板《しばん》の上を自在に軽やかに動かすことができない。夏にはアイダホの乾ききった空気のせいで、指がひび割れて痛み、弓をもつことができない。ヴァイオリンはこのところ、ほとんどいつも棚の中におさめられたまま、彼女を呼んでいた。いや、スーラには、山のような食器や汚れたおむつを果てしなく洗い続ける自分のことを、ヴァイオリンが嘲笑《あざわら》っているような気さえした。こんな仕事は自分ではなく、双子の片割れのテルマがすべきものだったはずだ。そのテルマは今シアトルで、立派な家で何不自由なく暮らしている。スーラは運命の不平等を思い、そのたび、丸太小屋の中の空気はいっそうぴりぴりしたものになった。

はりつめた空気はある夏の暑い午後、とうとう爆発した。三人目の子どもを妊娠していたスーラはその午後ずっと、家の中に這いつくばって、背中の痛みに耐えながらマツ材の床をごしごしと擦っていた。夕食の時間が近づくとスーラは、薪ストーブに向かい、夜の日課にとりかかった。まずストーブの炉に焚きつけを入れ、暖気が煙突の上の方に昇るよう、十分な炎をたてる。キャビネット型レンジの下からもうもうと煙が立ち上り、目がちくちく痛む。ようやくきちんと火がついたら、今度はハリーと子どもたちのために大急ぎで料理の準備だ。限られた乏しい予算と、会社の店の限られた品ぞろえの中からまともな食事を作り、毎晩の食卓に並べるのは文字通り至難の業だ。いや、子どもらがきちんと食事を摂るまで食卓に食べ物を残しておくこと自体、最近では困難になってきている。雑草のようにどんどん成長しているジョーは、スーラが料理を食卓に並べるそばからもうそれを平らげてしまう。スーラは、自分の子どもたちが十分に食べていないのではないかと始終案じていた。

スーラはいらいらしながらストーブの上のフライパンをずらし、場所を空けた。自分が何を作ろうとしているのか、自分でもよくわからなかった。そのとき突然、小屋の外で叫び声がし、つづいて長い悲しげな泣き声が聞こえてきた。幼いマイクの声だった。スーラは鍋をストーブの上に取り落とし、入り口のドアに駆け寄った。

外ではジョーが、地面に這いつくばって野菜畑の手入れをしていた。畑はジョーにとって一種の聖域だった。ここではスーラではなく自分が万事をとりしきることができる。そして畑は、ジョーにとって大きな誇りの源でもあった。とれたてのトマトを籠に詰めて、あるいはトウモロコシを腕いっぱいに抱えて丸太小屋にもっていくとき、そしてそれが晩の食卓に並ぶのを見るとき、ジョーは自分が家族の役に立っているのだと感じていた。スーラを手伝うことで、最近とみに彼女の不興を買っている償いをする気持ちもあった。その日の午後、畑のひと畝ぶんの雑草を抜き終えたジョーがふとまわりを見渡すと、一歳半になる弟のマイクがジョーのあとを追いかけ、ジョーのまねをして、半分育ったニンジンを地面から嬉々として引き抜いていた。ジョーがくるりと向き直ってマイクを大声で怒鳴りつけると、マイクは胸が張り裂けそうな悲痛な叫び声をあげた。一瞬ののちにジョーが視線をあげると、真っ赤な顔で玄関口に立つスーラの姿があった。スーラは階段を駆け下りてくると、地面に倒れているマイクを抱き上げ、素早く家に運び、扉をバタンと閉めた。

その晩遅くにハリーが家に帰ると、戸口でスーラが待ち構えていた。スーラはハリーに、ジョーを家に入れないでくれ、もう顔も見たくないのだと懇願した。しかしハリーはジョーを二階の部屋にあげ、座らせ、きつい小言を言っただけだった。スーラの目にそれは、あまりに手ぬるいしつけに見えた。そして彼女は爆発した。それまでの鬱屈や募る絶望からスーラは、もうこれ以上ジョーと同じ家では暮らせない、ジョーが出て行かないのなら、この神にも見捨てられたようなみじめな場所にこれ以上とどまるつもりはない、私かジョーかどちらか選べと迫った。ハリーは妻をなだめることができなかった。そして彼は二番目の妻を、それもスーラのように愛らしい妻を失うなど考えられなかった。ハリーは二階に戻り、家を出なければいけないとジョーに告げた。ジョーは一〇歳だった。

翌朝早く、ハリーはジョーを丘の上の学校に連れて行った。ハリーはジョーに外の階段に座っているように告げると、男性教師と話をするため、中に入っていった。ジョーは階段に腰を下ろし、朝日が昇る中、父親が出てくるのを待った。棒切れで地面にいくつも丸を描き、近くの木の枝に青カケスがとまってキーキー鳴きはじめるのを憮然として見つめた。まるで僕のことを叱っているようだとジョーは思った。長い時間がたったあと、父親と教師はそろって校舎から出てくると、握手を交わした。彼らは取引を結んでいた。学校の中に眠る場所を与えてもらうかわりにジョーは、大きな石造りの暖炉に昼も夜も火が絶えないように、細かく割った焚きつけを十分用意し、十分な薪を割らなくてはならない。

こうしてジョーの流浪の生活が始まった。ジョーのために食事を用意するのをスーラが断固拒否したため、ジョーは毎朝、学校が始まる前と夕食どきの二度、山のふもとにある会社の炊事場まで重い足どりで下りていき、コックのマザー・クリーヴランドを手伝うのと引き換えに、朝食と夕食を食べさせてもらうことになった。ジョーの仕事は食べ物を載せた重い盆を炊事場から隣の食堂へと運ぶことだった。朝食には山盛りのホットケーキとベーコンを載せた皿を、夕食には厚切りの肉と湯気を立てているジャガイモを載せた皿を、耐水性の紙でおおわれた長テーブルに運ぶ。汚いつなぎを着た坑夫や木こりは大きな声で喋りながら、がつがつと食事をする。男たちが食事を終えると、ジョーは汚れた皿を炊事場にふたたび運んだ。そしてそのあと、また山を登って学校にたどり着くと、薪を割り、宿題をし、それから、できるかぎり眠った。

食べることはできたし、なんとか生きることもできた。しかしジョーの世界は、暗く、狭く、孤独になっていった。キャンプには、友だちになれるような年の近い少年は一人もいなかった。ジョーにとっていちばんの——正しく言えば、ここボルダーシティに来て以来唯一の——相棒は、いつも父親であり、弟のハリー・ジュニアだった。校舎で暮らすようになった今、ジョーはよく、スーラの不機嫌に抵抗するため三人で同盟を結んだことを思い出した。こっそり裏庭に抜け出してマツの木のまわりでボールを投げっこしたり、砂埃の中で大騒ぎをしたこと。スーラがどこかピアノの音の聞こえない場所にいるとき、三人でピアノの前に座り、お気に入りの歌を弾いたこと。何より懐かしいのは、父親と二人のさまざまな思い出だった。スーラがヴァイオリンを練習しているとき、台所のテーブルでトランプに興じたこと。フランクリン自動車のボンネットを開けてあちこちをつつき回したり、エンジンのさまざまな部品の機能や目的をひとつひとつ父親に説明してもらい、それらをひとつひとつ締めたり調節したりしたこと。ジョーにとっていちばん素敵な思い出は、家の玄関ポーチに父親と二人で夜更けまで腰かけ、黒い丸天井のようなアイダホの夜空に渦を巻くように星が瞬く、驚くような光景を言葉もなく見上げていたときのことだ。二人は無言のまま冷たい空気を吸いこみ、どこかで流れ星が落ちるのをじっと待った。「よく見ているんだよ」と父親は言った。「目をしっかりと開けておくんだ。いつどこから星が落ちてくるかはだれにもわからない。見つける努力をやめたその瞬間に、流れ星は落ちるものだよ」。ジョーはそれが無性に恋しかった。今、学校の入り口の階段に座ってひとりで夜空を見上げても、それはあのときの夜空と同じには見えなかった。

ジョーの体はその夏、急激に成長した。伸びたのは主に身長だったが、山を毎日何度も往復したおかげで、足や腿にもほどなくしっかりと筋肉がついた。学校での日々の薪割りや炊事場での食器運搬のおかげで、上半身も鍛えられ、逞しくなった。マザー・クリーヴランドのところでジョーはがつがつと食事をした。それでも彼はいつも、飢えが満たされない気がしていた。食べ物のことが頭を離れることは、ほとんどないといってよかった。

ある秋の日、教師がジョーや他の生徒を自然史の野外授業のために森に連れていった。教師は生徒に一本の古い、腐った切り株を示して見せた。その上には、巨大な白いキノコが生えていた。クリーム色の襞のようなものが丸く渦を巻いている。教師はそのキノコを切り株から摘み取って空中に高く掲げ、これは〈ハナビラタケ〉というのだと説明した。彼の話によれば、この巨大な白キノコはただ食用になるだけでなく、ゆっくり煮込むと非常に美味なのだという。ジョーにとって、無料の食べ物が森の切り株の上にあるというのは、目からうろこが落ちるような発見だった。その晩、学校の中の寝台に横たわったジョーは、暗い天井の垂木を見上げながら考えた。例のキノコの話は、単なる理科の授業以上の意味をもっていた。それは、きちんと目を開けていれば、思いもかけない場所に価値ある何かが見つかるかもしれないということだ。問題は、良きものを目にしたときに、それを良きものだと認識できるかどうかだ。一見それがどんなに奇妙で無価値に見えようとも。そして、たとえほかの人々がそれを一顧だにせず通り過ぎて行ったとしても。

左からジョージ・ポーコック、ラスティ・カロウ、
カイ・エブライト、アル・ウルブリクソン

第三章　イギリスから来たボート職人

良いコーチはそれぞれのやり方で教え子に、頭と心と体のすべてにおいて究極をめざすために、どのように自己を律するべきかを伝授する。だからこそ、もとボート競技選手の大半は、教室の中よりもボートの中で、ほんとうに大切な教えを学んだと話すのだ。

ジョージ・ヨーマン・ポーコック

ボートとは、とてつもなく美しい競技だ。だがその陰には苛酷な試練がある。特定の筋肉だけを主に使うおおかたのスポーツと違い、ボートは全身のほぼすべての筋肉を繰り返し執拗に酷使する。アル・ウルブリクソンに言わせれば、漕手は「尻をついて乱闘している」のに、じっさいには体のほぼすべての筋肉が動員される。しかも、一定の時間のあいだ、まったく休みなく、高速で。『シアトル・ポスト・インテリジェンサー』紙のロイヤル・ブロアムは、あるときボート部の新入生の練習を見たあと、このスポーツの厳しさにほとほと感心した様子で、こう記した。「ボートのレースには、タイムアウトなどない」。「途中で止まることも、給水をすることもできない。冷たい空気を肺いっぱい吸い込んで元気を取り戻すこともできない。選手はただ、前に座っている選手の汗にまみれた赤い首元に目を釘付けにしたまま、『終了』の声がかかるまでひたすら漕ぐだけだ……読者諸君、ボートは断じてやわなスポーツではない」

水や風の絶えぬ抵抗をのりこえて舟を進める地道な労働は、大腿四頭筋、三頭筋、二頭筋、三角筋、広背筋、腹筋、ハムストリング、臀筋などの、腕や脚や背中の主要な筋肉が主に引き受ける。そのほかに体のバランスを保つために、首や手首や手や足先までの何十ものもっと小さな筋肉も休みなく働く必要がある。でなければ、わずか六一センチという人間の胴体ほどの幅しかない舟をつねに水平に保つことはできない。こうして大きな筋肉から小さな筋肉まで、体のあらゆる筋肉がフル稼働した結果何が起きるか？　人間のどんな努力も太刀打ちできないほどのスピードで、カロリーが燃焼され、酸素が消費される。生理学者の計算によれば、オリンピックの標準である二〇〇〇メートルレースを漕いだ場合、その生理学的な代価は、バスケットの試合を休みなしで二ゲームこなしたときと同等だという。その重労働をわずか六分ほどのあいだに凝縮して行なうのがボートなのだ。

トップクラスで戦う鍛え抜かれたボート選手は男も女も、毎分八リットルもの酸素を体に取り込み、消費しなくてはならない。平均的な男性の場合、その量は一分につきせいぜい四〜五リットル。オリンピックに出る選手はそれとは段違いの、ほとんど競走馬並みの量の酸素を取り込み、処理する。このすさまじい酸素の取り込み方だけでも、十分特筆に値する。問題は、二〇〇〇メートルレースのあいだ、漕手が生産するエネルギーの七五～八〇パーセントは酸素を燃料にした有酸素エネルギーであるのに、競技はいつも苛酷なスプリントで始まり、苛酷なスプリントで終わるということ。つまり、体が有酸素エネルギーを生産できるキャパシティをはるかに超えた、膨大なエネルギーが必要になるということだ。どれだけ必死に酸素を取り込んでも追いつかないとなれば、体は即座に、有酸素エネルギーから無酸素エネルギーへと生産を切り替えねばならなくなる。その結果、大量の乳酸が産生され、筋肉組織の中にまたたくまに蓄積される。乳酸の蓄積は、筋肉の痛みを引き起こす。だから、たいていの場合、レースの開始直後から筋肉は苦痛の悲鳴をあげはじめ、痛みはゴールの瞬間まで続くことになる。

悲鳴をあげるのは筋肉だけではない。筋肉と接続する骨格組織もまた、すさまじい緊張や負荷を強いられる。正しい訓練を受け、コンディションを整えていなければ、あるいは整えていたとしても、ボートの選手はじつにさまざまな部分の不調に見舞われる。膝、臀部、肩、肘、肋骨、首、そしてとくに背骨。怪我や不調の種類も、手の血まめから重度の腱炎、滑液包炎、腰椎すべり症、肩の回旋腱板の損傷、特に肋骨で起こりやすい疲労骨折に至るまで多種多様だ。

これらのすべてに共通するのは、肺であれ筋肉であれ骨であれ、とにかく激しい痛みがあることだ。そしておそらくそれこそが、ボートの初心者がこの競技について最初に知らなくてはならないことであり、もっとも基本的なことでもある。競技としての、それもトップクラスの競技ボートに、痛みはあって当然の要素だ。それは、痛むか痛まないかという問題でも、どのくらい痛むかという問題でもない。重要なのは、自分が何をしたいと望むか、そしてそれをどれだけうまくやるかだ。どうしようと、痛みは襲うのだ。気まぐれに。

ジョー・ランツとともに一九三三年の秋にボート部に入り、ワシントン大学新人クルーをめざした学生はみなじきに、先の真理を痛感することになる。

毎日午後、授業が終わるとジョーは長い道を艇庫へと向かう。到着するとジャージとシャツ姿になり、体重を量る。計量は日々の儀式だ。それは学生に、一グラムでも余分な肉をつけてボートに乗るなら、それだけの馬力をかならず発揮せよと釘をさすためでもあり、トレーニングのしすぎで適正な体重を下回ってはならないと戒めるためでもあった。ジョーはそれから黒板を見て、その日に自分がどのクルーに組まれているかを確認し、艇庫の正面のスロープに集まっている他の新入生と合流する。そしてコーチであるボレスの練習前の訓話に耳をかたむける。

最初の数週間、ボレスの話のテーマは日ごとに変わった。話の内容は、シアトルの天気のような予測不能な要因に左右されることもあった。前日の練習でボレスが気づいた技術面についてのこともあった。だがジョーはまもなく、ボレスの話にはいつも二つの大きなテーマがかならず交錯するようにあらわれることに気づいた。新入生が繰り返し聞かされたのは、彼らの選んだ道が想像を絶して困難だということであり、この先数カ月で彼らの肉体と精神の品性の両方が試されるということだ。胸にワシントンの「W」の印をつけるに値する、肉体も精神も超人的なまでに強い人間はほんの一握りであり、クリスマス休暇までにはおおかたの学生は競争から脱落し、肉体的にも知的にもはるかに楽な、たとえばアメリカンフットボールのような競技に転向しているだろうとボレスは言った。いっぽうで、ボートという競技が人生を一変させるすばらしい経験であることも、折にふれ学生に話して聞かせた。自分自身よりもっと大きな何かの一部になり、それまで気づかなかった何かを自分の中に見出し、そうして青年から大人に成長していくのがどれほどすばらしいことかを、ボレスは熱く語った。時おり彼は声をわずかに落とし、口調や抑揚を変え、水上で起きる神秘の瞬間について語った。それは誇りと高揚と、仲間への深い愛に満ちた瞬間だ。ボレスは言った。もしもそれを体験したら、君たちはそれを一生忘れず、心の中でたえずその記憶を慈しみ、孫が生まれて老人になったら、やはりそれを話して聞かせるだろう。それは、人間が神にわずかに近づける瞬間といっても過言でない――。

ボレスが話をしているとき、背後に時おり一人の男が立ち、静かに、しかし熱心に耳をかたむけていることに学生たちは気がついた。年は四〇代前半くらい。ボート選手と同じくらい背が高く、角縁《つのぶち》メガネの向こうの視線は射るように鋭い。額は高く、いっぷう変わった髪形をしている。黒い縮れ毛は頭頂部では長く伸びているのに、耳の上や額のまわりでは短く刈り込まれている。そのせいで耳が異様に大きく見え、まるで頭の上に鉢か何かを載せているように見える。だいたいいつも、おがくずやかんなくずだらけの大工用のエプロンを身にまとっている。そして、歯切れの良いイギリス風の英語を話す。ケンブリッジやオックスフォードあたりでよく聞く、上流階級風のアクセントだ。その男の名がジョージ・ポーコックということを、そして彼が艇庫の屋根裏で競技用ボートを、ワシントン大学のためだけでなく国中のあちこちのボートチームのために製作していることは、学生の多くが知っていた。しかし、コーチのボレスがたった今語ったことの核心や真髄はそもそも、この英国人の静かな哲学や深い熟考からきていることは、まだ新入生たちはだれひとり知らなかった。

ジョージ・ヨーマン・ポーコックは、手にオールを握って生まれたような子どもだった。一八九一年三月二三日に彼が生まれ落ちたイギリスのキングストン・アポン・テムズは、世界有数の漕艇に適した水域がある。ポーコック家は、代々手製のボートをつくり続けてきた。父方の祖父は、先祖が何世紀にもわたってやってきたのと同じようにテムズ川で水上タクシーやフェリーを生業とする船乗りのために船をつくってきた。

一八世紀初頭から、ロンドンの船乗りは小型の平底船で即席のレースを行なうようになった。これはかなり荒っぽいイベントで、選手の友人が相手の船の進路を大きな船やはしけで阻んだり、橋の上で待ち構えて、相手の船が通りかかるや重い石を落としたりという無軌道ぶりだった。それとは別に一七一五年以降は、熟練した船乗りたちによってもう少し品のいいイベントが開かれるようになった。年に一度のロンドン橋からチェルシーまでのボートレースがそれで、このレースに勝利した者は、色鮮やかでいかにもイギリスらしいきらびやかな衣装を身にまとう権利が得られた。その鮮やかな赤のコートの左の肘には、大皿ほどもある銀の紋章が縫い込まれている。そのコートに、やはり鮮やかな赤の膝丈ズボンと、白い膝上の靴下をあわせるのが決まりだ。現在もこのレースは「ドゲッツ・コート・アンド・バッジ・レース」の名で毎年七月にテムズ川で、お祭り行事のひとつとして盛大に行なわれている。

　ポーコックの母方の祖父もまたボートづくりにかかわる仕事をし、さまざまな種類の小型船の設計と製造を手がけた。一八七四年にヘンリー・スタンリー卿が中央アフリカにデーヴィッド・リヴィングストン博士を探しに行くとき使われた、特注の組み立て式ボート〈レディー・アリス〉もそのひとつだ。ポーコックの叔父のビルはロンドン橋の下の工房で、竜骨《キール》のないシェル艇を他に先駆けてつくった。父親のアーロンもまた家業を引き継ぎ、イートン校の注文を受けてレース用のシェル艇をつくった。イートン校では一七九〇年代以降、上流階級の子弟がボート競技を行なうようになっていた。幼いジョージ・ポーコックが育ったのは、そびえたつウィンザー城のちょうど川向こうにあるイートン校の古いボートハウスの近くだった。一五歳のときジョージは、書類に正式の署名をして父親のもとに弟子入りし、それから五年近く父親のそばで手工具を片手に働き、イートン校が保有するたくさんのシェル艇の保全と増強に尽力した。

　ジョージはボートづくりだけでなく、ボートを漕ぐこともできた。それも、非常に巧みに漕ぐことができた。ジョージはテムズの船乗りの漕ぎ方を注意深く研究し、短いが力強いストロークですばやく水をとらえて突き放す彼ら独特の漕法を、シェル艇のレースにも応用した。そうして彼が開発したスタイルは、イートン校で伝統的に教えられてきたもっとストロークの長い漕ぎ方よりも、さまざまな点ですぐれていることがじきにわかった。当時、正式な練習のあとテムズ川で遊んでいたイートン校の高貴な青年たちは、下の階級に属するジョージとディックのポーコック兄弟が、自分たちを上回るスピードでボートを漕いでいく場面に何度も遭遇した。そして二人はまもなく、若きアンソニー・イーデンやタイのプラーチャーティポック王子、ウェストミンスター公の息子であるグロブナー卿ら、上流階級の青年たちに非公式のレッスンを行なうようになった。

ジョージはジョージで、イートン校の貴公子たちから何かを学び取った。ジョージはもともと、やろうとしたことは何でも、可能なかぎり高いレベルまで追求せずにいられない性格だ。父親の店で手をふれたあらゆる道具を使いこなすこともそうだし、いちばん効率的なストロークでボートを漕ぐ方法を習得することもそうだ。可能なかぎりエレガントで、かつ最高の性能をもつシェル艇をつくることもそうだった。そして今、イギリスの階級格差を目の当たりにし、自分や父親が話す言葉と彼らが話す言葉のちがいをつくづく考えさせられたジョージは、なじみのロンドン訛りのアクセントではなく、店にお客としてやってくる青年たちの「教養ある」歯切れの良いアクセントを努力で身につけようと決意した。そしてそれを実行し、まわりの人間を仰天させた。まもなくジョージの話し方は、艇庫でひときわ異彩を放つようになった。それを習得したのはジョージにとって、気取りのためではなくプライドの問題であり、優美さや正確さを追求する深い思いのあらわれでもあった。ジョージはそれ以後も、生涯にわたって自身の理想を追求しつづけることになる。

息子の忍耐力と水上での能力に感心した父親は、一七歳になったジョージをテムズ川のパットニーで行なわれる、プロのボートレース〈スポーツマン・ハンディキャップ〉に参加させた。父親はジョージに、イートン校の艇庫にある廃材を使ってボートをつくり、それでレースに出るよう命じた。そしてさらに、ジョージが生涯忘れることのないアドバイスをした。「ボートをつくるのにどれだけ時間がかかったかを問う人はいない。人々が問うのは、だれがそれをつくったかということだけだ」。そこでジョージはじっくり時間をかけ、ノルウェーマツとマホガニーを使ってシングルスカル（一人の漕手が左右二本のオールで漕ぐボート）用のシェル艇を丹精込めてつくりあげた。試合当日、ジョージはテムズのパットニーでそのボートを水に浮かべ、オールをさし出して深く身をかがめて漕ぎだした。そして三つの試合を勝ち抜き、五八人の選手の中で一位に輝いた。その日ジョージは、五〇ポンドの賞金というささやかな手柄をもって家に帰った。それからまもなく、今度は兄のディックがあの「ドゲッツ・コート・アンド・バッジ・レース」で一位になった。およそ二〇〇年の歴史があるこのレースは、当時としては最大のレースだった。

ジョージが自分も同じレースに挑戦しようと準備をはじめた矢先、父親が突然イートン校の艇庫での職を解かれた。一九一〇年代の終わりのことだ。解雇の理由は、「下の人間に甘すぎる」と噂が立ったことだ。収入の道を突然断たれた父親は、ロンドンの河岸でボートづくりの職を探しはじめた。父親の負担になりたくないと考えた兄弟は、カナダ西部への移住を急遽決意した。彼《か》の地では、森の中で働けば一週間で一〇ポンドものカネを稼ぐことができるのだと、二人は聞いていた。彼らは衣類とボートづくりのわずかな道具をまとめ、レースの賞金を使って、蒸気船〈チュニジアン〉号の三等室を予約し、リヴァプールからカナダ東部のハリファックス港へと向かった。

二週間後の一九一一年三月二三日、鉄道でカナダ大陸を東から西に横断したポーコック兄弟は、ヴァンクーヴァーに到着した。所持金は二人あわせてわずか四〇カナダドル。汚れた体とふらつく頭、そして空きっ腹を抱えて彼らは列車を降り、レンガ造りの市街に徒歩で向かった。冷たい、陰気な雨が降っていたその日はおりしも、ジョージの二〇歳の誕生日だった。ディックはその一歳年上だ。突然よるべない世界に飛び込んでしまった二人は、次に何をするかもわからないまま、落ちつかない気持ちを味わっていた。イートン校のまわりの面白味のない、だが居心地の良い街並みと比べると、ヴァンクーヴァーの町は大昔の開拓地も同然で、同じ英国王のもとにあるはずなのに、まるでちがう惑星に降り立ったかのようだった。兄弟は建造中のダウンタウンを歩き回り、一週間一八ドルで借りられるみすぼらしい部屋をようやく見つけた。そしてすぐに職探しをはじめた。なにしろ所持金は二週間分の宿代だけだ。仕事をえり好みなどできなかった。ディックはコキットラムの近くにある地元の精神病院で、大工の仕事についた。ジョージはヴァンクーヴァー郊外にあるアダムズ川沿いの伐採キャンプに仕事に行った。しかし彼に与えられた仕事は、〈スチーム・ドンキー〉と呼ばれる蒸気エンジン機械のあくなき食欲を満たすために、山の斜面を何度も上り下りして、水と薪を運ぶことだった。毎日ひたすらに薪を割り、水をくんだバケツを二個ずつ川岸からひきずるように運びつづけたジョージは、一カ月後、ヴァンクーヴァーに戻ってもう少し楽な仕事についた。今度は造船所の仕事で、スチーム・ドンキーのペースにあわせて働く必要こそなかったが、恐ろしい、危険な作業だった。結局ジョージはその仕事で指を二本失った。

一九一二年になって、事態は好転しはじめた。ポーコック兄弟のイギリスでの評判を聞きつけたヴァンクーヴァー漕艇クラブが、一艇一〇〇ドルでシングルスカルを二艇注文したのだ。兄弟は、コールハーバーの四五メートルほど沖に打ち捨てられていた、いかだの上につくられた古い小屋で店をはじめ、彼らのライフワークとなるボートづくりの仕事をようやく再開した。ボートの製作は店の一階で行ない、二人は夜眠るとき以外はほとんど休みもとらず、精力的に作業した。眠るのは店の二階の、暖房のない部屋だった。

理想的な環境ではとてもなかった。太陽の光をろくにさえぎらない屋根。雨や風は壁板の大きな隙間から中に吹き込んで、二人を震え上がらせる。寝室の窓から湾に飛び込んで、冷たい塩水に浸かるのが風呂の代わりだ。飲み水は、舟を漕いでスタンレーパークまで行って、公共の水飲み場から頂戴してくる。ときおりポーコック兄弟が眠っている間に錨が滑り、店を載せたいかだが勝手に漂いだし、湾を出入りする大型船のあいだをふらふらとさまよっていることもあった。引き潮のときは、傾斜した泥の岸辺にいかだが乗り上げ、端から端までが二五度も傾いてしまう。水を吸い込んだうえに店を載せたいかだは重みで泥の中に食い込み、潮がふたたび満ちてきても、びくとも動かない。そんなことが日常的に繰り返された。そのようすをジョージは後年、次のように描写している。「店の中に水が入り込み、水位が高くなっていく。私たちは二階の部屋に逃げ込み、このドラマがいつ次の幕に進むか見定めようとする。そしてついに、轟音をたてて丸太が泥のくびきを逃れると、まるで潜水艦が海面に上がるように、建物が徐々に水の上に姿をあらわす。二つのドアからは水が盛大に溢れ出す。そうして私たちは仕事を再開する。次に潮が変わるときまで」。ともあれ兄弟は注文の舟を見事に完成させ、その評判はカナダ中に広まり、新しい注文が入るようになった。一九一二年の中ごろには、兄弟はようやく地に足がついた気持ちがしはじめていた。ジョージは二一歳、ディックは二二歳だった。

ある灰色の、荒れた天気の日、漂う店の窓から外を見ていたジョージは、白髪まじりの赤毛を風に激しく吹かせながら、一人の痩せた男が肘と膝をぎくしゃくさせて必死にボートを漕いでいるのを見つけた。まるでオールに振り回されているような、ぎこちない漕ぎ方で、ジョージの描写によれば「まるで、カニがもがいているよう」だった。男はどうやらポーコック兄弟の店を目指しているようだった。だが、舟はいっこうに男の意図する方向に進んでくれない。その漕ぎ方があまりにぶざまで非効率的なので、男は酔っているにちがいないと兄弟は決め込んだ。見かねた二人は鉤竿を探し出し、男のボートに引っかけると店のほうに引き寄せた。二人が男に手を貸して用心しつつ店に上げると、男はにやりと笑い、大きな手をさし出しながら、よく通る声で言った。「ハイラム・コニベアです。ワシントン大学ボート部のコーチをしています」

のちに「ワシントンのボートの父」の異名をとるコニベアは、そのころちょうどワシントンのコーチに就任したばかりだった。ボートについての知識があったからではない。ほかにだれもなり手がいないから、素人同然のコニベアにお鉢が回ってきただけだった。コニベアは昔、自転車競技のプロだった。彼がやっていたのは、八人の人間が一台の自転車の複数の座席に乗り、でこぼこで泥だらけのトラックを車体を傾けながら猛スピードで走るという粗っぽい競技で、しばしば派手な衝突事故が起き、けが人が出た。彼はその後、大学のアメリカンフットボール部のアスレチック・トレーナーに転身し、さらに陸上部のトレーナーになり、そしていちばん近いところでは、一九〇六年のワールドシリーズで優勝したシカゴ・ホワイト・ソックスのアスレチック・トレーナーをつとめた。一九〇七年に、陸上部のコーチおよびアメリカンフットボール部のアスレチック・トレーナーとしてワシントン大学にやってきたとき、コニベアのボート経験は、一九〇五年の夏にニューヨークのシャトークア湖で練習用の四本オールの平底船《バージ》の講習を四週間受けたことだけだった。にもかかわらず彼が一九〇八年、ボート部のコーチに就任したのは、ボランティアだったパートタイムの二人のコーチが抜けた穴を埋めるためだった。

コニベアは、彼を知る人の話によれば「単純で、直接的で、恐れを知らない」男だった。彼は、ジョージ・ポーコックがのちに「燃えるような熱血漢」と呼んだ持ち前のガッツで、ボートのコーチという新しい仕事に果敢にとりくんだ。

コーチ専用のモーターボートなどなかった当時、コニベアはワシントン湖の岸辺をボートと並んで走っては戻りを繰り返しながら、舟の上の学生たちに向かってメガホンで、野球のスラングと漕艇の専門用語とその他雑多な悪態を自在にとりまぜた言葉を吐きちらした。彼の罵詈《ばり》雑言《ぞうごん》があまりに大声で、頻繁で、なおかつあまりに下品であったために、周辺住民からほどなく大学に苦情が寄せられる始末だった。ボートの指導はこれまでよりもっと科学的であるべきだと確信していたコニベアは、解剖学の本や物理の教科書を熟読した。そして生物学の研究室から人間の骨格標本を拝借し、それをボートのシートにくくりつけ、篝のハンドルに両手をつないだ。彼はアシスタントの学生に指示して骸骨にさまざまなストロークの体勢をとらせ、体がどんな動きをしているかを注意深く観察した。そして、ボートという競技のメカニズムを正しく理解できたと確信すると、コニベアは今度はボートそのものに目を向けた。ワシントン大学でそれまで使われてきたのは手製のシェル艇で、その多くはずんぐりした形で、まるでスピードが出なかった。激しく漕ぐと壊れてしまいそうなボートもあった。あるボートはあまりに底が丸くて転覆しやすいので、一九〇八年に整調をつとめたホーマー・カービィは、こんなジョークを言ったほどだった。「このボートを転覆させないためには、前髪も真ん中で五分に分け、嚙みタバコですら左右の頰に均等に分けなくてはならない」

今コニベアが求めているのは、イギリスでつくられているような細身で長く、エレガントなシェル艇であり、速いシェル艇だ。大学からわずかに北のヴァンクーヴァーに、本場イギリスから来た二人のボート職人が住み着いていると聞き及び、コニベアはさっそくその職人をたずねてきたわけだ。

ポーコック兄弟の漂う店を見たコニベアは、二人に向かい、自分は本格的なボート部を、艦隊ができるほど育てるつもりなのだと話した。そのためにはエイト競技用のシェル艇がおそらくは五〇艇くらい、少なくとも一ダースは必要だ。ついては、すぐにでもシアトルに移る気はないだろうか。シアトルに来れば、大学のキャンパス内に店を提供できる。こんなふうに水上に漂う店ではなく、固い地面の上にある乾いた店だ。ボートづくりはその店の中でやればよい。

コニベアが口にした、ありえないほど大きな注文に二人の兄弟は大喜びし、さっそくシアトルを訪れた。そしてイギリスに残してきた父親に電報を打ち、三人で食えるような仕事の口が見つかったので、急いでここワシントン州に来てもらえないかと伝えた。父親のアーロンが大西洋を越えようとしていたまさにそのとき、ジョージとディックのもとにコニベアから嘆きの手紙が届いた。それによれば、どうやらコニベアは少々先走りすぎていたようだった。じつはコニベアが動かせるカネは、シェル艇を一ダースどころか一艇買うのが精いっぱいだと判明したのだという。ぬか喜びだったことを息子たちが伝えると、父親のアーロンはそっけなくこう返した。「覚えておけ。コニベア氏はアメリカ人だぞ」

当初の壮大な期待は裏切られたが、ポーコック一家はまもなくワシントン大学の構内に居を定めた。そしてハイラム・コニベアは、このジョージ・ポーコックという若者が単なる腕のいいボート職人ではないことに気づきはじめた。ジョージはボート部の練習を見ると、彼らのストロークのどこがまずくてどこが非効率なのかを即座に指摘した。それは、骸骨の模型をどれだけいじくりまわしても出てこない、的確な助言だった。でしゃばるたちでないジョージは、最初はすすんでアドバイスを口にしたりはしなかった。しかし、コニベアが学生たちの漕ぎ方についてポーコック兄弟に意見を求めるうち、ジョージはだんだんと口を開くようになった。ジョージはコニベアに、自分が子どものころテムズの船乗りたちから学び、イートン校の青年たちに教えたテクニックの基本を伝授した。コニベアはジョージの話に熱心に耳をかたむけ、たちまちそれを習得し、のちに〈コニベア漕法〉と呼ばれることになるスタイルをポーコックとの議論を通じてほどなく完成させた。その特徴は通常より短い〈上体の後傾《レイバック》〉と、通常よりも速い〈キャッチ〉、そして通常よりも短いが力強い〈腕引き《プル》〉だ。この漕法だと漕手の上体はストロークの最後に、より直立に近い状態になり、次のストロークに入る前傾の準備をすばやく、しかも普通よりも労力をかけずに楽に行なうことができる。東部の大学で（そしてイギリスのイートン校で）長らく使われてきた漕法とは、あきらかなちがいがある。東部の伝統的な漕法は過剰なくらいのレイバックが特徴で、リカバリーにもその分長い時間がかかる。このポーコックの漕法をワシントン大学が取り入れると、効果はてきめんだった。彼らは初めて大きな勝利を獲得し、頭角をあらわした。それからほどなくして東部の強豪校までもが、「なぜあんな正統的でない方法で、あれほどの成果をあげられるのか」を探ろうと、〈コニベア漕法〉に注目するようになった。

コニベアはそれからわずか数年後の一九一七年に、自宅の裏庭のプラムの木から落ちて死んだ。プラムの実をもごうとして高いところにある大枝に足をかけたコニベアは、足をふみはずしてまっさかさまに地面にたたきつけられたのだ。しかし、それまでにもうワシントンのボート部は西海岸の強豪に数えられるようになっていたし、スタンフォード大学やカリフォルニア大学バークレー校やブリティッシュ・コロンビア大学からも好敵手と目されるようになっていた。だが、コニベアが夢見ていたような「太平洋岸のコーネル」にはまだなっていなかった。

第一次世界大戦後、兄のディック・ポーコックは東部に移り、イエール大学のためにシェル艇をつくるようになった。弟のジョージはそのままシアトルに残ったが、彼のボートづくりの腕前を聞きつけて、アメリカの各地から注文が舞い込むようになった。それから数十年のあいだ、ワシントンのボート部にやってきた代々のコーチや選手たちは、艇庫の屋根裏で黙々と仕事をしているイギリス人が、ボートの生き字引のような存在であることを徐々に知ることになった。彼らにとってジョージ・ポーコックは、「太陽の下に新しきものなし」という聖書の言葉をくつがえすような存在であり、現代的に言うなら「漕艇おたく」だった。水や木や風に関する物理学知識から筋肉や骨などの生体力学《バイオメカニクス》に至るまで、ポーコックはボートという競技について、並ぶ者のない膨大な知識をもっていた。

ポーコックの影響は、技術の面だけにとどまらなかった。技術を教えることはむしろ、はじまりにすぎなかった。彼は、何代もの学生たちがボート部に来ては去っていくのを毎年その目で見た。力強くて自信にあふれた青年らがこの競技の繊細さを習得するのに四苦八苦するさまを見、彼らを観察し、ともに試行錯誤し、助言をし、彼らが夢を語ったり欠点を告白したりするのに耳をかたむけ、そうして若者の心や胸の内について多くを知るようになった。ジョージは、若者が希望を見つけられないときにそれを見つけてやり、若者がエゴや不安で技術《スキル》を見失ったときにそれを取り戻してやった。彼は自信がいかに脆《もろ》いものかを知り、信頼の力がいかに人を助けるかを知った。切磋琢磨する二人の青年のあいだで、あるいはもっと多くの青年のあいだで時に生まれる、クモの糸のように細い友情のつながりがどれほど強いものかを知り、青年たちを結ぶ信頼と愛情のきずなが、正しく培われればまるで魔法のように、チーム全体を別の次元に飛翔させることを徐々に知った。その次元に達したチームは、ばらばらの九人ではなくひとつの、定義しがたい何かになる。櫂を漕ぐ辛さすら恍惚に感じられるような、水や大地や空と完璧に調和した何かになる。稀《まれ》にしか起きないそうした神聖なできごとを、ボートに乗る者はみな心から追求すべきだと、ポーコックはワシントン大学に来て以来、静かに主張しつづけてきた。

何年かのち、ワシントンでコックスをつとめたある学生は、ポーコックの影響を受けた何百人もの学生の思いを、次のようにあらわした。「彼の前にいるとき、僕たちワシントンのクルーはいつも、神の子の前にいるような気持ちがしていた」

毎日、トム・ボレスが練習前の話を終え、ジョージ・ポーコックが艇庫の屋根裏の工房に戻っていくと、学生らは白いブレードの長いオールを我れ先に棚《ラック》からつかみ出し、水辺まで運び、練習の準備をする。デリケートなレース用シェル艇にはまだ到底足を踏み入れられない彼らは、大学が所有する由緒正しい練習用平底船《バージ》〈オールド・ネロ〉に乗る順番を待つ。オールド・ネロは幅が広く、底が平らな大型平底船で、真ん中に長い通路が通っている。そして、新入りの漕手を一度に一六人も乗せられるだけのシートがついている。一九〇七年以降、つまりワシントンのボート部開設以来ほぼ三〇年のあいだ、この船は新入部員にとって最初の試金石として使われてきた。

一九三三年の新入部員がオールド・ネロの船上で初めてオールを握った数日間、グレーのフランネルの上下に中折れ帽をかぶったトム・ボレスとアル・ウルブリクソンは、オールド・ネロの真ん中の通路を何度もいったりきたりした。ウルブリクソンはさしあたって今は、新人たちを黙って静かに観察し、彼らの力量を見定めているだけだった。かたやボレスは学生たちに向かってひっきりなしに、オールをこんなふうに握れだのあんなふうに握れだの、オールのブレードを水に対して直角にしろだの、背筋を伸ばせだの、膝を曲げろだの伸ばせだの、もっと強く引けだの力を抜けだのと叱咤しつづけていた。学生たちはまごつき、四苦八苦した。このオールド・ネロという船は一部には、性格的にボートに向かない、ウルブリクソンのいう「腰抜けども」に早い段階で――いいかえれば、高価なオールやシェル艇を破損される前に――事実を認識させるよう設計されていた。学生たちは体に力をこめ、唸り声を上げ、息をあえがせた。彼らの必死の努力で、オールド・ネロはようやくふらふらと動きながらゆっくりとモントレイク・カットを通り抜け、波のある広いワシントン湖に出た。彼らは教訓や経験をすべて吸収しようと、そして全員の呼吸を合わせようと必死になるいっぽうで、ボレスが指摘しつづけている無数の過失をひとつでも犯してはならないと戦々恐々としていた。

ボレスがあえて怒る必要もない過失が、ひとつあった。ボレスの怒号がなくても、学生たちは早々に理解した。オールのブレードを誤った角度で水に深く差し込んだら、あるいは差し込むタイミングがほかのメンバーとずれたら、あるいはストロークの最後にオールがほんの一瞬でも長く水中にとどまりすぎたら、オールを水にとられる可能性が高まる。オールは突然、水中に差し込まれたままびくともしなくなる。まるで水底から巨大な甲殻類か何かがブレードをつかみ、意地でも放すまいとしているかのように、どれだけ力を込めても微動だにしなくなる。オールは動かない。それなのに舟は前に進もうとする。そうなったら、オールを握っていた学生は胸をしたたかに打たれてシートのうしろにのびてしまうか、あるいはオールを放すまいとしすぎれば、水の中にだしぬけに放り込まれるかのどちらかだ。ストロークをするたび青年たちは、濡れネズミになって、公衆の面前で大恥をかく危険《リスク》にさらされるのだ。

大勢の新入生の中で、それまでに曲りなりともボートを漕いだ経験があるのは、ロジャー・モリスただ一人だった。大恐慌の前、ロジャーの一家はピュージェット湾のベインブリッジ島の西岸に、小さな丸太小屋を所有していた。そして少年のころのロジャーは夏、オリンピック山脈の陰に位置する美しい青い入り江、マンザニータ湾の中でのんびり手漕ぎボートを漕いで過ごしたものだった。背が高く、力も強かったロジャー少年はやろうと思えば、ボートに乗ってどこまでも漕いでいくことができた。一二歳のある日、彼はそれを実証した。ひどい歯痛に襲われ、両親のいるシアトルのフリーモントになんとかして帰ろうと思ったロジャーは、二四キロ近くもボートを漕いで家に帰りついたのだ。アゲイト・パッセージを抜けて北に向かい、広いピュージェット湾を、貨物船やフェリーのあいだをぬうように南東に九キロほど進み、今度はサケ漁のトロール船やタグボート、いかだ舟と一緒に小さな手漕ぎボートをバラード閘門《ロック》に押し込み、さらに東に進む。そうしてついにサーモン湾を抜け、ボートを降りて歩いて自宅に帰り着くと、母親は腰を抜かさんばかりに驚いた。だがロジャーはオールド・ネロに乗り込んだ瞬間、即座に理解した。トム・ボレスとアル・ウルブリクソンが一九三〇年代当時に教えようとしているレース用のストロークを身につけるためには、自分のそれまでの自由奔放な漕ぎ方は邪魔になりこそすれ、けっして役には立たないだろうと。

じっさい、ボレスとウルブリクソンが教える漕法を簡単にマスターできると思った新入生は皆無だった。適度になめらかで力強いストロークをするためだけでも、タイミングのぴったり合った、全体に調和した動きをマスターすることは必須だ。漕手は艇尾に向かって座ったら、まず胸を曲げて膝に引きつける。両の腕は前方に伸ばし、両手は一本の長いオールのハンドルを握る。ストロークのいちばん最初の動作〈キャッチ〉は次のように行なわれる。まずオールのブレードを水に入れ、自分の胴体を艇首の方向、つまりうしろ側に、背筋はまっすぐにしたまま緊張させる。両腕が上体の軸に対して垂直になったら、ほぼ同時に〈レッグ・ドライブ〉に入る。フットストレッチャーで艇と固定されている脚を前へ蹴ると、コロの付いたシートは、油をさしたレールの上を艇首のほうへとスライドする。それと同時に、腕、背中、脚のすべての筋肉の力を総動員しながら、水の抵抗に逆らってオールを自分の胸に引き寄せる。オールが胸の位置まで来て、背中が艇首に向けて一五度ほど傾いたら、それが最大限の〈レイバック〉だ。次は〈リリース〉の動作に入る。両手をウェストのあたりまで落とし、オールのブレードを素早くそして思い切りよく水から抜き、それと同時に、ブレードを水面と平行にする〈フェザー〉という動作のために、手首をいちばん低い位置まで下げ、回転させる。次に〈リカバリー〉の動作をはじめるために、両肩を前にまわし、腕はオールを押し出すように艇尾に向けて前に突き出す。体はシートにのったまま前方に進み、膝は胸のほうに折りたたまれる。こうしていちばん最初の前屈姿勢に戻る。リカバリーのあいだ、ボートは自分の下を前方に滑っていく。漕手は、次の〈キャッチ〉のためにふたたびオールを回し、ブレードを水面に垂直に入れる。ブレードはすっと、ほかの漕手とまったく同じタイミングで水に入らなければならない。そこから間髪いれずに、先ほどの手順をすべて繰り返す。

一連の動作は、コックスが要求するピッチで限りなく操り返される。コックスは頭から下げて口に当てた小さなメガホンを使って、漕手に指示を出す。このプロセスを正確に行なえば、ボートはてこの原理によって水の上をスムーズに、力強く進む。そのためには、体を縮めては伸ばすという動作を、素早く正確に途切れなく継続的に行なわなければならない。さらにそれを、ほかの漕手とぴったりそろえて、同じ力をかけて、まったく同じ速度で行なわなければならない。これは気が狂いそうなほど難しい作業だ。どれほど難しいかというと、八人の人間がわずかでも身じろぎしたらすぐにも転覆しそうな漂う丸太の上に立ち、八つのゴルフボールをぴったり同じタイミングで、ぴったり同じ力をかけて、グリーン上の同じ場所を狙って打つくらいに難しい。それが何度も何度も、ほぼ二、三秒に一回のペースで繰り返されるのだ。

練習は毎日午後、三時間ほど行なわれた。そして一〇月に入って日が短くなるにつれ、練習が終わるころすっかりあたりは暗くなり、冷え込むようになった。毎晩、ボートから上がるたび、漕手らの手は水膨れができたり出血したりしていた。腕や脚は痛み、背中はうずき、体は頭から足の先まで汗と湖の水とでじっとり濡れている。彼らはオールを棚に戻し、漕艇用の練習衣を脱いで艇庫の中にあるスチーム暖房で温められたロッカーに干し、服を着替えると、キャンパスのある丘をめざして長い道のりをまた戻っていく。

丘を登る学生が日を経るごとに少なくなっていくのにジョー・ランツは気づき、深い満足を覚えた。もうひとつ、気づいたことがあった。最初に脱落したのは、きちんと折り目のついたズボンとぴかぴかに磨かれたオックスフォードの靴を履いた青年たちだったのだ。『ライフ』誌や『サタデー・イブニング・ポスト』紙の表紙を成功したボート選手の写真が飾っていた当時、多くの学生にとってボート部のクルーに選ばれることは、社会的ステイタスを確立し、大学における有名人になるための道筋に見えたのだろう。だがそういう学生は、この競技が肉体的にも精神的にもどれだけ厳しいものかをまるでわかっていなかった。ジョーは毎日午後、キャンパスを抜けて艇庫に向かうとき、見知った青年が何人も図書館前の芝生にたむろしているのを見るようになった。ボート部を脱落した彼らは、通りすぎていくジョーにちらりと視線を送った。痛みによって脱落する者もいる。ジョーにとってそれはありがたいことだった。痛みはジョーにとって、目新しいことではない。

スクイムのダウンタウン

第四章　捨てられた一五歳

ボートを、自分の思うように速く進めるのはむずかしい。それを阻む敵は、むろん、水の抵抗だ。ボートと、それに乗った人間の重みだけの水を押しのけてようやくボートは前に進むのだから。だが、水はボートを阻むと同時にボートを支えている。敵は同時に、友でもあるのだ。人生においても同じことがいえる。君たちがのりこえなければならない問題は、同時に君たちを支え、その問題をのりこえることで君たちはもっと強くなることができる。

ジョージ・ヨーマン・ポーコック

一九二四年一一月のある嵐の晩、スーラ・ランツは採掘キャンプの丸太小屋の中で産気づいた。スーラがベッドの上で陣痛にうめいているあいだ、ハリーは医者を呼びに、三〇キロほど離れたアイダホのボナース・フェリーをめざして曲がりくねった山道を車で走りだした。だが彼はほどなく、町の外につながる唯一の橋が流されているのに気づいた。仲間の坑夫の助けを借りてハリーは橋をかけなおすと、なんとかボナース・フェリーにたどりつき、医者を連れ帰った。お産にはぎりぎりで間に合い、ハリーにとって初めての娘、ローズが無事に誕生した。だがスーラはまる一夜苦しみぬいた。

スーラにはこれが我慢の限界だった。丸太小屋にも採掘キャンプにも、アイダホにももう耐えきれなかった。数週間後、ランツ一家は荷物をフランクリン自動車にまとめ、学校からジョーを拾うと、一路シアトルをめざした。当面の落ち着き先は、アルキポイントに住むスーラの両親の家の地下室だ。その年はじめて、ランツ一家はそろって同じ屋根の下で暮らすことになった。

だが、生活はうまくいかなかった。世話すべき子どもがまたひとり増えたスーラは狭苦しい地下室での生活に、丸太小屋の暮らしと同じほど不満だった。矛先が向かったのはまたしてもジョーだった。だから、ハリーがシアトルから車とフェリーで半日かかるフッド・カナルに職を得たとき、ジョーは父親と一緒に家を離れなければならなかった。木材会社の機械工として雇われたハリーは、一〇歳のジョーを連れ、伐採キャンプの近くに住むシュワルツという一家に居候をすることになった。

一九二五年までにハリーは木材会社の仕事で細々と金をたくわえ、それを頭金にして、オリンピック半島の北にあるスクイムという町に、自動車修理とタイヤ販売の店を開いた。店は町の中心に位置し、町を抜ける主要な道路であるワシントン通りに面していた。シアトルからポート・エンジェルスを抜けて半島に向かう者はみな、このワシントン通りを使う。立地は申し分ないし、ハリーは車の修理という天職にふたたび就くことができた。一家は店の二階の小さな部屋に移り住み、ジョーはスクイムの学校に通った。週末は父親の店で修理を手伝い、キャブレターを修理したり、ラバーを加硫《かりゅう》（天然ゴムに硫黄を加えて加熱し、物理的強度を増すこと）したりする方法を習った。それは、父親譲りの機械いじりの才をさらに磨くためもあったし、スーラのいる二階から少しでも離れていたいためでもあった。スクイム市長が通りがかりの娘に色目を使っていてハリーの愛車に衝突し、木製のフレームを壊してしまったとき、市長はハリーにフランクリン車の新しいモデルを弁償し、ハリーはジョーに古いフランクリンを与えて、自由に修理の練習をさせた。その年には、二番目の娘のポリーが誕生した。事業が波に乗ったころ、ハリーは町の南西に農地を買った。最近木を伐採されたばかりの、一六〇エーカー（一エーカーは約四〇〇〇平方メートル）におよぶその土地に、ハリーは自分の手で大きな農場をつくりはじめた。

スクイムは、南には雪を頂くオリンピック山脈を、北には青い巨大なファンデフカ海峡を見晴るかす広大な平原に位置する町だ。地平線の上にはちょうどヴァンクーヴァー島が見える。山々が盾になっているおかげで、太平洋の南西から吹きつける強風から守られ、ワシントン西部のおおかたの地域よりも非常に雨が少なく、曇り空よりも晴天が多い。気候は乾燥しており、最初この地に入植した人々は、サボテンが生えているのを発見したという。週末には人々が集まって新しい教会を建て、日曜の午後にはアイスクリームパーティが開かれ、土曜の晩には人々が踵《かかと》を鳴らしてスクエアダンスを踊る。肉屋がボランティアの消防士として人々の家や納屋を守り、だれかが家を改装するときには近所の人が手伝いに来る。近隣に住むネイティブアメリカンの女性がプロテスタントの牧師の妻と、〈ドレーク・カフェ〉でコーヒーを飲みながらレシピを交換し合い、肉市場をうろついていた子どもが、「おなかが空いているようだから」という理由で無料でホットドッグを与えられ、薬屋に立ち寄った子どもが「プリーズ」と言っただけで飴玉を手渡されるような土地だった。

ハリーが町はずれの切り株だらけの土地につくりはじめた農場は、いつまでたっても建築途上だった。ジョーに手伝わせてハリーは地面に溝を掘り、近くの灌漑用水路からこっそり水を横取りし、近所のダンジネス川から引かれたその水を動力にした自家用の製材所をつくり、伐採業者が残していった曲がった木を倒し、製材した。それだけで、二階建ての家の骨組みと外壁の一部を作るのに十分な、荒削りな材木ができた。ジョーと一緒に川から平らな石をたくさん集め、苦心して積み上げ、立派な石造りの暖炉もこしらえた。ハリーはまだ家が半分しか完成していない段階で修理店を売ることに決め、切り株に囲まれた未完成の農場に一家を移り住ませた。

それから数年のあいだ、ハリーとジョーは時間を見つけては家のあちこちに釘を打った。広い玄関ロをつくり、薪小屋を建てた。粗末な鶏小屋をつくり、まもなくそこで四〇〇羽以上のニワトリを飼った。六頭の乳牛用の粗末な牛舎も、なんとか二人で建てた。牛たちは、切り株だらけの草地で草を食《は》んだ。ハリーは製材用の水車にはずみ車と発電機をつけ、家の中に電線を引き、垂木から電灯をぶらさげた。灌漑用水路を流れる水の量によって、電灯はちらちらついたり消えたり、その明るさを変えた。だがハリーは、家を最後まで仕上げる時間や余裕をついぞ得ることはなかった。

家庭らしきものと、探検すべき新しい世界をふたたび手に入れたジョーにとっては、家がいつまでも未完成なことはさして重要ではなかった。家の裏には一エーカー近い草地が広がり、夏には甘いワイルドストロベリーで一面がおおわれた。春には、水路から十分な水がきたので、庭に深さ三メートル、長さ七・六メートルほどの池もできた。まもなくサケやマス、ニジマスがダンジネス川から灌漑用の水路を遡上し、池にもたくさんまぎれこんできた。ジョーは長い竿に網をくくりつけ、夕食に魚が食べたくなると家の裏からその網を取り出し、池の魚をすくい取った。敷地のすぐ裏の森にはクマやピューマがたくさんいた。スーラはそれを怖がり、小さな子どもたちを心配してひどく神経をとがらせた。けれどジョーは、夜中にクマが池の魚をねらって水しぶきを上げる音や、ピューマが暗闇の中、交尾の相手にかん高い声をたてるのを耳にすると、胸がわくわくした。

学校でのジョーはみなに人気がある、良い生徒だった。クラスメイトはジョーのことを外交的で、自由奔放で、冗談がうまくて、一緒にいて楽しいやつだと感じていた。ジョーと親しくなった数人の友だちは、時々彼がふっと、何の前触れもなく沈み込んでしまうことに気づいていた。だれかに意地悪をしたり敵意を示したりすることはけっしてなかったが、まるで彼の中にぜったい触れられたくない何かがあるかのように、ガードが堅い一面があった。

ジョーはとりわけ、音楽の教師であるミス・フレイテボーに目をかけられていた。彼は数人の友だちと古い楽器を交換したり譲ってもらったりして、ほどなく中古の弦楽器をひとそろい手に入れた。マンドリン、ギターが数本、古いウクレレが一本、バンジョーが二本。毎日学校が終わるとジョーは玄関ポーチに座ってそれらの楽器を練習し、夜、学校の宿題を終えるとまた練習した。それぞれの楽器をうまく弾く方法を、ジョーは勤勉な練習で根気よく体得した。そして毎朝ギターを一本持ってスクールバスに乗り、いちばん後ろの席に座ってギターの弾き語りをした。ラジオで耳にしたにぎやかな曲や、コミカルなバラード、悲しげな、あるいは陽気なカウボーイ・ソングなど好きな歌をジョーが歌うと、同級生たちは後ろのほうに集まってきて、ジョーの歌声に耳をかたむけたり、一緒に歌ったりした。ほどなくしてジョーには一人、特別なファンができた。ジョイス・シムダースという小柄でほっそりした少女だった。ブロンドの巻き毛に丸い鼻、そして人を引きつける笑顔が魅力的なジョイスは、だんだんとジョーの隣の席に座るようになり、ジョーの歌声に合わせて完璧なハーモニーで歌った。

ジョーにとって、スクイムは徐々にパラダイスに近い場所になっていったが、義母のスーラはこの地でもまた落胆を募らせた。彼女にとってスクイムは、ボルダーシティに比べても、両親の家の地下室に比べても、自動車修理店の屋根裏と比べても、さしてすばらしいものとは思えなかった。つくりかけの家に押し込められた生活。家のまわりは朽ちかけた切り株と野生の動物だらけ。スーラは自分が、昔思い描いていた洗練された生活から遠く隔たってしまったことを痛いほど感じていた。農場での生活のすべてに、スーラは嫌悪を感じた。毎日牛の乳を搾ることも、消えることのない肥しの匂いも、ニワトリの産んだ卵を始終集めにいかなければならないことも、クリーム分離機をくる日もくる日も掃除しなければならないことも、垂木に下がった電球がついたり消えたりを繰り返すことも、すべてがうんざりだった。ストーブにくべる薪を果てしなく割らなければならないことも、早起きしなければいけないことも、夜遅くまで起きていなければならないことも、すべてが嫌だった。そして、もうひとつの苛立ちの種は、ジョーとその友人たちが即席のバンドを作って、玄関の広いポーチで夜となく昼となく騒ぎ立てることだった。

こうしたすべての惨めさをひとつに凝縮したような恐ろしい出来事が、冬の、霧が立ち込める朝に起きた。スーラはストーブの上から、熱々のベーコンの脂身とジャガイモと玉ねぎを山と載せた鉄のフライパンをもちあげ、くるりと振り向いた。その瞬間彼女は、床の上に仰向けに寝転がっていたハリー・ジュニアの体につまずいた。スーラの手から落ちたフライパンとその中身は、ハリー・ジュニアの首と胸を直撃し、スーラとハリーは同時に悲鳴を上げた。ハリーは外に飛び出していって、シャツを引き裂くと、雪の吹き溜まりの上に身を投げた。だが時すでに遅く、体は火傷と火ぶくれで見るも無残なありさまになっていた。命はとりとめたものの、そのあと肺炎を患って近くの病院に数週間入院したハリーは、結局、まるまる一年間学校を休むことになってしまった。この一件をきっかけに、ランツ一家全体にとって事態は悪いほうへ悪いほうへと転がりはじめた。

一九二九年の秋にはジョーの胸にぽっかりと穴をあける、ある出来事があった。九月二九日、ジョイス・シムダースの一家が外出中に火事がおき、家がまるごと焼け落ちてしまったのだ。家を建て直すまでのあいだ、ジョイスはモンタナ州のグレート・フォールズに住む叔母のところに預けられることになった。突然ジョーにとって、スクールバスの後部座席は味気ないものに変わった。

その一ヵ月後、さらに深刻な凶兆があらわれた。その秋のしばらく前からアメリカの地域経済はすでに窮境にあった。小麦やトウモロコシ、牛乳、豚肉、牛肉が中西部で過剰に生産され、その結果、農作物の価格は文字通り崩壊した。同じ量の小麦を生産しても、得られる利益は九〜一〇年前のわずか一〇分の一に減った。アイオワ州では一ブッシェル（約三六リットル）のトウモロコシの価格は、ガム一箱の値段をも下回った。そして価格の暴落は徐々に、遠い西部にまで広がりはじめた。スクイムでは事態はまだ中西部ほどにはひどくなかったが、それでも十分厳しかった。ランツの農場はそれまでも、国中の無数の農場と同じように、何とか利益を上げるだけで精一杯という状態だった。だが一〇月三〇日、『スクイム・プレス』紙を手にとり、ニューヨークで数日前に何が起きたかを知ったとき、ハリーとスーラの夫婦は冷たく確信した。世界はもう、以前の世界とはちがう。この北西の果てのようなスクイムだとて、ウォールストリートを襲った嵐からいつまでも無縁でいられるはずがないのだと。

それから数週間のあいだ、ランツ一家の農場を次々と災難が襲った。まず、金融崩壊から一週間後、野犬が毎日農場にあらわれるようになった。その秋、家と農場を捨ててスクイムを去った何十もの家族があとに残していった犬たちだ。飼い主に去られた犬たちは、ランツの農場のあちこちでたえず牛を追いかけ回し、すきを見ては足に噛みついた。野犬の攻撃に悩まされた牛は、切り株のあいだをうめき声をあげながら重たげに歩き、ついには疲労しきって乳を出さなくなった。その結果、ランツ家は現金収入の大きな柱を失った。二週間後、ミンクがニワトリ小屋に忍び込み、何十羽ものニワトリを殺し、血まみれのたくさんの死骸を小屋の片隅に残していった。数晩後、ミンクはまたしてもニワトリ小屋を襲い、まるでスポーツに興じるように同じことを繰り返していった。こうして卵による現金収入までもが痩せ細ってしまうことになった。ハリー・ジュニアは後年、この秋の出来事を次のように語った。「すべてのものごとが、うまくいかなくなった。まるでだれかが神に『あいつらを狙え！』と忠言したかのように」

一一月も終わりに近いある雨の午後、ジョーは家の前でスクールバスを降りた。暗闇が家を包み込みはじめていた。玄関に向かって歩き、雨水がたまった窪みをまたごうとしたとき、父親のフランクリン車がエンジンをかけたまま、テールパイプから白い煙を吐き出していることに気がついた。車の屋根には何かが括り付けられ、上に防水シートがかけられている。ジョーが車に近寄ると、弟や妹たちがスーツケースに挟まれるようにして後部座席に座り、蒸気で曇った窓ガラス越しにジョーのことをじっと見ているのが見えた。スーラは前の座席に座り、まっすぐ前を見ている。彼女の視線の先には家があり、玄関のポーチにハリーが立っている。ジョーが近づいてくるのをハリーはじっと見ている。ジョーは玄関の階段をのぼった。父親の顔はやつれて青ざめていた。

「どうしたの、父さん？　みんなでどこに行くの？」とジョーは小さな声で言った。

ハリーは視線を落とし、玄関の床板を見つめたが、ふたたび視線をあげて、ジョーの肩越しに、雨で濡れた暗い森を見つめた。

「ここではもうやっていけないんだ、ジョー。しかたがない。スーラはもうここには絶対いたくないと、そう言ってきかないんだ」

「それで、どこに行くの？」

ハリーはジョーの目を見た。

「わからない。当面はシアトル。そのあとで、おそらくはカリフォルニアあたり。だが、ジョー、問題は、スーラがお前を置いていくと言っていることだ。父さんはお前と一緒にいてやりたい。でも、できない。小さな子どもたちには父親が必要だ。お前が父さんを必要とする以上に。お前はともかく、もう十分大きいのだから」

ジョーは凍りついた。ジョーの灰色がかった青い瞳は、父親の顔に釘付けになった。父親の顔は突然、石のように青白く、無表情になった。ジョーは驚きで言葉を失いながら、今耳にしたことを理解しようとした。ジョーは、スギ材でつくった玄関の手すりに片手を伸ばし、体を支えた。屋根から雨がしたたり落ち、玄関下のぬかるみにパシャパシャと水をはねかした。ジョーは、胃がぎゅっとしめつけられるような気がした。彼はようやく口を開いて言った。「でも、僕も一緒に行っちゃいけないの？」

「それはだめだよ。うまくいきっこない。ききなさい、ジョー。父さんがこれまでの人生で理解したことがひとつだけある。それは、幸せになりたければ、幸せになる道を自分で探さなきゃいけないということだ」

その言葉を最後に、ハリーは車のほうに戻り、乗ってドアを閉めると、車を出した。後部座席に座ったマイクとハリー・ジュニアが、楕円形のバックミラー越しにジョーを見ていた。ジョーの見るまに赤いテールランプは小さくなり、暗がりと雨の中に消えていった。彼は振り返って家の中に戻り、ドアを閉めた。たったの五分で、すべてが終わってしまった。雨は今、屋根を激しく叩いている。家の中は冷たく、じっとりとしている。天井から下がった電球が一瞬光って消えた。そして、もう光らなかった。


翌朝、目覚めたとき雨はまだ、つくりかけの家の屋根を叩いていた。夜のうちに風が強まり、家の裏のモミの木立の上でヒューヒュー風が鳴っていた。ジョーはしばらくのあいだ、その音に耳をかたむけながらベッドに横になっていた。ずっと昔、ペンシルヴァニアの叔母の家の屋根裏でこんなふうにベッドに横になりながら、遠くで列車が通り過ぎる悲しげな音に耳をかたむけていたことが思い出された。あのとき、小さなジョーの胸には不安と孤独が重くのしかかり、マットレスの中まで押しつぶされそうな気がしたものだ。あのときの気持ちが今またよみがえってきた。ジョーは起き上がりたくなかった。もうこのまま二度と起き上がらなくたって、かまわないじゃないか——。

しかし、ジョーはとうとう起き上がった。彼はストーブに火をおこして湯を沸かし、ベーコンを焼き、コーヒーをいれた。ベーコンを食べ、コーヒーで頭がすっきりするにつれ、ぐるぐる回っていた思考は徐々に落ちつき、ジョーは現実をあらためて理解しはじめた。彼は目を開いて現実を直視し、把握し、すべてを即座に理解した。それと同時に、固い決意が、自分の中に湧きあがってくるのを感じた。こんな目にあうのはもう嫌だ。捨てられて、傷ついて、脅えて、「なぜ？　どうして？」と果てしない自問を繰り返すのは、もうたくさんだ。このさきどんなことが起ころうと、もう二度と、こんな思いだけはしない。今この時から、自分の道は自分で作る。幸福への道は自分で探す。父さんが言ったように。それができることを、父さんに、そして自分自身に証明してみせる。僕は世をすねたりなんかしない。僕はみんなのことが好きだし、友だちがいれば寂しくなんかない。でも、もう二度とだれかに依存したりしない。家族にも、ほかのだれにも頼らない。僕という人間の、自意識のために。僕は、かならずそれをやりとげる。自分自身の力で。

ベーコンの匂いと味が食欲を激しく刺激した。食べ終えてもまだジョーは空腹だった。彼は立ち上がり、台所中をかきまわして何が残っているかを調べた。それほどたくさんはなかった。オートミールが数箱。ピクルスがひと瓶。ミンクの攻撃を免れたニワトリが産んだ卵が数個。キャベツが半玉。それからアイスボックスの中に、ボローニャソーセージが数本。身長が一八〇センチに届こうとしている一五歳の少年にとっては、とても十分とはいいがたい量だ。

ジョーはオートミールをいくらか作り、椅子にふたたび座ってさらに考えた。父さんはいつも言っていた。どんな問題にもかならず解決策がある。けれど父さんはいつも僕に念を押した。解決の方法は、人々がふつうに期待する場所にないこともある。だから人々が思いもしないような場所を見てみてごらん。そして新しい、創造的なやり方で考えれば、きっと探していた答えが見つかるはずだよ、と。ジョーは、ボルダーシティの森の切り株に生えていたキノコのことを思い出した。彼は思った。自分の力で生きていくことはできる。どんなときも冷静に行動し、チャンスに目を光らせ、「こうすべきだ」という他人の考えに自分の人生を指図されなければ、きっとできるはずだ。

それから数週間と数カ月のあいだ、ジョーは自分ひとりの手で食べていくすべを身につけはじめた。これ以上のミンクの襲撃を避けるために、ニワトリ小屋のまわりに鉄の杭を何本も打ち、毎朝集める数個の卵をだいじに食べた。雨に濡れた森の中でキノコを探し、美しいオレンジ色で笠に溝のあるアンズダケや肉厚なヤマドリタケを籠いっぱい集め、スーラが缶に貯めておいたベーコンの油を使って炒めて食べた。野生のオータムベリーを最後の一粒まで集め、水車の裏の池に来る最後の魚をすくいとり、クレソンの葉を摘み、ベリー類と一緒にしてサラダを作った。

だが、クレソンとベリーではサラダ程度のものにしかならない。いくらかでも現金がなくてはだめなことはあきらかだった。ジョーは、父親が置いていった古いほうのフランクリン車でダウンタウンまで行き、ワシントン通りに車を停め、ボンネットの上に腰かけて、バンジョーで弾き語りをした。余った小銭をチップにもらおうという目論見だった。だが、一九二九年当時にはもう「余った小銭」などというものが存在しないことに、すぐにジョーは気づいた。

ニューヨークのウォールストリートで始まった大暴落は、東海岸から西海岸まであらゆる町や村をまたたくまになぎ倒した。スクイムのダウンタウンも例外でなかった。州立の銀行はまだかろうじてもちこたえていたが、それも数カ月後には沈んだ。毎日あちこちの店の正面に板が打ち付けられ、その数はどんどん増えていった。ジョーが車のボンネットの上で歌っていると、木の舗道の上に何匹も犬が座り込み、気だるげにジョーを見あげ、雨に打たれながら、体についたノミを掻いた。舗装されていない道を黒い車ががたがたと走り抜け、泥水の水たまりに突っ込み、茶色い水しぶきを盛大に跳ね上げたが、運転手は歌っているジョーを一顧だにせずに通り過ぎていった。ただひとりの観客と言えそうなのは、「マッド・ロシアン」とみなに呼ばれている髭をぼうぼうに生やした男だけだ。男は裸足でスクイムの通りをふらふらと歩き回り、いつまでも途切れなく、ひとりごとをぶつぶつつぶやいていた。

ジョーはさらに頭をめぐらせた。そして、あることを思い出した。数カ月前、ジョーは友人のハリー・セコアと一緒にダンジネス川で、巨大なキングサーモンが群れる場所を発見したのだ。大きなものは、全長が一メートル二〇センチ近くもあった。彼らは、緑色の水の奥深くで産卵のときを待っている。そこまで考えたジョーは納屋に行き、銛竿を探し出すと、先の部分をこっそりズボンのポケットに忍ばせた。

靄の立ち込めるある土曜日の早朝、ジョーとハリーはダンジネス川沿いの、露をたたえたコットンウッドやハンノキのあいだを抜け、サケの産卵期に川を定期的にパトロールする監視員に出会わないようにひそかに歩いた。二人は若いハンノキから太くて丈夫な枝を切り、それに鉤竿の先をしばりつけ、冷たく速い流れにこっそり近づいた。ジョーが靴を脱ぎ、ズボンの裾をまくりあげ、川の淵から上流の浅瀬に向かってそろそろと歩く。ジョーが位置に着くと、ハリーは大きな石をいくつか川に投げ込み、水面を棒でバシャバシャとたたいた。驚いて慌てて上流に逃げた魚を、浅瀬でジョーが待ち構えている。サケの光る体がちらりと見えると、ジョーはいちばん大きいのに狙いをつけて鉤竿を水の中に入れ、巧みにえらの下を突いた。えらの下のあたりは、鉤竿で刺してもほとんどあとが目立たない。サケが騒ぎ立て、水をはねかせているあいだにジョーはよろよろと水から上がり、ばたばた暴れている獲物を砂洲まで引きずっていく。

その日の夕食はサケのごちそうだった。ジョーはそれを家で、ひとりで食べた。以後、サケの密漁はジョーのビジネスになった。彼は毎週土曜日の午後、大きなサケを一匹か二匹、ヤナギの枝に刺して肩にかけ、尻尾を地面に引きずりながら、五キロの道を歩いて町まで行った。獲物をもっていく先は、肉市場の店の裏口や、スクイム中のさまざまな家庭の裏口だ。ジョーは獲物を現金で売ったり、バターや肉、車のガソリンなど、そのときどきで必要なものと交換したりした。ジョーはお客におごそかに、そしていかにも実直そうな声で保証した。もちろんこの魚は、僕が釣り糸と釣り針を使って正々堂々とつかまえたものです、と。

その冬の終わりに、ジョーはまたひとつ〝事業〟のチャンスを見つけた。禁酒法が大々的に布《し》かれていた当時、ファンデフカ海峡の向こうのカナダまでわずか二五キロのスクイムは、あらゆる種類の蒸留酒がもちこまれる密輸の天国だった。酒の大半はシアトルのもぐりの酒場に流れたが、ひとりだけ、地元のスクイムに客をかかえる密輸人がいた。その男、バイロン・ノーブルは毎週金曜の晩に、黒くて細長いクライスラーのエンジン音をたてながら町はずれに来ると、ジンやラム、ウィスキーなどを入れた小さな水筒を、顧客とのあいだで決めておいた支柱の陰にこっそり置いた。ジョーとハリーの二人は、その特定の場所がどこなのかをまもなく突きとめた。

凍てつくような晩、二人は黒っぽい、厚い服に身を包んでノーブルのあとをこっそりとつけ、持参した空き瓶に、ノーブルが置いていった水筒の中身を移し、かわりにジョーが納屋で作った自家製タンポポワインを入れた。こうしておけば、ノーブルのお客は酒を盗まれたとは思わず、たまたま不味い樽の酒にあたっただけだと考えるだろう。けれども二人は、このちょろまかしを同じ場所ではあまり繰り返さないように、十分気を配った。次のとき、草むらの陰でノーブルかお客のどちらかが、ショットガンをもって待ち構えていないともかぎらない。そして〝仕事〟を終えるとジョーは、ほんものの酒を移し替えた瓶を、慎重に開拓した客と約束した場所にこっそりと配った。

密漁をしたり蒸留酒をくすねたりしていないときは、ジョーは自分にできるあらゆる種類の合法的な仕事をした。近隣の敷地に残った切り株を除去するのもその一つだ。まず切り株の下にトンネルのような穴を掘り、長い鉄の棒を使って切り株を地面から引きぬく。それでうまくいかなければ、穴の中にダイナマイトを詰めて導火線に火をつけ、大急ぎでその場から走って逃げる。ダイナマイトが切り株を吹き飛ばすと、空中高くまで石が飛び散り、黒いもうもうとした煙が立ち込めた。地面にかがみ込み、シャベルを使って灌漑用の溝を掘る仕事もあった。春にダンジネス川の流れに乗って運ばれてくる巨大なスギの丸太を、持ち手の長い、両刃式の斧で割り、柵の横木を作る仕事もあった。井戸掘りもした。納屋を建て、垂木にへばりつくようにして釘も打った。近所の酪農家から集めた牛乳を手動クランクのクリーム分離機で牛乳と上澄みのクリームに分け、五五キロ入りの缶に詰めて手押し車に載せ、クリームの製造会社に配達もした。夏には、抜けるような青空の下、スクイム郊外の乾いた平原で干し草を大鎌で刈り、熊手で手押し車に載せ、トン単位で隣人の納屋の屋根裏に積み込んだ。

こうした労働によってジョーの体はどんどんたくましくなり、同時に彼は自分に対する自信を深めていった。働きながらジョーは学校に通いつづけ、良い成績をおさめた。だが一日が終わって、だれもいないつくりかけの家に帰っていくとき、ジョーはストイックなくらいに孤独を守った。彼は、かつて家族がにぎやかに食事をしていた大きな食卓の端の席に座り、ひとりきりで食事をした。毎晩、一枚の皿で夕食を食べ、それを洗って乾かし、食器棚にスーラが残していったたくさんの皿のいちばん上に戻した。母の遺品のピアノの前に座り、鍵盤をぽろぽろと弾くこともあった。その素朴な旋律は、暗い、空っぽの家の中を漂った。玄関の階段に座ってバンジョーを弾き、聴く人のない歌を小さな声で口ずさむこともあった。

数カ月後、スクイムで新しい仕事が見つかった。家の通りの先に住むチャーリー・マクドナルドという年配の隣人が、木の伐採を手伝う人間をさがしていたのだ。ジョーに任されたのは、ダンジネス川の砂洲に生えている巨大なコットンウッドの木を切ることだ。楽な仕事ではない。コットンウッドは非常に大きく、幹の直径もとても太いため、ジョーとチャーリーが二人がかりで作業しても、たった一本の木を倒すのに一時間以上かかることもある。幅が二一三センチもある二人用の大きな鋸を前後に押したり引いたりしながら、ジョーとチャーリーは白くて柔らかい心材を切っていく。樹液が滴る春には、木がめりめりと倒れると同時に、切り株から樹液が空中に一メートル近くも飛び散った。それから二人は斧で小枝を落とし、長い鉄の棒で樹皮を剝ぎ、チャーリーの二頭の輓馬《ばんば》であるフリッツとディックに馬具をつけ、森を抜けてポート・エンジェルスの製紙工場まで木材を運ばせた。

チャーリーは第一次世界大戦でガス攻撃を受け、声帯がほとんどだめになっていた。どんなに頑張っても彼の喉からは、しわがれたかすれ声しか出てこなかった。一緒に仕事をしているときジョーは、チャーリーが口にする「ゲー」や「ハウ」などのかろうじて聞き取れる命令だけで、あるいはチャーリーがただ口笛を吹いたりうなずいてみせたりするだけで、二頭の輓馬がきちんと言うことをきくのにびっくりした。チャーリーが合図をするだけで、フリッツとディックの二頭はぴったり同じタイミングでしゃがみ、おとなしく鎖をつけられているのだ。チャーリーがもう一度合図をすると二頭は立ち上がり、まるで二頭が一頭の馬であるかのようにぴったりそろった動きで、全力で荷物を引きはじめる。チャーリーがいうに、こんなふうに全力で荷を引けば、馬たちは一頭一頭の力をただ足したよりも、もっとすごい力を発揮できる。彼らは材木が動くまで、あるいは馬具が裂け、心臓が壊れるまで渾身の力で車を引きつづけるのだと、チャーリーは話した。

しばらくするうち、労賃代わりにマクドナルド一家と一緒に夕食を食べさせてもらうようになった。ジョーはすぐに、チャーリーの二人の娘でまだ一〇歳にもならないマーガレットとパーリーの人気者になった。ジョーは夕食のあとも遅くまでマクドナルド家にとどまり、バンジョーを弾きながら二人の少女と一緒に歌ったり、玄関ポーチのカーペットの上に横になって一緒にドミノやマージャン、棒抜きゲームをして遊んだりした。

しばらくして、楽しみながらわずかだが金を稼げる方法がもうひとつ見つかった。ジョーは、学校友だちのエディ・ブレイクとアンガス・ヘイ・ジュニアの三人でバンドを結成した。ジョーはバンジョー。エディはドラム。アンガスはサクソフォンだ。三人は、スクイムのオリンピック映画館の幕間にジャズのナンバーを演奏し、その代わりに映画を無料で見せてもらった。カールスバーグのグランジホールでは、スクエアダンスの伴奏をした。土曜の晩にはダンスホールで演奏をした。このホールは昔、農家の鶏小屋だったのを持ち主が電線と電灯をとりつけて改造したものだが、今ではスクイムでいちばん人気のダンスホールになっていた。娘たちは入場無料、男たちは二五セントの料金をとられたが、ジョーとバンド仲間は演奏のある日はただで入れてもらえた。これは、ジョーには大きな意味を持っていた。数週間前にジョイス・シムダースがモンタナからスクイムに戻ってきていたからだ。自分の入場

16歳のころのジョイス・シムダース

料がいらないなら、ジョイスをダンスホールにデートに誘うことができる。だが残念ながら、ジョイスがダンスホールに来られるのはごくまれだった。そしてそのごくまれなとき、かならずそのそばには母親の姿があった。母親はフランクリン自動車のビロード張りの広い後部座席にとりすました顔で腰かけ、娘が危険な領域に足を踏み入れないよう目を光らせていた。

ジョイス・シムダースのただ一つの願いは、母親がジョイスへの監視の目をすこしでもゆるめることだった。

シムダースの家風は厳格で、ジョイスは厳しく育てられた。シムダースの祖先は開拓者としてドイツとスコットランドからやってきた移民で、ジョイスの両親は労働とはそれ自体が目的であるのだと固く信じ、労働こそが強情な魂を矯正するのだと、そしてどれだけ労働をしてもしすぎることはないと信じていた。ジョイスの父親はじっさい、この信条に忠実だったあまり、過労で死んだようなものだった。心臓肥大と重いリューマチを患っていた父親は、それでも自分の畑を昔ながらのやり方で、数頭のラバに引かれながら耕しつづけた。人生の最後の時まで、日の出の直後から夜まで、種まき時には週に六日間、ラバはジョイスの父親を畑のあちこちに縦横に引きずり回した。

だが、ジョイスにいちばん重くのしかかっていたのは母親と、とりわけその宗教観だった。母親のエニドはクリスチャン・サイエンスの熱心な信奉者だった。キリスト教科学とも呼ばれるこの宗教は、物質的な世界とそこにある邪悪なものごとはすべて幻影であり、精神的なものだけが唯一の真実だと説く教派だ。それによれば、ジョイスの父親を苦しめたリューマチのような病気を治すのは祈りの力のみであり、それ以外の、たとえば医者にかかるなどの方法はすべて時間の無駄ということになる。もうひとつ、ジョイスが成長するにつれ頭を悩ませるようになった、人格に深くかかわる問題もあった。母親のエニドは、「良いジョイス」しか存在しないと信じていた。教義上「悪いジョイス」は存在しえず、「悪いジョイス」に見えるものは、ジョイスの姿を借りた詐欺師のようなものだと母親は信じていた。ジョイスが何か過ちを犯すと、そのとたん、母親の目に彼女は存在しないも同然になった。「悪いジョイス」は椅子に座らされ、「良いジョイス」がふたたび自発的にあらわれるまで、そこに「いるもの」として認められず、椅子から降りることも許されなかった。その結果ジョイスは子ども時代の多くを、良くない考えを抱いたり過ちを犯したりすれば母親に「愛されなくなる」と心配しながらすごした。存在を認められなくなる恐怖は、いつも心を離れなかった。彼女は椅子の上に座って泣きながら、自分が存在しているかどうかを何度も確認した。「でも、私はここにいるのに。ここにちゃんといるのに」。そんなふうに思ったことを、ジョイスはずっと後まで忘れることがなかった。

唯一の逃げ場は、家の中ではなく、家の外で手伝いをすることだった。ジョイスは家事が嫌いだった。それは、シムダース家の家事に終わりというものがないせいでもあったし、家にいるかぎり母親の監視の目から逃れられないためでもあった。ジョイスは十代の中ごろから、父親の遺伝と思われる関節炎に悩まされていたが、そんなことは言い訳にならなかった。果てしなく皿を洗い、床をこすり、窓を磨くという反復作業は、手と肘の痛みをさらに悪化させた。ジョイスは隙を見ては外に逃げ出し、父親と一緒に野菜畑の手入れや動物の世話をしたりした。父親も愛情にあふれた性分ではけっしてなかった。自分の子どもたちよりも飼い犬を撫でているほうが多かったくらいだ。だが、すくなくとも父親には、ジョイスがそばにいると嬉しいらしい気配がいつもおぼろげに感じられた。それに父親がしている仕事はおもしろそうだった。実際的な問題を解決したり新しいものを作ったりという、父親がしばしばやっている作業は、ジョイスのあふれる知的好奇心を強く刺激した。その好奇心ゆえ彼女はすでに学校では、学業成績を含めてとびぬけて優秀な生徒として通っていた。ジョイスはいつも、自分の興味を引くものは写真術からラテン語まで、何でも深く追究せずにはいられない性質《たち》だった。彼女は論理を愛し、ものごとを分解してはもとにつなぎ合わせるのが好きだった。それは、キケロの言葉でも風車でも同じことだった。しかし一日の最後にはいつも、皿洗いをはじめたくさんの家事と母親の監視の目が暗闇の中でジョイスを待ち受け、彼女を家という狭い世界に閉じ込めた。

だからこそ、スクールバスの後部座席で昔の陽気な歌をギターで弾き語るジョー・ランツに初めて目をとめたとき、ジョイスは彼に引きつけられた。ジョーは歌いながら、白い大きな歯を見せて笑った。その明るい笑い声を耳にし、そして彼がバスの通路越しにちらりとジョイスを見たときの楽しげな瞳を見たとき、ジョイスはジョーの中にもっと広い、もっと明るい世界への窓を見つけた気がした。ジョイスの目にジョーは、自由の体現者そのものに見えた。

ジョーのおかれている状況について知ってはいた。彼がいかにぎりぎりの生活をしているかも、将来の見込みがなさそうなことも承知していた。多くの娘たちがジョーのような青年にそっぽを向くことも、自分もおそらくそうすべきであることもわかっていた。でも、彼が自分の境遇にいかに立ち向かっているかを知り、彼がいかに強く、いかに機知に富み、ジョイス自身と同じように、実際的な問題をいかに果敢に楽しく解決しているかを見るにつけ、ジョイスはジョーにあこがれるようになった。そしてしばらくするうちジョイスは、ジョーもやはり自分と同じように、胸の奥にいつも自信のなさを隠していることを知った。なによりも彼女は、どうやらジョーのほうも、良いにせよ悪いにせよ、ともかく自分のことを気にしていらしいという単純な、否定しがたい事実に気づき、小躍りした。すこしずつ、ジョイスは心を固めていった。いつの日か私は、ジョー・ランツがこれまで苦労したぶん、幸せになる手伝いをしてあげようと。

一九三一年の夏、ジョーは兄のフレッドから一通の手紙を受け取った。その頃、シアトルのルーズヴェルト高校で化学の教師をしていたフレッドはジョーに、シアトルに来て一緒に暮らさないかともちかけてきたのだ。フレッドと妻のテルマと一緒に暮らして、ルーズヴェルト高校の最終学年に編入したらどうだろうか。もしも良い成績で高校を卒業できれば、ワシントン大学に入学することもきっとできる。そして大学に行けば、いろんな可能性が開けるはずだとフレッドは言っていた。

ジョーは躊躇した。五歳のころ、初めてフレッドの家に引き取られたときから、兄はすこし自分に高圧的すぎる、弟の人生を手助けするというより意のままに指図したいようだとジョーはつねづね感じていた。フレッドはこれまでずっと、自分の弟はすこしダメなやつで、兄の自分がいろいろな点を矯正してやらねばならないと思ってきたふしがあった。そして今、ジョーはようやく自分の足で歩き出し、自分の人生を自分のものにできたと感じはじめていた。だから、フレッドであれ誰であれ、こう生きるべきだとかああ生きるべきだとか命令されるのは、正直、ありがたくなかった。スーラの双子の姉妹であるテルマと暮らすことにも、いささかのとまどいがあった。それにそもそも大学に行くなんて、これまで考えたことすらなかった。だが、ジョーはフレッドの手紙を読み返しながら、大学に行くのも悪くないかもしれないと考えはじめた。これまでずっと、学校の成績はよかったし、大学で勉強できるたくさんの科目にも興味があった。自分の知的な能力を試してみたいという気持ちもあった。それよりなにより、このままスクイムにいても、自分が思い描きはじめた未来を手に入れることは絶対にできないだろうとジョーにはわかっていた。その未来の中心にあるのはジョイス・シムダースであり、彼女とジョーが築く家庭だ。それを手に入れるためには、すくなくとも今しばらくは、ジョイスを残してシアトルに行かなければならない。

ジョーは逡巡の末、スクイムの家を板で囲い、一年したら戻ってくるとジョイスに告げてシアトル行きのフェリーに乗った。フレッドとテルマの家の居候になったジョーは、ルーズヴェルト高校に通いはじめた。奇妙なことだが、覚えているかぎり、こうして一日三食を食べ、学校に行くのと自分の興味のあること以外何もしなくていい生活は、ジョーにとって初めてといってよかった。ジョーはありがたく、学業と興味の両方に全力を投入した。そして、この新しい学校でもジョーはすぐに頭角をあらわし、ほどなく成績優秀者に選ばれるようになった。グリークラブに入り、歌ったり演じたり音楽を奏でたりする機会を存分に楽しんだ。男子の体操部にも入部した。鍛え抜かれた上半身のおかげで、吊り輪や鉄棒や平行棒でひときわすぐれた演技ができた。学校が終わるとジョーは時おり、フレッドとテルマの三人で町に行き、本物のレストランで食事をし、映画館でハリウッド映画を見た。フィフス・アヴェニュー劇場でミュージカルを観劇することさえあった。ジョーにとっては、ありえないほど楽で、ぜいたくな暮らしだった。そしてシアトルでのこの生活は、これまでジョーの頭にあった考えを確信に変えた。それは、スクイムで得られるよりもっとすばらしい何かを手にしたいという思いだった。

一九三二年のある春の日、体育館の鉄棒で大車輪の練習をしていたジョーは、ダークグレーのスーツに中折れ帽といういでたちの長身の男が入り口のところに立って、こちらをじっと見ていることに気づいた。男が姿を消してから数分後にフレッドが体育館に来て、ジョーを呼んだ。

「さっき教室に来て、おまえのことをたずねた男がいるんだ」フレッドは言った。「大学から来たと言っていた。これをあずかっている。もし大学に来るなら、ぜひ声をかけてほしいと話していたよ。選手に登用できるかもしれないとの話だ」

フレッドはジョーに一枚の名刺を差し出した。ジョーはそれをちらりと見た。

アルヴィン・M・ウルブリクソン
ワシントン大学体育局
ボート部　ヘッドコーチ

ジョーは一瞬名刺を眺めると、ロッカーのほうに行き、名刺を財布に入れた。

「やってみるだけやってみても、悪いことはないさ」。ジョーは思った。「コットンウッドの伐採よりきついなんてことは、きっとないだろうし」

一九三二年の夏にジョーは高校を優秀な成績で卒業し、スクイムに戻った。もしほんとうに大学に行くのなら、家賃や教科書代、授業料をまかなう十分な金を、これから何とかしてかき集めなくてはいけない。だが一年間働いても、せいぜい一年生のあいだにかかる費用しか貯められないかもしれない。二年目や三年目、四年目の学費はどう工面すればいいのか、ジョーは不安でいっぱいだった。

スクイムの家に戻ってきて、ジョーはほっとした。心配していたとおり、シアトルのフレッドの家にいた一年間、フレッドはジョーの一挙手一投足を指図した。フレッドがまったくの善意で言っているのはジョーにもわかったが、絶え間のない忠告や反論を聞かされていると、息が詰まりそうな気がした。どの授業をとるべきかや、どんなふうにネクタイを結ぶべきかということだけでなく、デートの相手についてまでフレッドは口をはさんだ。フレッドはルーズヴェルト高校の特定の女生徒をジョーの交際相手にすすめ、スクイムのシムダース家の娘のような田舎者よりもっと上を見て、町の娘と付き合ってみろと忠言した。もうひとつ、気になることがあった。フレッドのところに来て一年が過ぎるころジョーは、兄夫婦が父親の居場所を知っているらしいことにうすうす感づいた。それは徐々に確信に変わった。父親と義母と異母きょうだいがどこに住んでいるのか、フレッドとテルマは確実に知っている。しかもそれはここからそう遠くではないらしい。ジョーはふと耳にした会話の断片や突然の話題の転換から、あるいは、ジョーの視線を急いでそらしたり、ひそひそ声で電話をしたりするようすから、そのことを感じとった。ジョーは父親に会いに行くことも幾度か考えたが、そのたびに思い直し、心の中からその考えを追い出した。すぐ近くに父親が住んでいるのに、ジョーのことを探そうともしないという事実を突きつけられるのは、耐えがたかった。

スクイムにいるあいだ、ジョーはいつも働いていた。夏のあいだは、市民保全部隊が提示する仕事に喜んでありついた。それは、新しいオリンピック・ハイウェイにアスファルトを敷き詰める作業で、賃金は一時間につき五〇セントだった。賃金は安いくせ、仕事は苛酷だった。トラックの荷台から湯気を立てているアスファルトをショベルですくいとり、それを平らに敷き詰め、最後に蒸気ローラーをかけるという作業が一日に八時間も続く。照りつける太陽の熱と黒いアスファルトがあわさって、すさまじい熱気が絶えず地面から立ちのぼる。まるで太陽とアスファルトが、どちらが先にジョーを焼き殺せるかを競い合っているかのようだ。週末にはハリー・セコアと一緒に、近所の農家のために干し草を刈ったり、灌漑用の溝を掘ったりした。冬にはまた、チャーリー・マクドナルドのところでコットンウッドの木を伐り、輓馬に鎖でつなぎ、雪やみぞれが降る中、森を抜けて町まで運んでいった。

けれども、ひとつだけいいことがあった。ほとんど毎日午後、学校帰りのジョイスが自分の家のあるハッピーバレーの手前の、川下のシルバーホルンでスクールバスを降り、ジョーに会いにきたのだ。森を小走りに抜けてジョイスがやって来ると、ジョーはいつも彼女のことをきつく抱きしめた。彼の体からは、湿った森の匂いと汗の匂いと、野原の甘い香りがした。ジョイスはその香りを、それから七〇年がたった死の床でも思い出すことができた。

四月も終わりに近いある晴れた午後、ジョイスはいつものようにジョーのもとに急いでやってきた。ジョイスがジョーを見つけると、ジョーは彼女の手を引いて、ダンジネス川の南岸の、コットンウッドの合間の小さな草地に連れて行った。ジョーはジョイスを草の上に座らせると、すこし待っていて、と言った。彼は数メートル離れたあたりをうろうろと歩き、地面にかがみ込み、草むらをいじりながら何かを注意深く調べはじめた。ジョーが何をしているのか、ジョイスにはわかっていた。彼はいつも、まるで魔法のように四つ葉のクローバーを見つけ出し、愛情のささやかな印としてそれをジョイスにさしだすのが好きだった。ジョーがなぜそんなに簡単に四つ葉を見つけられるのか、ジョイスには不思議だった。だがジョーはいつも、こう言った。これは運の問題なんかじゃない。たいせつなのは目をいつもしっかり開けておくことなんだ、と。「四つ葉が見つからないのは――」ジョーはよく言った。「探す努力をやめちゃったときだよ」。ジョイスはこの言葉が好きだった。ジョーのいちばん好きなところを、凝縮したような言葉だ。

ジョイスは草の上に寝転んで、目を閉じ、顔や足に降り注ぐ太陽の暖かさを楽しんだ。いつもよりすこし早く、ジョーが近づいてくる音が聞こえた。ジョイスは起きあがり、ジョーに笑いかけた。

「見つけた」。ジョーが笑顔で言った。

握った手をジョーがさしだし、ジョイスは四つ葉を受け取ろうとして手を伸ばした。けれど、ジョーがゆっくり開いた手の中にあったのは、四つ葉のクローバーではなく、小さいが本物のダイヤモンドがついた金色の指輪だった。春には稀な日差しの中で、ダイヤモンドはきらきらと輝いていた。

〈オールド・ネロ〉を漕ぐ一年生たち

第五章　初めての競技ボート

ボートはおそらく、どんなスポーツよりも苛酷な競技だ。ひとたびレースが始まったら、タイムアウトも選手交代もない。漕手には、限界まで耐え抜く力が必要だ。だからコーチは教え子に、心と頭、そして体で苦難を耐え抜く秘密を伝授しなくてはならない。

ジョージ・ヨーマン・ポーコック

一九三三年の秋も終わりに近づいたころ、シアトルの日中の気温は五度を下回るようになり、夜になると零下まで冷え込むようになった。常に曇った空からは、霧のような雨が間断なく降った。南西からは身を切るような冷たい風が吹きつけ、ワシントン湖の水面に白波をたてた。一〇月二二日には、強い風がダウンタウンの建物の看板をはぎとり、ユニオン湖に浮かぶハウスボートを激しく揺さぶり、ピュージェット湾では、嵐に翻弄された何艘ものプレジャーボートから三三人が救助を求めた。

メンバーの座を争う新入生たちにとって、日増しに悪くなるこの天候は新たな苦難を意味していた。オールド・ネロに乗ってオールの練習をするとき、彼らのむき出しの頭や肩に、雨は容赦なく降りかかった。風で波がしらの立つ水面をオールがぴしゃりと打つと、氷のように冷たい水しぶきが盛大に立ち、顔に吹きかかり、目を刺した。オールを握る手には感覚がなくなり、自分が正しい持ち方をしているかどうか、もはやわからなかった。耳や鼻の感覚もなかった。ボートの下にある氷のように冷たい湖水は、体のぬくもりやエネルギーを、再生産も追いつかないほどすみやかに奪い取るように感じられた。痛む筋肉は、動かすのをやめたとたんに痙攣《けいれん》した。青年たちは次々脱落していった。

最初にいた一七五人は、一〇月三〇日までに八〇人に減った。その八〇人が、一年生の第一、第二ボートのメンバーをめざしてしのぎを削ることになる。第三ボートと第四ボートもあるにはあったが、それら二つに割り当てられた漕手が春のレースに出場できる確率は低かったし、最終的に大学代表の対校エイトに入れる見込みは薄かった。そしてコーチのトム・ボレスはそろそろ八〇人の中のトップグループを、オールド・ネロからシェルバージに移す時期だと決めた。ジョー・ランツとロジャー・モリスは二人とも、シェルバージに移るメンバーに選ばれた。

シェルバージは青年たちの憧れであるレース用シェル艇に似ているが、船幅がやや広く、底はより平らで、竜骨もある。シェル艇よりも、はるかに安定性は高い。とはいえ、操縦を誤ればすぐ転覆するエキセントリックな舟であることにかわりはない。オールド・ネロでの真実は、この舟においてもまた真実だった。つまり、一連の新しい技術をすっかりマスターしなければ、舟の上で体をまっすぐ保つことすらできないのだ。だが、選ばれた青年らにとって今はともかく、オールド・ネロを卒業してシェル艇に似た舟に移れただけで、もう十分だった。そしてジョーは、初めてその舟の中に腰をおろし、フットストレッチャーに足を入れた瞬間、誇らしさで胸がはち切れるような気持ちがした。

ジョーだけでなくロジャーも、シェルバージに乗るのを許されたことで、入学からこれまでの長い苛酷な日々が報われた気がしていた。ロジャーは月曜から金曜の毎日、フリーモントの実家から大学までの四キロの道を歩いて通い、工学の授業を受け、ボート部の練習に行き、練習が終わるとふたたび歩いて家に帰り、家の手伝いと学校の宿題をするという生活を繰り返した。授業料と家計の足しにするため、金曜と土曜の晩には、高校時代に結成したスウィングバンドでサクソフォンとクラリネットを吹いた。週末は家業の運送業を手伝い、町のあちこちの家からソファやベッドやピアノを運び出したり、運び入れたりした。当時、アメリカ全土で住宅ローンのほぼ半数が債務不履行となり、一日に約一〇〇〇件の抵当流れが発生していた。長年働いて手に入れただろう家から人々を追いたてるのは、往々にして胸の痛む仕事だった。ロジャーが最後の家財道具を家から運び出してトラックに載せ、新しい住居ではなく、オークションハウスに向かって車を出すとき、その家に住んでいた男はたいていうつろな目で、女はしくしく泣きながら戸口のあたりに立ち尽くしていた。そんな場面に出会うたび、ロジャーは自分の家族がなんとかまだ家を手放さずにいられることに、小さく感謝の祈りをささげた。多くの人と同じようにロジャーの家も、このほんの数年のうちに、安定した中流階級の暮らしから、一〇セントを手に入れるのにも苦労する厳しい生活へと転落していた。でも、すくなくともまだ家は手元にあった。

ロジャーはしゃがれ声でぶっきらぼうな、失礼すれすれのしゃべり方をする一風変わった男だった。友だちになりやすいタイプではない。けれどジョーはときどき、食堂でロジャーと並んで座った。話が弾むわけではなかった。二人がぼそぼそと話すのは、たいていが工学の授業のことだった。話をまったくしないことも、珍しくなかった。それでもそこには、言葉にされない細い友情の糸があり、二人は徐々にたがいを認めあうようになっていった。ジョーはロジャーをのぞいては、艇庫に来るおおかたの青年に親しみを感じなかった。いちばん小ぎれいな青年たちはとっくに艇庫からいなくなっていたが、それでもジョーは、残っている仲間の中で自分が「浮いている」という気持ちにさいなまれた。ジョーが毎日、着たきりすずめのくたびれたセーターを着て艇庫にあらわれると、そのたびロッカールームではだれかが嫌味を口にした。「ルンペンのジョー」といって、彼らはしのび笑いを漏らした。「フーヴァーヴィルのスラムではどんな生活？」、「そのセーターで蛾を退治するんだろ？」。ジョーはほかの青年らが来る前に着替えをすませるため、早めに艇庫に着くように心がけた。

ジョーは毎日午後、工学の授業が終わると急いでボート部の練習に行った。それが終わるとすぐに今度は、学生向けの運動具店での仕事に行き、夜遅くまでキャンディ・バーの類から、店が婉曲に「大切な部分の保護具」と広告を出した品物まで、あらゆる商品を売った。

仕事が終わると雨や暗がりの中を、疲れた体を引きずるように大学通りを歩き、ＹＭＣＡへと向かった。ＹＭＣＡでジョーは掃除夫として働くかわり、机とベッドを置いたらもういっぱいの独房のような小部屋に住まわせてもらっている。その部屋は、もともとは石炭の地下貯蔵庫だったのを小さく区切って作られたもので、地下には同じような狭くて湿っぽい、すすけた部屋がずらりと並び、男女取り混ぜさまざまな学生が暮らしていた。その中のひとりだった演劇科の早熟な女学生、フランシス・ファーマーの姿を学生たちはそれから二年もしないうちに銀幕の上に見ることになる。だが、地下室の住民に社交らしきものはまったく存在しなかった。ジョーにとって地下のその部屋は、宿題をし、翌朝また学校に向かうまでのほんの数時間、痛む体を休める場所以上のものではなかった。それは、いかなる意味でも家と呼べるものではなかった。

一九三三年の秋はジョーにとって疲労困憊の季節だったが、それでも、仕事と孤独ばかりの日々ではなかった。ジョイスがそばにいることが、なぐさめになっていたからだ。ジョイスがシアトルに出てきたのは、ジョーのそばにいたいためでもあったし、自分の夢をかなえるためでもあった。高校で優秀な成績をおさめていたジョイスは、スクイムの学校のクラスメイトの多くとは違う道に進むことができた。けれど、ジョイスは家庭の外でキャリアを築きたいわけではなかった。彼女が望むのは自分の、すばらしい家庭を築くことだった。でも、自分の母親のように、家事が世界の中心にあるような生き方は嫌だった。家事によって世界を狭められるような生き方はごめんだった。彼女が求めるのは心豊かな生活であり、大学はその生活を手に入れるための切符だった。

ジョイスが目標に到達するためには、今は皮肉にも、毛嫌いしていた家事労働にそれまで以上にいそしむしか道がなかった。その九月、フェリーを降りてシアトルの中心街に到着したジョイスは、住む場所と、授業や食べ物や教科書の代金を払うための手段を切実に必要としていた。大学に入学したジョイスは、さしあたっては叔母のラウラの家に厄介になったが、この厳しい状況で、ひとつでも食べる口が増えることがありがたがられていないことはすぐにわかった。叔母の家の経済とて、そのころすでに十分逼迫《ひっぱく》していたのだ。それから二週間のあいだ、ジョイスは毎朝日の出とともに目を覚まし、『シアトル・ポスト・インテリジェンサー』紙の求人広告欄に大急ぎで目を通した。だが、求人は話にならないほど少なかった。たいていの日、求人の広告は片手の指で足りるほどしかないのに、求職の欄には「仕事求む」という広告が山と載せられていた。

冷静に考えれば、ジョイスが自分を雇ってくれる人間に提供できるのは、ほがらかな性格を別にすれば、彼女がもっとも嫌いな掃除や料理の腕だけだった。だから彼女は「家政婦募集」という広告に的を絞って、仕事を探した。メイド募集の広告を見つけるたび、ジョイスはバス代を惜しんで数キロの道を歩き、広告主に会いにいった。一張羅を着て、大学の東に位置する瀟洒《しょうしゃ》なローレルハースト地区までの長い道をてくてく歩いたり、キャピタルヒルの急な坂道を上って、ヴィクトリア風の荘厳な屋敷が静かな通りの日陰側に立ち並ぶ一帯まで足を延ばしたりもした。けれども、無駄足ばかりだった。傲慢そうな町の有力者夫人に玄関で迎えられ、調度がたくさん置かれた居間に通され、飾りのついたソファに座らされ、職歴についての推薦状や証明書を見せるよう求められ、返答に困るということが幾度となく繰り返された。

ある暑い午後、またしてもローレルハースト地区で採用を断られたジョイスは、ついに、あたりの家の扉を順に叩いていこうと決めた。この一帯の家はどれも豪邸といってよかった。もしかしたら、人手はほしいけれどまだ広告は出していない家が、一軒くらいはあるかもしれない。ジョイスはこうして通りを行ったり来たりしながら、家々の扉を叩いて回った。関節炎の足は腫れて痛み、脇の下には汗がにじんできた。長い歩道をとぼとぼ歩いて立派な表玄関にたどり着き、扉を小さくノックするころには、髪の毛は汗でじっとり湿り、くしゃくしゃになっていた。

その日遅く、ある屋敷で玄関口にあらわれたのは、ひどく痩せた年配の紳士だった。高名な地方判事だった。ジョイスの話を聞くと、彼は目を上げてジョイスのことをじっくりと見た。推薦状だの証明書だのという、むずかしい質問は口にしなかった。判事がジョイスをじっと見ているあいだ、長い、ぎごちない沈黙があった。そしてようやく判事はしわがれ声でこう言った。「明日の朝、もう一度いらっしゃい。この前やめたメイドの制服があうかどうか、見てみましょう」

制服はぴったりだった。こうしてジョイスは仕事にありついた。

ジョイスは週末の晩、自由な時間がもらえたときには、ジョーと一緒に数セントで市街電車に乗って中心街に行き、四〇セントで映画を見た。金曜の晩には、クラブ・ヴィクターに行った。毎週金曜の夜はカレッジナイトで入場料がただになり、無料で踊ることができるからだ。土曜日にはしばしばアメリカンフットボールの試合が行なわれ、試合のあとに女性用のジムを使って、ダンス・パーティが開かれた。ジョーとジョイスはほぼ毎週通い詰め、ジョーは二五セントの入場料をジョイスに奢ってやった。しかし、スクールバンドの演奏をバックにバスケットボールのコートで踊るのはさしてロマンチックではなく、狭くて汗臭いスクイムの鶏小屋ダンスホールと大差はなかった。ジョーはジョイスを、彼女の友人たちが行っているようなもっと洒落た場所に連れて行ってやりたかった。だがそのための金銭的余裕はなかったし、そういう場所にふさわしい服はジョーもジョイスももちあわせていなかった。

一一月の半ば、年に一度同窓生が集まるホームカミングを控えて、大学中が沸いていた。ホームカミングの当日には、オレゴン大学とのアメフトの対校戦が行なわれる。それに先立って大学のボート部は、一年生のクルーと代表クルーとでアメフトの試合をした。結果は一年生チームの惨敗だった。一年生らはこの屈辱を決して忘れず、いつかかならず水上で上級生の鼻を明かしてやろうと誓った。ところでボート部には、このホームカミングの前哨戦で敗北すると、勝者にご馳走をふるまわなければならないという伝統があった。ワシントン大学の学生新聞はさっそくこの機に乗じて、一年生チームを揶揄《やゆ》した。「メニューはカニ料理に決まりだ。一年生はこの日曜もオールを湖の底に引っかけて、カニを拾ったはずだから」

だが、祭りの最中の一一月一七日、集会のためにかがり火の準備をしていた一年生のひとりが誤ってガソリンを自分の衣服にこぼし、それが引火するという悲劇が起きた。炎に包まれたその学生は数日間苦しみぬいた末に亡くなった。キャンパスは一転、暗い影に包まれた。

同じ月、大学だけでなくもっと広い世界にも暗い影が落ちていた。一一月一一日、強風の夜が明けた朝、ダコタ州の農家はそれまで一度も目にしたことのない異様な光景に目を疑った。朝なのに空は真っ暗だった。強風で地面から巻き上げられた表土が空を黒く染めていたのだ。その次の日、黒い塵の雲は東に移動し、シカゴの空を黒く覆った。さらにその数日後、ニューヨーク州北部の住民は、さび色の空を見上げて腰を抜かした。そのときはだれも知るよしもなかったが、この一一月に発生した最初の「黒い吹雪」は、のちに「ダスト・ボウル」と呼ばれる巨大な砂塵嵐の予兆にすぎなかった。このダスト・ボウルは一九三〇年代から四〇年代初頭までアメリカを襲った長い悲劇の中で、準主役的な役割を果たすことになる。一九三三年一一月の強風がおさまったあと、ほどなくして次の、さらにもっと大きな嵐がいくつも発生し、アメリカ中部のおおかたの表土を空に吹き飛ばし、その結果、何十万人もの人々が仕事を求めて西へとなだれ込むことになった。だが、西に行ったところで仕事の口などあるわけはなかった。砂嵐は人々の家を、土地を、自信を、そして生きる糧を吹き飛ばし、故郷を奪われた人々を西へとさまよわせた。

そして、次の悲劇的な一幕を暗示する不吉な暗い音が、遠く離れたドイツから次第に大きく響きはじめた。一〇月一四日、ドイツは突然国際連盟を脱退し、フランスやその同盟国とのあいだで続いていた非武装化についての話し合いにも応じなくなった。まわりの国は大きな不安を覚えた。ドイツの国際連盟脱退は、ヴェルサイユ条約が事実上無効になることを、そして一九一九年以来ヨーロッパの平和の土台となってきたものが崩れることを意味していた。ドイツの軍需品や弾薬の製造で最大手のクルップ社は、パンサーI型戦車一三五両の最初の注文を受け、秘密裏に製造を開始していた。パナマでは、弾薬の製造に使う硝酸塩を積んだたくさんの船団がつぎつぎ運河を通り、チリからアゾレス諸島へと抜けていくのが目撃された。船はヨーロッパ方向をめざしていたが、最終的な行き先がどこであるかはだれも知らなかった。

その秋、ドイツのあちこちの都市でアメリカ人やその他の外国人が、ナチス式敬礼をしなかったために突撃隊員に暴行される事件が相次いでいた。それを受け、アメリカ、イギリス、オランダはベルリンに対して、もしもこのまま襲撃が続けば「非常に深刻な結果がもたらされる」という警告文を発表した。秋が終わるころには、不穏な噂は遠いシアトルにまで達した。ワシントン大学工学部の学部長リチャード・タイラーは、所用でドイツを訪れた直後、彼の地で見たものを『デイリー』紙に次のように記した。「今日のドイツの人々は、ほんの些細なものごとについても自分の意見を口にするのを恐れているようだ」。タイラーはさらに、ナチスに目をつけられる言動をした者は即刻逮捕され、裁判なしで投獄される可能性が高いらしいと語った。タイラーも『デイリー』の読者も当時は知るよしもなかったが、すでにそのころナチス政権は何千人もの反体制者を収容所に送っていた。使われたのは、中世からつづく小さな美しい村、ダッハウの近郊に、その年の三月に建てられたばかりの収容所だった。

タイラーやその他のドイツ帰りの人々が語る不穏な話に、アメリカ人の多くは耳をかたむけなかった。ドイツから逃げてきたユダヤ人が語るもっと不吉な話については、なおさらそうだった。ワシントン大学で「アメリカはフランスやイギリスと連携して、ドイツと戦うべきか？」というアンケートが行なわれたとき、学生たちの回答は、アメリカ各地で行なわれていた同種の世論調査とまったく同じだった。九九パーセントが、この質問に「ノー」と回答していた。一一月一五日、俳優にしてコラムニストであるウィル・ロジャースは、「フランスとドイツがまた争いごとをはじめるのか」というアメリカ人の心もちを、わかりやすく単純に要約してみせた。「二匹の老いた雄猫が塀のこちら側と向こう側にいる。二匹のしっぽは塀越しに結ばれている。それはそのまま放っておけばいい。われわれは、以前それを結んでやるとき、傷を被った。今はまだ、その傷を治すのに忙しい」

一一月二八日午後、秋学期の最後の練習日、一年生たちは最後の冷たく過酷な練習を終えて水からあがった。最後の一人が艇庫に戻ると、コーチのトム・ボレスはそのまま待っているようにと全員に言った。そして、第一ボートと第二ボートのメンバーをこれから発表すると告げると、ボレスは頭をひょいとかがめてアル・ウルブリクソンの部屋に入っていった。

青年たちは顔を見合わせ、コーチのオフィスに使われている小さな暖かい部屋を、曇ったガラス越しに見た。フランネルのスーツを着たウルブリクソンとボレスが机の上にかがみ込み、一枚の紙をチェックしているのが見える。雨期が始まって以来、毎日午後はこうなのだが、艇庫には汗や汚れた靴下や白カビやらの、すえたような臭いが立ち込めていた。午後の最後のかすかな日差しが高い窓から艇庫の中を照らす。ときおり風が、正面の巨大なスライド式ドアをがたがたと鳴らす。二人のコーチは部屋からなかなか出てこず、いつもなら練習のあと艇庫を飛び交う冗談やからかいの言葉も今は鳴りをひそめ、気まずい沈黙があたりを覆っていた。ただひとつ聞こえる物音は、屋根裏でポーコックが新しいシェル艇のフレームに釘を打つ、小さなトントンという音だけだった。ロジャー・モリスがジョーのそばに来て、濡れた髪をタオルで乾かしながら、無言で立っていた。

トム・ボレスが部屋から出てきて、ベンチの上に立った。手には一枚の紙が握られている。学生らは重い足を引きずるように集まると、ボレスを半円状に囲んだ。

ボレスはまず最初に、この選抜は予備的なものにすぎないと告げた。彼は言った。今回選ばれなくても、メンバーの座をめざしてこれからもすべての部員が切磋琢磨をつづけることができるし、ぜひそうしてほしい。そして、今から名を呼ばれる者もけっしてうぬぼれてはいけない。自分は安泰だなどと思ってはいけない。そんなふうに思っていいやつはひとりもいない——。ボレスは前置きを終えると、リストに書かれた名前を読み上げはじめた。最初に呼ばれたのは、第二ボートのメンバーだ。ここで名を呼ばれた学生は、第一ボートの暫定メンバーを脅かす最大のチャレンジャーになる。

ボレスが第二ボートのメンバーの名を読み終えたとき、ジョーはロジャーのほうをちらりと見た。ロジャーはむっつりした顔で床をにらんでいた。ジョーもロジャーも、名前を呼ばれていなかった。だが、じりじり待たされるのはもう終わりだった。ボレスがふたたび口を開き、第一ボートのメンバーの名前を読み上げはじめた。バウ、ロジャー・モリス。二番、ショーティ・ハント。三番、ジョー・ランツ……。ボレスが読み上げるあいだ、ジョーは脇におろした拳をかたく握り、ほんのわずか上下に振った。メンバーに選ばれなかった仲間たちの目の前で、それ以上喜びをあらわにすることはできなかった。ジョーの隣では、ロジャーがゆっくりと息を吐いていた。

名前を呼ばれなかった学生たちがシャワー室に向かうと、第一ボートに選ばれたメンバーはシェルバージを棚からとりだし、みなで頭の上に持ち上げた。そしてお祝いのひと漕ぎのため、暗くなりかけた湖に向かって行進していった。軽い、しかし冷たい風が水面に白波をたてていた。日が沈むころ選手たちはボートに乗り込み、フットストレッチャーに足を入れ、ふたたび西に向かって漕ぎはじめた。ボートはだだっぴろいワシントン湖よりも静かな水面を求めて、モントレイク・カットを抜け、ポーテージ湾を抜け、ユニオン湖に出た。

気温は零下一度を下回り、水の上ではいっそう冷たく感じられた。ジョーは何も感じていなかった。ボートがユニオン湖の水面に滑り出した瞬間、街の喧騒はすっと遠ざかり、ジョーは完全に無音の世界に入った。聞こえるのは艇尾でストロークのカウントを叫ぶコックスの声だけだ。シートは油をさした二本のレールの上を、規則正しく静かに前後に動いている。

腕と脚は楽々といってよいほどスムースに、伸び縮みを繰り返している。オールの白いブレードが黒い水に入るときも、かすかな音がするだけだった。

湖の北岸に着くと、コックスが「ウェイ……ナーフ（そこまで）！」と声をかけた。漕手らが漕ぐのをやめ、長いオールをかたわらの水面に降ろすと、シェルバージはすべるように停止した。銀色の月の光に縁どられた黒い雲が風に吹かれてさっと動き、頭上がすっと明るくなる。漕手らは荒い呼吸をし、白い息を大量に吐き出しながら、言葉もなくシートにじっとしていた。漕ぎやめた今もまだ、彼らの呼吸はぴったりそろっていた。かすかな一瞬、ジョーにはまるで、ボートの上の九人が大きなひとつの何かであるように感じられた。生きていて、呼吸をし、それ自体の心をもつ大きな何かの一部であるような感覚だ。

西を見ると、新しいオーロラ橋のクモの巣のような鋼鉄のアーチの中を、銀色のヘッドライトがゆっくり這うように横切っていく。南を見れば、ダウンタウンの琥珀色の街の明かりが水面に映り、波に揺られてダンスをしている。クイーン・アン・ヒルの頂上では、ラジオ塔のルビーのような赤い光がちらちらと点滅している。ジョーは冷たい空気を思い切り吸い込み、座ったままそれらの光景を見つめた。が、突然、ジョーの目の中で光景はぼんやりとかすんだ。瞳には涙があふれていた。家族がジョーを残して出て行ったとき以来、初めて流す涙だった。

ジョーはうるんだ瞳を仲間たちに見られないよう、水面に目を落として、オール受け《ローロック》をもてあそんだ。涙がどこからあふれてくるのか、何のために泣いているのか、ジョーにはわからなかった。だがその一瞬、ジョーの中で何かが変化した。

漕手たちは息をつくと、静かな声で話しはじめた。冗談を交わしたりふざけたりする者はなく、みな、街の灯りや目の前に広がる光景についてぼそぼそと言葉を交わしているだけだった。そこへ、コックスの「両舷軽く《レディ・オール》！」というかけ声が響いた。ジョーは艇尾のほうに向き直ると、シートを前にすべらせ、オールの白いブレードを重油のように黒い水の中に入れた。そして筋肉を緊張させ、コックスの指示を待った。コックスのかけ声とともにジョーは、ちらちらと灯りのきらめく暗闇の中に進み出していった。

一九三三年一二月二日、シアトルに降りはじめた雨は、あとにも先にもないようなひどい長雨になった。降りはじめから三〇日間、雲が切れた日はたったの一日しかなく、雨が降らない日は四日しかなかった。その月が終わるまでにワシントン大学には、合計で三六〇ミリ近い雨が降った。シアトルの中心街にも約三八〇ミリの雨が降った。一カ月の降水量としては、かつてない記録的な数値だった。霧雨の日もあれば、大雨の日もあった。どちらにせよ、ともかく雨は降り続いた。

州西部を流れるいくつもの川はすべて氾濫し、川岸にあふれた水は農家を押し流し、何百万トンもの表土をピュージェット湾に持ち去った。川沿いにつくられた商業地区は、カナダの国境に近いものから南はコロンビアやシアトル北部に至るまで、のきなみ水浸しになった。増水したスカジット川が河口付近で盛り土の堤防を破壊した結果、州の中でもっとも肥沃な二万エーカーあまりの土地が塩水につかった。

シアトルでもっとも高級な丘の上の地区でも、雨でゆるんだ断崖を家屋がずるずると滑り、ワシントン湖やピュージェット湾に転がり落ちるという深刻な事態が起きた。道路には亀裂が入り、丘の下までそれが広がった。ダウンタウンでは、大量の雨水が下水道からあふれ、マンホールから噴き出し、通りという通りに浸水し、海抜の低いインターナショナル地区の商売を壊滅させた。エリオット湾の岸沿いに広がる惨めなスラム街にも雨は無慈悲に降り注ぎ、薄い壁の隙間に押し込まれた新聞紙にも、風雨にさらされた古いテントにもじっとりと染み込み、皺のよった錆だらけのトタンの屋根からぽたぽたと垂れ、泥だらけの床に敷かれたおんぼろマットレスをびしょ濡れにし、その上で何とか眠ろうとする人間の体を骨まで冷やした。

ひどい事態がつづくさなか、秋学期の最終試験は終わり、ジョイスは勤め先からしばしの休暇をもらって、ジョーと一緒にクリスマス休暇を過ごすためスクイムに戻った。ジョーはマクドナルド家を訪問し、自分の家を点検した。そしてジョイスの両親の家に泊めてもらい、屋根裏のベッドで眠ることになった。ジョーが部屋に落ち着いたころ、ジョイスの母親が地元新聞の切り抜きをさし出し、見出しをジョーに見せた。そこには「ジョー・ランツ。第一ボートのメンバーに」と書かれていた。町中があなたのうわさでもちきりなのよ、とジョイスの母親は言った。

第二部　打たれ強く　一九三四年

トム・ボレス

第六章　心はボートの中に！

私の昔からの夢は、世界一のボート職人になることだった。そして、謙遜をせずに言えば、その目標を成し遂げたと信じている。もしも（ボーイング社の）株を売っていたら、金持ちにはなれたかもしれない。だが、おそらく意欲を失い、職人としては二級になってしまっただろう。私は今のまま一介の、一級の職人でいたい。

ジョージ・ヨーマン・ポーコック

一月、ジョーとジョイスはシアトルに戻った。雨はまだ、毎日のように降り続いていた。練習が一月八日に再開されたとき、ジョーとその他一七名の新人第一ボートと第二ボートの暫定メンバーは、自分たちがもうシェルバージを卒業し、本物のレース用シェル艇に足を踏み入れる資格を得たことを知った。ジョージ・ポーコックが艇庫の屋根裏工房でつくっている、あの細身で美しいスギ材の舟だ。

暫定メンバーが知ったことはもうひとつあった。去年の秋から始まった十分に苛酷と思えたトレーニングは、アル・ウルブリクソンとトム・ボレスがこの先考えている練習計画のほんの一部にすぎなかったのだ。ボレスは語った。この先数カ月、第一ボートと第二ボートはライバル同士として切磋琢磨し、さらには大学代表である対校《バーシティ》エイトや二軍《ジュニア・バーシティ》のボートを相手に戦う。そのあとは、ブリティッシュ・コロンビア大学をはじめ、北西部のいくつかのチームとも対戦する。しかし本番の試合のシーズンは短く、試合の回数もわずかだ。まず四月の中ごろに第一ボートと第二ボートのどちらかが、宿敵UCバークレーとここワシントン湖で、年に一度の太平洋岸レガッタで対戦する。このレースに勝てば――勝つことができれば――ようやく一年生の西部チャンピオンを称することができる。そうしたらそのチームは、六月にニューヨークのポキプシーで開かれる全米選手権で、海軍兵学校や東部のエリート校と対戦する権利を手にできる。その先は、なし。すべてのシーズンは、いいかえれば九カ月間の準備は、たった二つの大きなレースのためにあるわけだ。

ボレスが一年生のコーチに就任してから六年のあいだ、一年生のチームはここワシントン湖で行なわれた試合では、UCバークレーを相手にしたときも、ほかのどんなチームを相手にしたときも、とにかく一度も負けを喫したことはなかった。そしてボレスは、今年のチームにその記録をストップさせるつもりはさらさらなかった。たとえ今年のバークレーの新人クルーの前評判がどんなに高かろうとも。ボレスが偶然耳にしたところでは、前評判はかなり良いようだったが――。

ボレスはじっさいに知っていた。カイ・エブライト率いるバークレーの新人チームは、昨年の八月からすでにオールを漕ぐ練習を開始し、一〇月にはもう本物のシェル艇で新人クルー同士、実戦練習をはじめていた。そのころワシントンの新人は、ようやく平底船のオールド・ネロからシェルバージに移っておそるおそる練習をはじめたところだった。エブライトがベイ・エリアの新聞に、いつもの年よりさらに鼻息荒く「ワシントンの新人なんて目じゃない」と豪語していることもボレスは知っていた。だから、今日この日から、雨が降ろうが槍が降ろうが一週間のうち六日間は練習を行なうと、ボレスは一年生たちに宣言した。

ボレスは本気だった。練習は、雨が降っても行なわれた。身を切るような風の中でも、冷たいみぞれの中でも、そして時には雪が降る中でも、毎晩遅くまで暗闇の中で、青年たちはボートを漕いだ。冷たい雨粒が背中を伝って舟の底にたまり、シートがスライドするたび水が盛大にはねた。その月、彼らの練習を見学した地方紙のスポーツ記者は、次のように記した。「雨、雨、雨。そしてまた、雨、雨、雨」。別の記者はこう書いた。「舟を上下逆さにしても変わりがないくらい、まるきりの水浸しだ。湖の上も下もあったものではない」。ボレスはそんなことはお構いなしに、部員とそのボートをワシントン湖のあちらからこちらまで執拗に追いかけ回し、さらにはモントレイク・カットを抜けてユニオン湖まで向かわせた。ユニオン湖で部員たちは、雨に濡れた黒い船や、バウスプリットから水を滴らせる古い二本マスト船を追い越しながら、ひたすらオールを漕いだ。鮮やかな黄色のレインコートを着たトム・ボレスは汽艇《モーターランチ》の、屋根のないコックピットに立ち、水しぶきを浴びながら部員たちを叱咤した。〈アラムナス《卒業生》〉という名のついたその汽艇はマホガニーの板張りがなされている。縁は真鍮だ。メガホンを使って大声で指示を出すうち、ボレスの声はだんだんにしゃがれ、しまいには嗄れた。

部員はここでふたたび落伍しはじめた。一〇月、一一月と寒さの中での練習に耐えてきた青年の多くは、練習を終えてオールを棚に戻し、校舎につづく丘をよろよろと登っていったきり、二度と戻ってこなかった。ボートは四艇からやがて三艇に減り、一一月の終わりには三つめのボートのシートが埋まらないことも出てきた。ジョーのボートのメンバーは全員がなんとか持ちこたえていた。だが前の年の一一月、初めてみなでユニオン湖に漕ぎ出したときにつかのま感じた友情めいた気持ちは、すでになかった。あの夜に味わった心が浮き立つような楽観は今や、不安や自信のなさや仲間同士の諍《いさか》いにとってかわられていた。それをボレスは改めて観察し、だれをクルーに残し、だれを落とすかを見定めていた。

いっぽう上級生のコーチで、指導の厳しさではボレスに劣らぬアル・ウルブリクソンは、二軍ボートと代表ボートのどちらを四月にバークレーと、そして六月の全米選手権で東部の強豪と競わせるかを決めかねていた。雨続きの一月がようやく終わり、寒風吹きすさぶ二月がきたころ、ウルブリクソンは教え子たちのようすに、それもとりわけ代表クルーの状態に大いに不満だった。彼は毎日練習を終えた後、事務所の机で日誌を書くのを日課にしていたが、そこにはふだんの寡黙さとは裏腹の感情的なコメントがしばしばぶちまけられていた。多くのコメントはその一月の悪天候についての不満だったが、それよりウルブリクソンがもっと腹を据えかねていたのは、代表クルーの覇気のなさだった。二軍のボートと競わせたときのふがいなさは、ウルブリクソンの目に余った。日誌のコメントは日に日に辛辣さを増していった。「女と遊んでばかりいる」、「不満ばかり」、「骨のない奴ら」、「なぜ、できるのにやろうとしないのか……」

二月一六日、ウルブリクソンはついに彼が望んでいたものを見つけた。彼が探していたのとは違う場所に、それはあった。その夕方、艇庫に戻る大学代表の第一ボートが、やはり艇庫に戻っていく一年生の第一ボートに合流した。艇庫まではまだ二マイル近い距離があり、両クルーはそこから競争をしようと思いついた。最初、一年生は代表クルーに食いついていた。ストロークのピッチもほぼ並んでいた。ウルブリクソンはそれほど驚かなかった。ボレスが一年生クルーに猛練習をさせているのは周知のことだ。だが、どちらのクルーもその日はすでに何時間も練習をした後だ。年が若く、経験も浅い一年坊主は早晩脱落していくはずだと、ウルブリクソンは汽艇の中で予測していた。ところが、一年生クルーは脱落するどころか、艇庫まで半マイルを切ったあたりから突然加速し、代表クルーから四分の一艇身のリードを奪った。これにはウルブリクソンも目をむいた。代表クルーのコックス、ハーヴェイ・ラヴも同じだった。ラヴはストロークのピッチをあげるよう半狂乱でクルーに叫んだ。最後の三〇秒間、代表クルーは全力でオールを漕いだが、艇庫の浮桟橋で一年生クルーに追いつくのがやっとだった。その晩、ウルブリクソンが日誌に書いたのは「初めて代表クルーが仕事をしてくれた」という辛口のコメントだった。

同じころ一〇八〇キロ南のオークランド・エスチュアリ——バークレーの練習水域——では、カイ・エブライトがよく似た問題に頭を悩ませていた。バークレーは前回の一九三二年にオリンピックで金メダルをとっており、そのときの漕手は一人だけ代表クルーに残っていたが、チームの成績はふるわず、鳴かず飛ばずの状態だった。何が良くないのか、エブライトにはさっぱりわからなかった。「体格だって前のメンバーに劣らないし、馬力だってある。なのに、どうしてだか勝てない」。エブライトは『サンフランシスコ・クロニクル』紙の記者にこぼした。おまけにここ数週間で、代表クルーは一年生相手に、タイム・トライアルでも一対一のレースでも負けを喫するようになっていた。

カイ・エブライトは多くの点において、アル・ウルブリクソンとは正反対の人間だった。ウルブリクソンが現役時代には整調をつとめ、ワシントン大学史上最高の整調と呼ばれたのに対し、エブライトは現役時代はコックスだった。長身でがっしりした体格で、端整な顔立ちのウルブリクソンに対して、エブライトは背が低くて痩せており、高い鼻とこけた頰にメガネといういかつい風貌だった。ウルブリクソンは保守的な服装を好み、中折れ帽とフランネルの三つ揃いがトレードマークだった。エブライトもフランネルのスーツは着たが、彼はそれを、海の男がよくかぶる古い防水帽やつば広帽ととりあわせるという独自な着こなしをした。帽子のつばの前を押し上げていると、まるで往年のカウボーイ歌手、ジーン・オートリーのコメディの相方のように見えた。ウルブリクソンは時に粗野に見えるほど寡黙だったが、エブライトは感情を隠さず表に出すタイプで、それはそれで粗野に見えた。バークレーの漕手のひとりはエブライトのことをこう回想した。「彼は僕らを動かすためなら、叫び、激励し、軽口を叩き、とにかく何でもした」。頭に血が上るとボートの舷縁《ガンネル》をメガホンでたたく癖のあったエブライトはあるとき、オールを水にとられる失敗をした漕手めがけてメガホンを投げつけた。だが、空気の抵抗を受けたメガホンは的を大きく外れ、コックスの席のドン・ブレッシングの膝に落ちた。仲間にからかわれて苛立ったブレッシングがメガホンを脇に押しやると、メガホンは水に落ち、エブライトは激怒した。「ブレッシング！　罰あたりなやつめ！　あの高級なメガホンをよくもお釈迦にしてくれたな！」

カイ・エブライトはアル・ウルブリクソンと同じように難しいところもあったが、ウルブリクソンと同様、コーチとして才能があることはまちがいなかった（二人はのちに、そろって漕艇の殿堂入りをすることになる）。そしてエブライトは、自分が指導した若者に惜しみない愛情を注いだ。一九二八年、アムステルダムで開かれたオリンピックでバークレーのクルーが金メダルをとった夜、感極まったエブライトはブレッシングを抱きしめ、大声で言った。「ドン、俺はおまえのことをこれまでさんざんこき下ろした。さぞ恨みに思っただろうな。でも、おまえはいつだって、最高のコックスだった。今まで教えてきた中で、最高の！どんなにそのことを嬉しく思っているか、わかってくれるか」。ブレッシングはこのとき「思わず涙が出た」と回想している。「僕にとって、神様みたいな人です」。エブライトの指導を受けた学生たちはおおかたが同じような感想を抱いていた。その中にはのちの米国国防長官になるロバート・マクナマラや、映画俳優のグレゴリー・ペックもいた。ペックは一九九七年に恩師のエブライトを偲び、バークレーのボート部に二万五〇〇〇ドルの寄付をした。

ウルブリクソンと同じように、エブライトもシアトルで生まれ育ち、ワシントン大学に入学し、ボート部に入った。時は一九一五年。ポジションはコックスだった。彼がコックスをつとめたクルーは、一五艇身という大差でUCバークレーを打ち負かしたこともある。卒業後もエブライトは艇庫にしばしば顔を出し、学生やコーチらに非公式で助言をしたり、なにかと手助けをした。一九二三年、ワシントンのヘッドコーチであるエド・リーダーがイエール大学のコーチに引き抜かれたとき、エブライトはその後釜を狙う候補者の一人になった。だが、後任のコーチとして選ばれたのはエブライトではなく、〈ラスティ〉ことラッセル・カロウだった。

それからほどなくして、UCバークレーのコーチ、ベン・ワリスがコーチをやめるという話をワシントン大学は聞きつけた。ここ数年華々しい成績を残していない同大学のボート部が、存続の危機にあるらしいこともわかった。ワシントンのボート部の世話役たちは、即座にこれに懸念を示した。バークレーのボート部は一八六八年に創立された、全米でもっとも歴史のある大学ボート部のひとつだ。やはり歴史を誇ったスタンフォード大学のボート部は、一九二〇年に廃部になっている。ここでバークレーまでもが廃部に追い込まれたら、西海岸最大のライバルを失ったワシントンもボート部を存続させる理由を失ってしまうかもしれない。だが、解決策はすぐそこにあった。バークレーは有能なコーチを求め、エブライトはコーチの職を求めている。そしてワシントン大学はライバルを求めている。そんな次第でカイ・エブライトは一九二四年二月、UCバークレーのヘッドコーチに就任することになった。エブライトに課された使命は、バークレーのボート部を立て直すことだった。エブライトはこの使命をきっちりと果たした。

三年後の一九二七年には、バークレーのボート部は西海岸での首位の座をワシントン大学と争うほどまでに立て直した。このころから、両大学のボート部の関係はきしみはじめた。もともとワシントンには、エブライトがバークレーのコーチに就任したことを「恩を仇《あだ》で返した」と悪く受け止める人々がいた。「エブライトはワシントンのコーチに選ばれなかったことに傷ついて、意趣返しをしようとしている」と勝手な推測をする人々もいた。ともかく、バークレーのボート部が力をつけるにつれ、もろもろの問題が表面化したり、あらたな摩擦の種が生じたりして、両校の関係は悪化の一途をたどった。ほどなく両校のライバル関係は、エブライトがのちに「悪意と血にまみれた」と形容するほど険悪なものになってしまった。

どこのボート部でも往々にして、いちばん紳士的な人物こそが黒幕であるものだ。カイ・エブライトはワシントン大学に在籍したころから、ジョージ・ポーコックの存在がワシントンのボート部にとって何を意味するかを理解していた。それについてエブライトがあれこれ思い悩みはじめたのは、自分でボート部を育てることになったときだ。

エブライトの怒りの一端は、ボートや器材に関する猜疑《さいぎ》心から生まれていた。全米のボート部のほぼすべてのコーチと同じように、一九二〇年代の終わりにはエブライトはボートなどのほとんどをポーコックから購入していた。ワシントンの艇庫に工房をもつポーコックは、その場所で独立したビジネスを営んでいた。ポーコックが製作するスギ材のシェル艇とトウヒのオールは今や、アメリカ全土で職人芸の極みとの呼び声が高く、とくにその耐久性と、なにより重要な水上でのスピードが高く評価されていた。彼のシェル艇はもはや芸術の域に達しており、その優美な流線型を人々は「棚にあるときからもう動いているように見える」と評したものだった。一九三〇年代の半ばには、ポーコックが製作するシェル・エイト艇の市場価格は、キャデラック・ラサールの新車と同じまでになっていた。

エブライトは、聞き捨てならない噂を父親から耳にし、猜疑心を募らせるようになった。もしかしたらポーコックは宿敵バークレーの邪魔をするために、わざと二級品や不良品を送ってきているのではないか？　こうしてエブライトはポーコックにこんな怒りの手紙を送りつけた。「私の父が聞いたところでは、あなたは今年うちのクルーのために製作したものより、もっとずっとすばらしいボートをワシントンのクルーに使わせるつもりだそうですが」。それから数カ月のうちに、ポーコックのもとにはエブライトから何通もの怒りの手紙が届いた。文面からにじみでる不満と苛立ちは、激しさを増すいっぽうだった。

手紙が届くたびポーコックは、礼儀正しく外交的に返答をし、バークレーに送っている品物はワシントンをはじめ全米の顧客に提供しているものとまったく同じだと明言した。「ご希望であれば、そちらのボートとワシントンのボートを喜んで交換します」とポーコックは書いた。「戦いに必要な道具を敵から買わされているという思いがそちらの漕手にあるのなら、どうぞそんな猜疑心は踏み消していただきたい。真実はそのまったく逆だ。私にとってなにより重要なのはすばらしいボートを製作することであり、その次に来るのがボートという競技を世に広めることだ」。だが、エブライトの猜疑は晴れず、彼はその後もポーコックに噛みつきつづけた。「わたしの教え子が『自分の武器は敵から送られたものだ』と考えるのは、この競技の世界に身を置く以上、ごく自然なことだ。そのせいで選手らの士気は下がり、あなたがたと同じ条件で戦うのをむずかしくしている……」

　ポーコックはなんとか誤解を解こうとつとめたが、エブライトは聞く耳をもたなかった。そうこうするうち、一九三一年には大恐慌の余波で各地のボート部が廃部になったり、ボートの購入予算が大幅に減らされたりするようになった。順風満帆だったポーコックの商売にも陰りがあらわれ、彼は工房の存続のためになんとか注文をしてほしいと、国中のボート部のコーチに手紙を書かざるを得なくなった。エブライトはこの機をとらえて、これまでポーコックから受けた——とエブライトが思い込んでいた——仕打ちの意趣返しを試みたらしい。エブライトは窮地のポーコックに手紙を書き送り、イギリスの業者に鞍替えする可能性をちらつかせながら価格の引き下げを迫り、さらに、もし本当に注文がほしければデザインを修正してほしいと無理難題をもちかけた。これに対してポーコックは、何度も説明を繰り返した。注文がほしいのはやまやまだが、価格を下げることはできない。ポーコックはエブライトに手紙で訴えた。「この一年で私のボートを注文した人はだれひとり、そのような要求はしていない。私のボートには値段に見合う価値があることを、だれもが知っているからだ……」。だが、エブライトは強硬な姿勢を崩さなかった。「……以前と同じ価格を貫くことはもはや不可能だ。いったいだれがそんな大金を支払える？……金の卵を産むガチョウはもうどこにもいないというのに」

だが、エブライトの腹立ちのいちばん大きな原因は、ポーコックから購入するボートの質や価格にあったわけではおそらくない。彼が恨めしく思っていたのはむしろ、ワシントンのクルーが受けているのと同じ質のアドバイスを、バークレーのクルーが受けられないことだった。ポーコックがボートという競技を知り抜き、もろもろのテクニックから勝敗の心理に至るまで深い洞察をもっていることをエブライトはよく知っていた。その叡智をワシントンが独り占めにするのはおかしいというのが、エブライトの論だった。ワシントンとバークレーが一緒に練習をするときエブライトは、桟橋にかがみ込んだポーコックがワシントンのクルーと談笑するのを見るだけで、あるいは、ウルブリクソンの汽艇に並んで座ったポーコックが、ウルブリクソンのほうに身を寄せて何かを耳にささやいているのを見るだけで、じりじりと腹立たしい気持ちになった。思いあまったエブライトは、みなが見ていることも忘れてポーコックに詰め寄るという、いささか度外れなふるまいまでした。「何度も言っていることですが、あなたはうちの学生の練習には一度だって付き合ってくれたことがない……うちの連中の漕ぎ方をそばで見て、ワシントンの連中にしているような助言をしてくれるのが筋というものじゃないですか？」

　高潔さと職人芸の人であったポーコックは、それ以上に道義心に篤《あつ》い人でもあった。だからこそ、エブライトのこの暴言はポーコックの胸を刺した。論理的に考えればポーコックはバークレーに対し、最高品質のボートをつくって送る以上の義理はなにもない。だが、ポーコックにはポーコックなりに、ひとつの負い目のようなものがあった。一九二三年の秋にUCバークレーが新しいヘッドコーチを探してワシントン大学に接近したとき、最初に白羽の矢が立ったのはじつはポーコックだったのだ。このときポーコックは、自分はコーチになるよりボートの製作をつづけるほうが漕艇界の発展に尽くせると考え、バークレーの申し出を断った。そして自分の代わりにとポーコックが推したのが、ほかならぬカイ・エブライトだったのだ。

　ともあれポーコックは事態を解決しようと努めた。両校が試合をするときには、彼はすすんでバークレーの学生に話しかけ、レース前にボートを艤装《リギング》するのに手を貸してやった。バークレーのコーチ陣と折にふれて会話をし、競技のちょっとしたコツを伝えたりもした。だが、ポーコックに対するエブライトの暴言は、ワシントンの艇庫ではもはや周知の事実だった。一九三四年には、両校の関係はピリピリと張りつめた最悪の状態になっていた。

　春本番のころ、トム・ボレスは一年生の指導に連日明け暮れていた。だが、何か悪い流れが出てきたことにボレスは気づいていた。「奴らは日ごとにのろくなっているように見える」とボレスは静かに不満を漏らしていた。

ボート競技の根源的なむずかしさのひとつは、漕手がひとりでもスランプになると、クルー全体がスランプにおちいってしまうことだ。野球やバスケットボールなら、たとえスター選手が欠場しても、すばらしい勝利をおさめることは不可能ではない。ひるがえってボートは、シェル艇に乗ったすべての漕手が完璧にオールをひと漕ぎひと漕ぎしなければ、勝利をおさめられないスポーツだ。すべての漕手の動きは密に関連しあい、ぴったりシンクロしなくてはならない。メンバーがひとりでもミスをしたり不完全な動きをしたりすれば、リズムが断たれ、ボートはバランスを崩す。そうなったら、クルーは勝利を逃すことになる。そして、往々にしてそうした事態は、たったひとりの漕手の集中力の途切れからはじまるものだ。

まさにこのため一年生チームは、悪い流れを断ち切ってスランプを脱しようと、練習にマントラをとりいれるという奇策を試みた。漕手がオールを漕いでいるあいだじゅう、コックスのジョージ・モレイがストロークのリズムに合わせて「M・I・B、M・I・B、M・I・B」と大声で叫び続けるのだ。「M・I・B」とは「mind in boat（心はボートの中に）」の頭字語だ。漕手はシェル艇に足を踏み入れた瞬間から、ゴールラインを越える瞬間まで、舟の中で起きることだけに心を集中させなければならない。「M・I・B（心は・ボートの・中に）」は、そのことをつねに思い出させるいわば呪文だ。ボートを漕いでいるあいだ、漕手にとっての全世界はガンネルに囲まれた小さな空間に収縮する。漕手は自分の前にいる漕手の動きと、指示を出すコックスの声に全神経を集中させなければならない。ボートの外

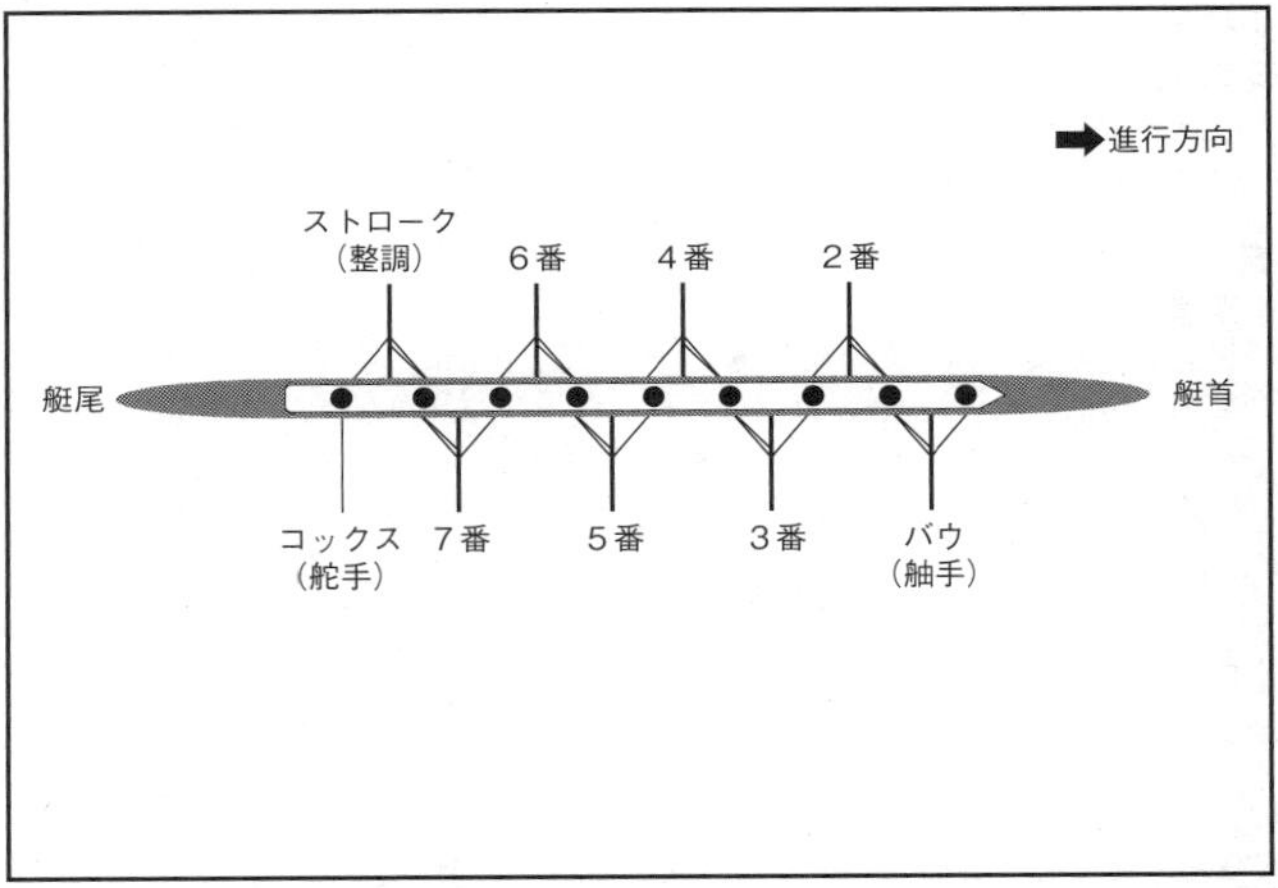

で起きることを、心の中に入れてはいけない。隣のレーンのボートの動きも、観衆の声も、昨日の晩のデートのことも。そうしたことを頭にうかべながらオールを漕いでいるチームが、勝利をおさめられるわけがない。だが、どれだけコックスのモレイが必死に「M・I・B」と叫んでも、状況は改善しなかった。そこでボレスは決意した。今必要なのは、ボートの基本に立ち返り、うまくいくときのメカニズムとうまくいかないときのメカニズムをきちんと把握することだと。

大まかに言えば、エイトに乗り込んだ漕手はみな、同じことをしている。彼らはみな、コックスに指示されたとおりの強さとピッチで、できるかぎりスムースにオールを水中で動かしている。だが子細に見ると、ポジションによってそれぞれに要求される仕事は微妙に異なっている。

まず、艇首の〈バウ〉に座る漕手は何を要求されるだろうか。ボートはかならず艇首が向いている方向に進む。だから、バウのストロークがわずかでも不均衡だったり不規則だったりすると、ボートの進路や速度や安定性に大きな影響が出てしまう。だからバウは他の漕手と同様、馬力がなければならないのはもちろんだが、なにより技術的に熟達していなければいけない。一ストロークごとに、わずかな失敗も交えずに完璧にオールを漕ぐこと、それがバウの仕事だ。同じことは二番と三番の漕手にもあてはまる。ただし彼らはバウほどの完璧さは求められない。

四番と五番と六番はしばしばボートの〈エンジンルーム〉と呼ばれる場所で、これらのシートには通常、チームの中でもいちばん大柄でパワーのある漕手が座る。彼らにもむろんテクニックはなくてはならないが、ボートがどれだけスピードを出せるかは、究極的にはこれらのポジションの漕手の馬力と、彼らがその馬力をどれだけ効率的に水中のオールに伝えられるかにかかっている。

七番の漕手には、いわばハイブリッドの役割が要求される。この席の漕手は、四番から六番までのエンジンルームの漕手と同程度の馬力がなければならないが、それと同時に、ボートの中で起きていることにつねに目を光らせる鋭敏な注意力が必要だ。そして七番の漕手は、八番つまり〈整調〉が示したタイミングと力加減を正確に感じとり、その情報をエンジンを担当する漕手に効率よく伝えなければならない。

整調の席はコックスの目の前だからコックスとは顔が向き合う形になる。コックスは艇首に顔を向け、ボートの舵を操作する役目を果たす。理論的には整調はつねに、コックスが要求した力加減と速度にあわせてオールを漕ぐ。だが結局のところ、全体を実質的にコントロールするのは整調だ。それ以外の漕手は、整調の力加減とタイミングをそっくりなぞるようにしてオールを操る。これらがすべてうまくいったとき、ボート全体はまるで、よく油をさした機械のようにうまく機能する。ひとりひとりの漕手は、たとえば自転車のチェーンの重要なリンクのようにはたらき、機械が前に進むための力をつくりだすのだ。

一年生のスランプを打開するため、ボレスはチェーンのどのリンクが弱いのかを見さだめ、修理しようと目を光らせた。その春、チームの弱点になっているのは、どうやらジョー・ランツのようだった。ボレスはジョーのポジションを三番から七番まであれこれ入れ替えてようすを見たが、効果はさっぱりだった。見たところ、問題は技術面にあるようだった。前の年の秋に選抜テストが始まったころから、ボレスはジョーに再三にわたり〈スクエア・アップ〉の指示を出しつづけていた。これは、各ストロークのはじめの〈キャッチ〉でオールが水に入る直前、オールのブレードを水面に対して直角にすることだ。ジョーはなかなかそれがうまくできなかった。ブレードが九〇度以外の角度で水に入ると、ストロークのパワーが落ち、ボート全体の推進力が低下してしまう。このスクエア・アップを正しく行なうためには強い手首と、微妙なコントロール力が必要だ。ジョーはどうやら、このコツがつかめずにいるようだった。さらにいえば、ジョーのストロークの仕方はもともと一風変わっていた。

彼の漕ぎ方はパワフルだったが、我流であることもたしかで、伝統的な観点からすれば非常に非効率に見えた。

たまりかねたボレスはある午後、ワシントン湖に練習に向かう前、ジョーを第一ボートからはずし、別のメンバーを入れた。ボートの速度はあきらかに落ち、困惑したボレスは湖から艇庫に戻るとき、ふたたびジョーを第一ボートに戻し、第二ボートと競わせた。ジョーが戻った第一ボートは、第二ボートを大きく引き離して艇庫に帰り着いた。ボレスは面食らいつつ考えた。問題はジョー・ランツの手首ではなく、むら気なのかもしれないと。

ジョーは、一時にせよ第一ボートをはずされたこの事件で、自分の現在のポジションがいかにあやういものかを突然に、そして冷酷に突きつけられ、メンバーをはずされれば大学にこのままいることもできないかもしれないと、冷や水を浴びせられる思いがした。数日後、三月二〇日の『シアトル・ポスト・インテリジェンサー』紙には、「ジョー・ランツ、三番に戻る」という記事が載った。ジョーはその記事を切り抜き、最近つくりはじめたスクラップブックに貼りつけ、記事の横に書きこみをした。「大丈夫なんだろうか? インテリジェンサーが何を言おうと、絶対確実なんて、ありえない」。ジョーの夢は、いつ水の泡になるかわからなかった。

それでなくともジョーはあいかわらず、自分はチームの味噌っかすだという劣等感にさいなまれていた。肌寒い天気がどれだけ続いても、ジョーは一枚きりのすり切れたセーターを毎日のように着なければならず、チームメイトらはそれを冷やかしつづけた。

新しい、またとないからかいの種をジョーがみずから提供してしまう事件が、ある晩起きた。夕食時のカフェテリアでチームメイトは、ジョーが食事をしているのを見つけた。ジョーは皿に山盛りにしたミートローフとポテトとクリームコーンを猛然と食べていた。彼はナイフとフォークで料理を次から次へと口に運び、せっせと咀嚼《そしやく》していた。自分の皿をきれいにすると、ジョーは隣に座っていた学生のほうを向き、食べ残しのミートローフをもらっていいかたずね、さきほどと同じ速度でそれを食べはじめた。

カフェテリアはざわついていたので、だれかが背後から来たことにジョーは気がつかなかった。忍び笑いも聞こえていなかった。ようやくひと息ついたジョーが顔を上げると、向かいの席に座った学生が妙な笑いを浮かべていた。その視線を追って後ろを振り向くと、ボート部のチームメイトが五、六人、ジョーを半円状に取り囲むように立ち、食べ残しの皿をいっせいにジョーのほうに突き出した。その顔には、にやにや笑いが浮かんでいた。ジョーは一瞬固まり、驚きと屈辱で耳まで真っ赤になった。だがジョーはテーブルに向きなおり、下を向きながら、食事を再開した。ジョーはまるで熊手で干し草を納屋に入れるように、フォークで食べ物を口に運び、顎を規則的に動かしてそれを咀嚼した。その目には冷たい、挑戦的な表情が浮かんでいた。自分はほとんどいつだって空腹なのだ。文句なしにうまい料理が目の前にあるのに、そこから立ち去る理由などない。ジャージ姿の馬鹿どもに囲まれていようが、構うものか。これまでにどれだけたくさんの溝を掘ってきたか、どれだけたくさんのコットンウッドを切り倒してきたか、そして冷たい雨の森の中で、どれだけたくさんの野イチゴやキノコを探しまわったかを思えば、こんなのは何でもないことだ。

三月が終わるころ、一年生チームはようやくスランプを脱したようだった。タイム・トライアルの結果もふたたび好転し、コーチのボレスはついに、正式メンバーとそれぞれのポジション決めに照準を合わせはじめた。四月二日、ボレスはタイムの測定を行なった。このときジョーのポジションは、前と同じ三番だった。その晩、ジョーは自室に戻ると、スクラップブックに書き付けた。「二マイル、一〇分三六秒。最速記録まであと八秒！」

その週のおおかたの日は風が非常に強く、練習はほとんどできなかった。四月六日にようやく風がやむと、ウルブリクソンは代表クルーと二軍クルー、一年生クルーとをワシントン湖で競わせてみようと決めた。三クルーを水上に並べ、風による練習の遅れがどのくらいタイムに影響しているか見定めるチャンスだ。

これまであまりぱっとした結果を出していない二軍クルーのために、ウルブリクソンはハンディをつけた。二軍のスタート位置を、残りの二チームより三艇身前にしたのだ。彼は一年生クルーに向かって、二マイルの位置で漕ぎやめるよう指示した。二マイルは、一年生のレースではいちばん標準的な距離だ。こうして上級生のクルーと競わせれば、バークレーと対戦するより前に、試合の場で一年生がどれだけの結果を出せるか、最終的かつ正確な評価をすることができる。一年生がゴールした後も、二軍チームと大学代表クルーは三マイルのゴールラインまで漕ぎつづけることになる。

三艇がスタート位置につくと、ウルブリクソンがメガホンで「レディ・オール……ロウ！」と叫んだ。代表チームのコックス、ハーヴェイ・ラヴは、おしゃべりをしていてスタートの合図を聞きのがした。合図とともに飛び出した一年生クルーは、代表クルーから半艇身のリードを奪った。一年生、二軍、代表クルーの三艇は比較的速いピッチでストロークを行ない、スタートから一マイルの距離まで、三クルーともペースはほとんど落ちなかった。相対的な位置関係も、変化しなかった。ハンディをもらった二軍クルーが三艇身先を漕ぎ、その次は一年生。どんじりを行く代表クルーのボートの艇首は、半艇身先にある一年生クルーの五番のあたりから動かなかった。

だが一マイル過ぎから代表クルーはじりじりと後退し、艇首は一年生クルーの六番から七番へ、そしてストロークのシートへ、そしてついにはコックスの位置にまで下がった。一・五マイルのしるしまで来るころには、一年生の艇尾と代表の艇首のあいだに水があきはじめ、一年生クルーは前を行く二軍クルーをとらえはじめた。一年生はそれまで、ずっと同じペースを保っていた。残り四分の一マイルとなったとき、一年生のコックスのジョージ・モレイは仕掛けるのは今だと見てとり、クルーにまだ十分力が残っているのを確認すると、ストロークのピッチを数個上げるよう指示を出した。一年生クルーは見る間に二軍クルーを抜き去り、先頭に立った。二マイルのラインを越えたとき、二軍クルーとも代表クルーとも、たっぷり二艇身の差がついていた。モレイが「ウェイナーフ」と叫び、クルーはオールを漕ぐのをやめ、ボートはそのまま滑るように進んで停止した。二軍クルーと代表クルーがようやく脇を漕ぎ過ぎていくあいだ、一年生は歓声をあげ、固めた拳を空に突き上げていた。ボレスはストップウォッチを見おろし、一年生の二マイルのタイムを読んだ。そして、もう一度ストップウォッチを見た。彼らが調子を上げているのは、ボレスも知っていた。だが今、彼ははっきりと悟った。自分が育てているあの連中は、とんでもないやつらだと。しかしまだわからないことがある。それは、バークレーの一年生の実力だ。カイ・エブライトがマスコミ相手にほのめかしているように、敵はうちの一年坊主よりもさらにとんでもないやつらなのか？　その答えは今から一週間後、四月一三日にあきらかになる。それまでは、ストップウォッチに刻まれたタイムを自分の胸だけにしまっておこうとボレスは決めた。

すべてのボートのコーチが逃れられない、物理の大原則がある。それは、レース用シェル艇のスピードは二つの大きな要因で決まるということだ。ひとつは、メンバー全員のオールのストロークがどれだけのパワーを生むか。もうひとつは、一分間に何回ストロークを行なえるかであり、これをボートの用語では〈ピッチ〉と呼ぶ。もし仮にメンバーの総重量が同じ二つのボートが、まったく同じピッチで漕いだら、一回のストロークでより大きなパワーを生み出せるボートが勝つ。ストロークのパワーが同じなら、ピッチが速いボートが勝つ。ストロークのピッチと力強さの両方を備えたクルーは、備えていないクルーに勝つ。

だがもちろん漕手が人間であるからには、力強いストロークをハイピッチで、無限に行なうことはできない。そしてもうひとつ重要なのが、ストロークのピッチを上げると、全漕手がぴったりシンクロした動きをするのはだんだん難しくなるという事実だ。だから、どんなレースでも、ストロークのピッチと力強さの微妙なバランスが重要になる。ストロークの速さと力強さをうまく両立させるのは、おいそれとできることではない。だがボレスがその日目にした、一年生クルーがハイピッチかつ力強いストロークですいすいと漕ぎつづける光景は、「こいつらにはいつの日か、それができるかもしれない」とおおいに期待させるものだった。

このクルーのすごさは、肉体的な強さだけではないとボレスは思っていた。一年生クルーは性格もまた、ボレスから見て好ましいものだった。第一ボートのメンバーになった青年たちは、生粋の西部人らしい楽天的で飾らない性格をしていた。彼らの大半は、材木の町や農場、採掘キャンプ、あるいは漁船や造船所が生んだ逸材だった。その外見や歩き方やしゃべり方は、生まれてからほとんどの時間を自然の中で過ごしてきた人間特有のものだった。彼らは苦難や危機にぶつかっても明るい笑顔を忘れず、たこで固くなった手を見ず知らずの他人に臆せずさし出し、挑戦するのではなく誘い込むように相手の目を見た。屈託なくすぐに人をからかう彼らは、障害に出合っても打開のチャンスを探す明るい人間だった。こうした性質はすべて、彼らがもっている力以上のものを引き出す助けになるはずだと、ボレスは考えていた。とりわけこのクルーが、東部で戦うチャンスを得たときには、きっと役に立つはずだ――。

その同じ晩、サザン・パシフィック鉄道のオークランド駅では、カイ・エブライトが、クルーとシェル艇を列車〈カスケイド〉号に乗せ、北に向かって出発した。めざす先はシアトルだ。

北西部で強風が続いていることをエブライトは知っており、自分のクルーが荒れた湖面には強くないことをベイ・エリアの新聞に何度も愚痴っていた。昔、ワシントンでコックスをつとめていた時代から、ワシントン湖の気まぐれな風についてエブライトは知り抜いていた。バークレーの練習水域であるオークランド・エスチュアリはいつも、恨めしいくらいに風の少ない穏やかな水面だ。だから、シアトルに到着して強風がふたたび吹きはじめるや、エブライトはすぐに行動を起こした。四月一〇日、エブライトは一年生と二軍と代表クルーを風の吹きすさぶワシントン湖に連れ出し、白波の立つ湖面で彼らがどれだけタイムを出せるか確認した。結果は総じて悪くなかった。とくに一年生は悪くなかった。彼らは荒れた湖面を軽く漕ぎ進んだ。ストロークの最初のキャッチのときは、オールは波立つ水面にきれいに入り、ストロークの終わりにはきれいに水面から抜けた。エブライトは何回かタイム・トライアルを行なったが、タイムを報道陣に明かすのは拒否した。その数値は、エブライトと、やはり昔ワシントンのコックスだった一年生コーチのラス・ナグラーがこのところ報道陣に匂わせてきたことを、はっきり裏付けるものだった。つまり、今年の一年生はこれまで育てた中で最強のクルーであり、一九三二年にオリンピックで金メダルをとった先輩たちを上回るかもしれないということだ。『サンフランシスコ・クロニクル』紙の記者が四月六日に一年生クルーの見込みについて取材をしたところ、エブライトは驚きの率直さで回答した。記事にはこう書かれていた。「エブライトは顔を輝かせて、豪語した。『うちの新人はワシントンに圧勝するだろう』」

この記事を読んでいたアル・ウルブリクソンとトム・ボレスは、バークレーの練習を見学に行った。二人は岸に立って、相手チームの様子を虎視眈々と見つめた。ワシントンの一年生クルーも同じ日、報道陣とエブライトが見守る中、すでに練習を行なっていた。ワシントンの一年生は一マイルをざっと流しただけで戻ってきた。三角波をかぶったシェル艇の底にはたっぷり水がたまり、クルーのオールさばきは見るからに鈍かった。トム・ボレスは憂鬱そうな顔で桟橋に戻り、艇庫に集まっているスポーツ記者のもとにふらりと立ち寄ると、新人クルーについて簡潔にして厳しい予想を述べた。「わがクルーは、かなり後れをとっている」

情報を混乱させるのは作戦の一部だ。オールを少し水面に近すぎる位置にリギングしたり、ゆっくりとオールを漕いでいかにも鈍重そうに見せるくらい、わけもないことだ。ボレスの談話が翌日の新聞に載ると、ジョーはそれを切り抜いてスクラップブックに貼りつけ、自分のコメントを書きつけた。「コーチは言った。バークレーは油断している。わざと悲観的なコメントを流して、もっともっと油断させれば、こっちは相手を料理しやすくなる、と」

レースが行なわれたのは四月一三日の金曜日。シアトルにはめずらしい春らしい日だった。

青い空には小さな綿雲が切れ切れに浮かび、午後の気温は二一度まで上がった。

午前一一時にシアトルのダウンタウンにあるコールマン・ドックから、学生用にチャーターされたフェリーがバラード閘門を抜けてワシントン湖へと向かった。正午過ぎにフェリーは大学の海洋学埠頭に到着し、そこからジョイス・シムダースもフェリーに乗り込んだ。船の上は、ワシントン大学のスクールカラーである紫と金に身を包んだ一四〇〇人あまりの学生でごった返していた。大学のブラスバンド部が金管楽器とドラムでにぎやかに応援歌を演奏している。フェリーが埠頭を離れると、ブラスバンドは曲をジャズのナンバーに切り替え、学生たちの一部は二階のデッキにわれ先に向かうと、ダンスを踊りはじめた。

ジョイスは前甲板のベンチに落ち着くと、陽だまりの中でコーヒーを飲みながら、ジョーのレースが始まるのを待っていた。レースが終わったら、結果がどうあれ、彼に会えるのをジョイスは心待ちにしていた。けれど、心はどうしても落ち着かなかった。ジョーがどんなにボート部で成功したがっているか、そして二人の未来のためにどんなにそれが重要か、ジョイスはよくわかっていた。

今日のレースを応援するため、ジョイスは住み込みメイドをしている判事の家で貴重な午後の休暇をとった。メイドの仕事は、わかっていたとはいえ、やっぱり好きになれなかった。もともとその種の家事がジョイスは好きではなかったし、ちゃらちゃらした制服を着せられ、判事が考え事をしているときは邪魔をしないよう、ネズミのように足音をひそめて家中を歩かなければならないのも苦痛だった。そして判事はほとんど一日中、邪魔をしてはいけない思索をしているのだ。メイドの仕事と勉強と、その年の異様に長い雨続きの冬のおかげでジョイスの血色はすっかり悪くなり、気分もふさいでいた。だからこそフェリーの上でジョイスは、さわやかな空気とまぶしい太陽の光を存分に味わった。

フェリーがローレルハーストの灯台を回り、なおも北に進むと、ワシントン湖の西岸が見えてきた。ジョイスの目に、大勢の人の姿が飛び込んできた。私有の桟橋や、裏庭のベランダ、西の岸辺に広がる緑の斜面で人々は、敷物を広げ、冷たいビールやコカ・コーラの栓を開け、ピクニック用の籠からランチをとりだし、ピーナッツの殻をむいては中身を口に放り投げ、双眼鏡の具合を確認したりしている。わずかに広がる砂浜のあちこちでは、シャツを脱いだ若者がフットボールを投げて遊んでいる。スカートにフリルのついたつつしみ深いワンピースの水着を着た娘たちが、水をかけあったり、あたたかな砂の上に寝そべったりしている。そうして人々は、レースが始まるのを待っている。

湖の北岸には何百ものプレジャーボートが、ある一点を丸く囲むように集まっている。白い細身のセーリングボート。つややかなマホガニーを張った汽艇。チーク材と真鍮を使った豪華なヨット。そしてつつましい手漕ぎの小舟やボート。それらはみなすでに、湖の上で押し合いへし合うように並び、錨をおろし、ゴールラインを示す巨大な黒矢印を載せたはしけ舟を囲んで巨大な半円形をつくっている。沿岸警備隊の船がレース用レーンのあたりをパトロールしてまわり、サイレンを鳴らしたりメガホンで怒鳴ったりしながら、レーン内に舟で入ってこないよう観客に指示している。

ジョイスはベンチから腰を上げ、学生で鈴なりの手すりのあたりに何とか場所をとった。何があっても落ち着いていようと、ジョイスは決めていた。

数キロ南では、やはりスクールカラーの紫と金に身を包んだ二〇〇〇人あまりのファンが、ノーザンパシフィック鉄道の大学駅で観覧用の特別列車に乗り込んでいた。うち七〇〇人以上は、上部の壁を取り払った眺めのいい九両に座席をとるため、二ドルの料金を払った人々だ。残りの人々は、一ドル五〇セントを払って普通席の券を買っている。その日の各レースが行なわれる時間に合わせて列車は湖の西岸を、レースのコースと並行するようにスタートからゴールまで走り、次のレースが行なわれる前までにまたスタート地点に戻ってくる。発表によれば、集まった観客の数はおよそ八万人。ワシントンのアメリカンフットボール・スタジアムの収容人数をはるかに超えている。それだけ大勢の人々がこのすばらしい週末にボートレースを観戦しようと、ワシントン湖畔に集まったわけだ。

もっと南のカリフォルニアではその午後、人々の関心は主に、前日にサンノゼのカフェで昼食を食べている姿を目撃された銀行強盗ジョン・デリンジャーの、大規模捜索のニュースに集まっていた。だが、午後三時の少し前から、数千人のファンはラジオのダイヤルをニュース番組から、シアトルで行なわれているボートレースの実況放送をする局に切り替え、中継に耳をかたむけはじめた。

ワシントンとUCバークレーの一年生クルーは、スタート地点に向かってさっそうと漕ぎだした。最初のレースは一年生の二マイル。その一時間後に二軍クルーの三マイルと、大学代表クルーの三マイル。ジョー・ランツはワシントンの一年生クルーの三番。ロジャー・モリスは七番に座る。二人は、いや漕手はみな、緊張でぴりぴりしていた。岸は暖かかったが、湖の真ん中ではやや強い北風が吹いていた。向かい風のレースになるから、タイムは期待できないかもしれない。自分たちのいつものレースはできないかもしれない。それより何より、今からはじまるほんの数分間の闘いで、これまでの五カ月半の練習に意味があったか否かが明らかになるという事実が、メンバーに重くのしかかっていた。これから数分間で、漕手は三〇〇回以上ストロークを行なうことになる。ボートに漕手は八人乗るから、スタートからゴールまでにのべ二四〇〇回以上、オールは水に入っては出てを繰り返す。そのうちの一回でも、だれかがうっかりリズムを乱してオールを水にとられでもしたら、勝負は実質的にそこで終わるだろう。そして、六月にニューヨークの全米選手権で東部の強豪と争う権利は失われてしまう。ジョーは人でごった返す岸辺に目をやり、ジョイスも自分の半分くらいは緊張しているだろうかと考えた。

午後三時、やや波のおさまった水面をワシントンのクルーは進み、バークレーのボートと並んでスタート位置に着いた。彼らは「心を・ボートの中に・とどめよう（M・I・B）」と最大限の努力をしながら、スタートの合図を待った。トム・ボレスはコーチ用の汽艇で選手のボートの後ろにつけていた。ボレスは、いやにみすぼらしい中折れ帽をかぶっている。つばの部分が垂れ下がり、帽子の山には虫食いの穴がいくつも空いている。ボレスが一九三〇年ごろに、中古屋で手に入れた代物だ。それから数年のうちにこの帽子は、ボレスにとってゲンの良い帽子になり、試合のたびにそれをかぶるようになったのだという。

フェリーボートのブラスバンドが演奏をやめた。それまで踊っていた学生たちも手すりのほうに押しかけ、巨大なフェリーボートはほんのわずか、レーン側にかしいだ。観覧用特別列車の機関手は、スロットルに手をかけた。岸辺を埋める何千もの観客がいっせいに双眼鏡を構えた。発艇審判が「レディ・オール！」と叫ぶ。ワシントンのクルーはシートを前にスライドさせ、オールの白いブレードを水に入れ、オールのほうに体をかがめ、まっすぐ前を見つめた。ワシントンのコックス、ジョージ・モレイが右手を上げ、それを下ろした。チームの準備が整ったという合図だ。バークレーのコックス、グロヴァー・クラークは口にくわえたホイッスルを鳴らしてから、モレイと同じ動作をした。発艇審判がコールした。「ロウ！」

バークレーは素早いスタートを切り、毎分三八というハイピッチで激しく水を打ちながら、一気に前に出た。銀色の艇首はたちまちワシントンの艇首より四分の一艇身前に出た。リードをしっかり奪ったバークレーはピッチを若干落とし、持続可能な毎分三二まで下げた。コックスのグロヴァー・クラークが、キャッチにあわせてホイッスルを吹きはじめた。

いっぽうワシントンは毎分三〇のピッチに落ちついたが、相手との差を四分の一艇身以上には広げなかった。二艇のボートはスタートから四分の一マイルまで、四分の一艇身差でぴったりくっついたままワシントン湖の水面を激しくかきたてた。ワシントンのオールの白いブレードが日の光に輝き、バークレーのブレードは青い光を反射する。三番のジョー・ランツは、相手のボートの六番か七番とほぼ並んでいた。七番のロジャー・モリスの横には水面しかない。すべてのメンバーの心は今、ボートの中だけにあった。艇尾を向いている漕手たちの目に入るのは、自分の前にいるクルーの波打つ背中だけだ。スタートで飛び出したバークレーがどのくらいリードしているのか、漕手はだれひとり考えていなかった。それは、進行方向を向いているジョージ・モレイがきちんとわかっていることだ。モレイの前には相手のコックス、グロヴァー・クラークの背中が見えていた。だが、モレイはピッチ三〇という堅実なペースを守った。

四分の一マイルを過ぎたころから、差はゆっくりと縮まりだし、両者はほとんど横に並んだ。そしてワシントンが、安定したピッチ三〇を保ったままバークレーを一シートずつ追い抜きはじめた。一マイル地点に来るころには、ワシントンはバークレーに水をあけた。後退したバークレーのボートが徐々に視界に入ってきたことで、ワシントンの漕手には自信がわいてきた。腕や脚や胸の痛みが和らいだわけではない。だが、今それは心の奥のほうに消え、何が来ても平気だという感覚がかわりにわきおこってきた。

バークレーのボートでは、グロヴァー・クラークがホイッスルを口から引き抜き、クルーに向かって「力漕一〇本《パワーテン》」と大声をあげていた。これはボート競技の世界で、「各漕手があらんかぎりの力で、マンモス級の力強いストロークを一〇回しろ」と指示するときのかけ声だ。バークレーのオールが一〇回、弓のようにしなり、バークレーの後退は止まった。が、いまや二艇身近く開いたワシントンとの差を縮めることはほとんどできなかった。一・五マイルを越えたとき、クラークはもう一度、「力漕一〇本！」と叫んだ。だが、バークレーのクルーはすでに力を使い果たしていた。ワシントンのクルーは使い果たしていなかった。

ゴールまで残り半マイル。北岸にそびえる丘の影にボートがさしかかったとき、向かい風が突然ないだ。行く手で大きな半円を作っているたくさんの船舶からも、海岸からも、湖に沿って走る観覧列車からも、徐々に歓声があがった。中でもいちばん大きな歓声が聞こえてきたのは、学生をすし詰めにしたフェリーボートだ。バークレーはワシントンに追いつこうと必死にオールを漕ぎ、グロヴァー・クラークのホイッスルは壊れた汽笛のように、甲高い音を何度もたてた。ゴールラインはまもなくだ。ワシントンとバークレーの差はすでに四艇身。ジョージ・モレイはここに至って、ピッチを上げろと指示を出した。ワシントンのピッチは毎分三〇から三二に、そしてさらに三六まで上がった。できるとわかっていたからこそ、彼らにはそれができた。ワシントンはバークレーに結局、四艇身半の差をつけてゴールした。一年生の二マイルの大会記録を二〇秒も縮めるすばらしい成績だった。しかも向かい風という悪条件の中で。

ワシントン湖の岸辺という岸辺から、金切り声と歓声とがわきあがった。ワシントンの一年生はバークレーのボートのほうに漕いでいくと、万国共通の伝統的な勝利のトロフィーである敵のユニフォームを、相手から引きはがした。そして、シャツを奪われてうなだれたUCバークレーのクルーと握手を交わすと、意気揚々とオールを漕ぎ、艇庫に向かった。上機嫌のトム・ボレスがクルーを汽艇〈アラムナス〉に押し込め、学生用フェリーのところまで連れていった。

ジョーはバークレーのシャツを手にしたまま、上階のデッキにつづく階段を上り、顔を輝かせながら、ジョイスの姿を探した。クルーを祝福しようと押しよせる人混みの中から一六二センチの小柄なジョイスを探し出すのは至難の業だった。けれども、ジョイスのほうはジョーを見つけていた。ジョイスは、押し合いへし合いする人々の体を押しのけ、小さな隙間をくぐり抜け、ここで肘を押し、あそこでだれかの腰を遠慮がちに押しのけながら前に進み、ようやくジョーの前に姿をあらわした。ジョーはすぐさまジョイスのほうに身をかがめ、ジョイスの体をきつく抱きしめた。汗のにおいがジョイスの体を包んだ。そうしてジョーはジョイスの体を高く抱き上げた。

学生の一群がクルーをフェリーの厨房へと案内し、テーブルの周りに座らせた。テーブルにはアイスクリームが山のように盛られており、ボート部員はこれを好きなだけ食べていいのだという。ワシントン大学学生連盟からの特別なはからいだった。ジョーは、無料の食べ物を差し出されたときはいつもそうであるように――いや、正しく言えばどんな食べ物を差し出されたときもそうであるように――そのアイスクリームを腹いっぱいにおさめた。

ようやく匙《さじ》を置いたジョーは、ジョイスの手をとり、デッキに引っ張っていった。そこでは大学のブラスバンドがふたたび、大音響でダンスの音楽を演奏していた。ブロンズ色に日焼けした肌にジャージと短パン、裸足という格好のジョーは、すらりと細い体に白いフリルのサマードレスを着たジョイスを引き寄せ、長い腕でかき抱いた。そして二人はダンスをした。二人はデッキの上をあちらからこちらへとくるくると回り、頭をくらくらさせながら微笑み、笑いあった。シアトルの空は、ともかく青かった。

同じ日、ベルリンでは宣伝省の近くの瀟洒な界隈で、ヨーゼフとマグダのゲッベルス夫妻に新しい娘が誕生した。茶色い髪のこの女の子は「ヒルデガルト」と名付けられ、「ヒルデ」の愛称で呼ばれるようになるが、父親のヨーゼフはじきにこの娘を「僕の小ネズミ」と呼ぶようになった。ヒルデは夫妻の二番目の子どもだったが、これから生まれる四人を含めた六人きょうだいは一一年後、母親マグダの命令で青酸カリを飲まされ、命を落とすことになる。

この春、帝国大臣であるゲッベルスの生活は順風満帆だった。一九三六年のオリンピックに向けて古いスタジアムは解体工事が進み、それに代わる巨大な施設の綿密な建築プランがヴェルナー・マルヒの手ですでに描き上げられている。ヒトラーの野望やゲッベルスのプロパガンダの目的を十分考慮に入れた、すばらしい建築計画だ。帝国運動競技場は面積三二五エーカーを超える予定だ。

一月と二月からゲッベルスはすでに、オリンピック開催に向けて宣伝省の中でいくつもの組織委員会を立ち上げていた。報道委員会。ラジオ委員会。映画委員会。交通委員会。大衆芸術委員会。そして予算委員会。それぞれの委員会は、オリンピックから最大のプロパガンダ効果を引き出すという任務を負っている。利用できる機会はひとつたりとも見過ごしてはならない。これまで当たり前だったことを、当たり前だと思ってはいけない。外国のメディアの扱いから町の装飾にいたるまで今後はすべて、ドイツ帝国の厳格な計画にのっとって決められることになるのだ。これらの会合のひとつで、一人の大臣が斬新な提案をした。ギリシャのオリンピアからベルリンまで聖火をともした松明《たいまつ》をリレー形式で運ぶというアイディアだ。このいわゆる聖火リレーは「第三帝国こそが古代ギリシャの継承者だ」というナチスの主張を強調するために、巧妙に仕組まれた視覚的演出だった。

いっぽうでゲッベルスは、ドイツの文化からユダヤやその他もろもろの「好ましからざる」影響を消し去るという仕事を非情に推し進めていた。一九三三年五月一〇日、ベルリンの大学生らがゲッベルス本人にうながされ、アルベルト・アインシュタインやエーリッヒ・マリア・レマルク、トーマス・マン、ジャック・ロンドン、H・G・ウェルズ、ヘレン・ケラーらによる二万余の本を焚書にし、巨大なかがり火を焚いて以来、ゲッベルスはドイツの芸術や音楽、劇場や文学、ラジオや教育、運動競技や映画などを「浄化」することに余念がなかった。ユダヤ人の俳優や著述家、演奏家、教師、役人、弁護士、医師らは強制的に職を解かれ、生活の糧をうばわれた。これらは新しい法律の施行によって実行される場合もあったし、茶色の制服を着たナチスの準軍事集団〈突撃隊〉が暴力ずくで実行することもあった。

ゲッベルスがとりわけ強い関心をもったのが、ドイツの映画産業だ。彼は映画のプロパガンダ効果に注目し、これから生まれようとしているナチスの神話にそぐわないアイディアや映像やテーマを片端から抹殺していった。そして、このさきすべてのドイツ映画は宣伝省の映画部門の直轄のもと、企画され、製作されることになった。若いころ小説家と劇作家をめざして夢破れたゲッベルスは、ほとんどすべての映画の脚本に目を通し、気に入らないセリフや場面があれば緑のエンピツで片端から削除したり書き直したりした。

プロパガンダ上の実際的価値に加え、ゲッベルスは個人的に、映画の魅力にとりつかれていた。ベルリンの銀幕に登場するドイツ人のスターたちには、とりわけ執心だった。当時のドイツでは、俳優も女優もプロデューサーもディレクターも、ゲッベルスに気に入られなくては出世はありえず、彼のまわりにはそうした業界の人間がたむろし、へつらったり機嫌をとったりしていた。

前年の六月、ヒトラーはゲッベルスに豪華な私邸を与えていた。ブランデンブルク門から南に一ブロックの、ヘルマン＝ゲーリング通りと改名されたばかりの通り沿いにある豪邸で、ゲッベルスはさっそく家の改装と増築に着手した。その屋敷は百年の昔、プロシアの高官の公邸として使われていた建物で、ゲッベルスはそれをさらにもっと壮麗にしようと考えたわけだ。彼は建物に二階を付け足し、内部に私有の映画館を据え、温室をつくり、前庭を美しく整えた。妻のマグダは文字通り湯水のような予算を使って、家の内部を美しく豪奢に飾り立てた。壁にはゴブラン織りのタペストリーや、ドイツの美術館が所蔵する絵画がぎっしりと飾られ、床には豪華なカーペットが敷かれた。フリードリヒ大王が所有していたという整理ダンスまで置かれていた。こうしてゲッベルス好みに飾り立てられた邸宅はいまや、私的な夜会だけでなく、ナチスのエリートやその威光に浴する人間たちの大晩餐会にも使われるようになっていた。

ヘルマン－ゲーリング通り二〇番地の大邸宅にたむろする人間の中で、ゲッベルスがとりわけ強い関心を抱いたのが、何人かの若い映画女優たちだ。彼女らは二つに大別できた。大半の女優の卵は映画界での将来のキャリアのために、小男で体に障害をもつゲッベルスの性的欲望に応えた。だがそのほかに、ゲッベルス自身が相手の銀幕上の可能性や大物になりそうな気配を見つけだし、とりたててやる例もあった。

その春、ゲッベルス邸にしばしば姿を見せる若い女がいた。先でいえば二番目の部類に属するこの娘は、徐々にアドルフ・ヒトラーの側近に成り上がり、自身の力で確固たる地位を占めるようになった。そして女性として、ナチスの国家社会主義運動の運命を実際的に、だれより大きく左右することになる。

彼女、レニ・リーフェンシュタールは美しく、聡明だった。彼女は自分が求めているものを理解し、それを得る手段を理解していた。彼女が何より求めたのは、自分がものごとの中心にいることであり、スポットライトを浴びることであり、賞賛を集めることだった。

まだ若いころから、彼女は不屈の意志で成功を手に入れてきた。一七歳でダンサーになろうと決意したときは、「幼いころから訓練をはじめなければ舞踊家にはなれない」という伝統の声を無視し、二〇代の初めにはプロのダンサーとしてドイツじゅうの劇場で、満座の観客を前に踊るようになっていた。その踊りは人々の絶賛を集めた。怪我がもとでダンサーの

ヨーゼフ・ゲッベルスとレニ・リーフェンシュタール

道を断たれると、レニは演劇に目を向け、どこでどう話をつけたのか、あっというまに主役を張るようになった。そして、最初の出演映画『聖山』でたちまちスターになった。だがレニはそれから数年間、似たような映画につぎつぎ主演していたときですら、野望を衰えさせなかった。だれかの指図に従って創作にかかわることに徐々に嫌気がさしていたレニは、一九三一年、自分で映画製作会社をつくり、脚本からプロデュース、監督、編集、出演まですべてを自分一人でこなした。一九三〇年代の女性としては、たいへん先進的な試みだった。

レニが初めて製作し、一九三二年に封切られた『青の光』は従来とはまったく違う、新しいタイプの映画だった。それは、ドイツの大地の上で自然と調和して生きる農民の単純な毎日をロマンチックに描き上げ、ほめたたえる一種神秘的なおとぎ話だった。レニは映画の中で現代の産業社会の堕落を非難し、さらには知識層に対する非難もやんわりとにじませた。この映画はまたたくまに国際的な評価を集め、ロンドンやパリで何週間も続けて上映された。

映画は自国ドイツではそれほど熱い反響は得られなかったが、ヒトラーからはおおいに気に入られた。彼はこの映画を、ナチスの礎である「血と土」という概念を視覚的かつ芸術的にあらわしたものだと解釈した。「血と土」とは、素朴で純粋な土着の民にこそ国家の強さは宿るという考えだ。ヒトラーはリーフェンシュタールを前から知ってはいた。だが、この映画をきっかけに、リーフェンシュタールはヒトラーの友人に昇格した。

一九三三年、ヒトラーじきじきの要望を受けてレニは、一時間のプロパガンダ映画『信念の勝利』を撮った。同年のニュルンベルクでの党大会の様子を記録したこの映画は、急ごしらえゆえ技術的な難点もあり、レニは出来上がりに満足しなかったが、ヒトラーの、レニの才能へのほれ込みようは変わらなかった。そして今ヒトラーは、この一九三四年の秋にニュルンベルクで開かれる党大会の模様を今一度リーフェンシュタールに撮らせ、前よりももっと野心的な作品に仕上げさせようともくろんでいた。

続く数カ月でリーフェンシュタールの株が上がるにつれ、ゲッベルスとのあいだにはたびたび衝突が起こるようになった。リーフェンシュタールがヒトラーへの影響力を強めるのを、ゲッベルスは苦々しく見ていた。ゲッベルスが案じたのは、レニがヒトラーの寵愛をかさにきて、自分の命令を聞かなくなることだった。その一方でゲッベルスは――リーフェンシュタールの言によれば――レニに惹かれ、ロマンチックな関係や性的な関係を迫ってきたという。のちにこの奇妙なペアは、一九三六年のベルリン・オリンピックを世界に向けてどう演出するかについて、そして新しいナチス国家の性質を世界にどうアピールするかについて、そろって大きな役割を果たすことになる。

だが今のところリーフェンシュタールは、ゲッベルス夫妻の豪邸に出入りを繰り返す美しい顔をもつ小さな渦にすぎない。シャンパンのボトルからコルク栓を抜き、ホスト夫妻におべっかを使い、出席者同士でたがいの若さと美しさをほめ讃えあい、深夜まで歌い、踊り、映画を見、民族の「浄化」について語り合う、そんな輩《やから》の一人にすぎない。明かりを消した上の階の部屋では、小さなヒルデ・ゲッベルスがゆりかごの中で寝息を立てている。

バンジョーを弾くジョー・ランツ

第七章　全米チャンピオン

ボートのレースとは、一種の芸術だ。ただやみくもに水を掻いているのとはちがう。ボートは腕だけでなく、頭を使って漕がなければならない。最初のストロークの瞬間から、よそのクルーのことはすべて頭から追い出し、思考はすべて自分と自分のボートだけに向けなくてはならない。そしてけっしてネガティブにならず、つねにポジティブでいなくてはならない。

ジョージ・ヨーマン・ポーコック

ジョー・ランツはチームメイトとフェリーの手すりに並んで、水面を見つめていた。傾きはじめた日の光をさえぎるため、みな、目の上に手をかざしている。彼らがUCバークレーの一年生を負かしてから、二時間がたっていた。今度は大学代表クルーがバークレーと戦う番だ。

それから数分のうちに起きたことは、バークレーとワシントンの戦いの歴史の中でも、名勝負のひとつとして語り継がれることになる。レース終了後すぐに、AP通信の記者フランク・G・ゴリーは、興奮冷めやらぬ記事を東部に向けて送り、それは全国に配信された。

「名高い二つのボート部が、陽光輝く湖ですばらしい接戦を繰り広げた。最初から最後まで、二つのボートはまるで何かで結びあわされているかのようだった。時おりどちらかがリードを奪ったが、数フィート以上の差が開くことはなかった。バークレーは、スタートをやや失敗した。一マイル地点では彼らはワシントンに後れをとっていたが、一・五マイルにさしかかるころからスピードを上げ、リードを奪った。だが、二マイル地点でワシントンが三回立て続けに〝力漕一〇本〟の号令をかけ、後ろから猛然と追い上げてくると、バークレーはリードを守り切れず、後退した……」

ジョーは水上で繰り広げられるドラマを、食い入るように見つめた。フェリーの上ではワシントンの学生たちが何度も「行け！」と歓声をあげた。バークレーのボートは三六のハイピッチで湖に白波をたてている。だがワシントンのコックス、ハーヴェイ・ラヴは二・五マイルまでずっと、三一よりピッチを上げようとしなかった。相手に大きく離されそうになったときは「力漕一〇本！」の掛け声でペースを上げ、バークレーの独走を阻んだが、それ以外は余裕のあるペースを保ち、クルーの力を温存していた。ゴールラインを掲げたはしけ舟が視界に入ってきたとき、バークレーはすでに何度かペースアップを試みては失敗していた。ワシントンのハーヴェイ・ラヴはこのときようやく、「今だ！　行け！」とクルーに叫んだ。ピッチは三八まで上がり、たちまち四〇まで跳ね上がった。ワシントンのボートが飛び出し、バークレーは一瞬躊躇した。そしてワシントンはバークレーよりわずか一秒早くゴールラインをくぐった。一六分三三秒四というタイムは新記録だった。

たしかにすごいレースだった。だが、ジョーや他のチームメイトにとっては、もっと大きな意味を持つ試合だった。その試合展開は、秋から彼らのヘッドコーチになるアル・ウルブリクソンがどんなふうに勝ちをとりにいくかを端的に示していたからだ。ある意味においてそれは、トム・ボレスがすでに一年生に示していた教えと重なっていた。一年生のベストタイムを敵陣に伏せたとき、ボレスは、相手に過剰に危険を冒させる意味をクルーに説明していた。

ボレスの言っていたことは、こうして実際にレースを見ているとたしかによくわかった。同じ力量の相手と戦うときには、あるいは自分より上の相手と戦うときでも、スタートからゴールまでずっと力で押すだけでは不十分だ。必要なのは、相手の心理を操ることだ。接戦における重要な瞬間が来たとき、こちらにまだ力が残っていることを相手がまだ知らなければ、その力を見せたとき相手はかならず動揺する。そして動揺した相手は、ここ一番でミスを犯すはずだ。人生で起きる多くの出来事と同じように、ボート競技に勝利をおさめるには自信も必要だが、自分の心を把握することもまた重要なのだ。

一九三四年の対バークレーの試合が終わると、一年生クルーはたちまち二度目のスランプにおちいった。タイムは日ごとに落ちていった。バークレーを負かしてから、チームは一種の燃えつき状態にあった。ボレスがメガホン越しに怒鳴れば怒鳴るほど、メンバーはさらに深みにはまっていくようだった。

五月初めのうららかな日、裸の背中に暖かい日の光を浴びながら、何人かの漕手がだらだらとボートを漕いでいた。ふと気がつくと、はしけ舟をけん引するタグボートが目の前に迫っていた。タグボートは黒煙を吹きあげ、ホイッスルを鋭く鳴らし、汽笛を鳴り響かせながら、ボートに迫ってきていた。コックスをつとめていたジョン・メリルは「バック！　バック！」と叫んだ。四番にいた漕手がパニックにおちいり、とっさに水中に飛び込み、シェル艇は危うく転覆しかけた。タグボートはなんとか向きを変え、シェル艇の舳先《へさき》をかすめるようにして港に向かい、水に落ちた青年はかろうじて難を逃れた。汽艇から一部始終を見ていたボレスは怒り狂った。彼は、水中で顔を赤くしている漕手を拾い上げると、エンジンをふかし、艇庫に向かった。

一年生クルーが無言で艇庫へと戻ると、ボレスが浮桟橋で待ち構えていた。漕手をシェル艇に座らせたまま、ボレスは指を振り回し、桟橋を行ったり来たりしながら説教を垂れた。六月にポキプシーで開かれるレガッタに向けて、クルーをゼロから編成しなおすと、ボレスは口角泡を飛ばした。シートを約束されている漕手は一人もいない。この前の試合でバークレーに圧勝した者も、例外ではない――。ジョーの心は沈んだ。「もう大丈夫だろう」という安心を抱いたのもつかのま、ふたたび奈落に突き落とされた気分だった。同じ週、大学の事務局から、体育の単位を落としたという通知が届いた。ボート部の活動で代替されるはずだった単位だ。ちょうど映画館で新しいアニメーション映画を見たばかりだったジョーは、主人公ポパイの口調をまねて、その晩スクラップブックにこう書きつけた。「なんてこったい！」

五月中旬、シアトルの天気は晩春には時おりあるように、好天から悪天へと無情に逆戻りし、冷たい向かい風に悪戦苦闘する日々がふたたび始まった。手は寒さでかじかみ、ボートの舳先は白い波をかぶった。だがしかし、コーチ陣も彼ら自身も驚いたことに、天候が悪くなればなるほど彼らの調子は上がっていったのだ。

五月も終わりだというのに、灰色の湿った日々が続いた。ボート部は冷たい北風の中、ストロークのたびに水しぶきを浴び、舟底にたまった水をはねかしながら練習に励んだ。そしてジョーをはじめとする第一ボートのメンバーはタイム・トライアルで、そのコースでの最高記録にあと四秒に迫る一〇分三五秒というタイムを出した。汽艇〈アラムナス〉に乗ってそのようすを見ていたジョージ・ポーコックは、岸に戻り、艇庫に向かう途中でひとりのスポーツ記者に歩み寄り、驚くべき言葉を口にした。「トム・ボレスは、粗削りだがすばらしいクルーを育てた」。ポーコックは静かな声で、だがきっぱりと続けた。「これまで見てきた中で、最高のクルーのひとつだ」。ポーコックはふだんから何についても、大げさな物言いを嫌う控えめな性格だ。とりわけ一年生の技量については大げさに語りたがらないポーコックの口から出ただけに、これはほとんど神の宣託にも等しい発言だった。トム・ボレスは、チームを一から作り直すことを口にしなくなった。バークレーを打倒したメンバーは結局全員そのまま、ポキプシーの全米選手権に出場することになった。

一九三四年六月一日の晩、シアトルのキング・ストリート駅のロビーは、ワシントン大学のマーチングバンドと一〇〇〇人を超えるファンでごった返していた。大理石のロビーには飾り付けがなされている。これからグレートノーザン鉄道の〈エンパイア・ビルダー〉号でニューヨークのポキプシーに向かう一年生クルーと代表クルーを見送るため、人々はここに集まり、選手を激励したり、応援歌を歌ったりしていた。一年生はとりわけ興奮していた。彼らのほとんどは生まれてこのかたワシントン州西部から出たことがなかったし、列車に乗ったことすらない者もたくさんいた。その彼らがこれから、大陸を横断しようとしているのだ。牛の乳を搾ったり、斧で木を切ったり、材木を積み上げたりして育った青年にとって、あるいは、ふるさとの町の住民の半数をファーストネームで知っているような青年にとって、あるいは、初めて自動車を見たのはいつか、家に電気が通ったのはいつかを両親から聞かされて育った青年にとって、これは文字通りの一大事だった。

ジョーはビロード張りの椅子に腰かけ、寝台車の緑がかったガラス越しに外を眺めていた。ロビーからプラットフォームに漏れてくる人々のどよめき声が、彼は今も現実のこととは思えなかった。これまでの人生で、何かをほめたたえられたことなど一度もない。そんな自分が今、人々の賞賛や祝福の的になっているのだ。それは誇らしいと同時に、ジョーをどこか緊張させ、落ち着かなくさせた。この数日できるだけ考えないようにしていたいくつかのことが、ジョーの頭によみがえってきた。

その夜、列車がスティーヴンス・パスからカスケード山脈を上り、ワシントン州東部の乾燥した穀倉地帯を突っ切るころには、車内は大騒ぎになっていた。青年らはカードゲームをしたり、きわどいジョークを言ったり、寝台車の廊下をフットボールを投げ合いながら走り回ったりし、夜更けになって遊び疲れると、寝台に転がり込むようにして眠った。

翌日は翌日で、あらたな騒ぎがはじまった。部員たちは洗面所で風船に水を入れ、それを手に寝台車と寝台車のあいだのデッキに立った。そして列車がモンタナ州を抜けてノースダコタ州に入るころ、ちょうどいい獲物を見つけると嬉々として水風船をデッキから放り投げた。獲物にされたのは、草を食んでいる牛やカンカン鳴る踏切が開くのを待っている埃だらけの車、小さな駅のプラットフォームに寝そべっている犬などだ。仰天している獲物のそばを列車で行き過ぎるとき、若者らは声をそろえて『ワシントンに屈服せよ』を歌った。

水風船投げにも飽きたジョーは、ためらいながら持ってきたギターをケースから取り出し、ペグを調節した。何人かの上級生が、興味深げにそのまわりを囲んだ。フレットを見つめ、指使いに集中しながらジョーは、高校時代によく歌っていた歌を、コードをかき鳴らしつつ口ずさみはじめた。キャンプの歌やカウボーイ・ソング。昔、採掘キャンプに住んでいたころ聞き覚えたり、スクイムでラジオを聴きながら覚えたりした歌だ。

ジョーを囲んだ部員たちは最初、彼が歌うのを目を丸くして見ているだけだった。そのうちに彼らはたがいに目くばせをし、忍び笑いをはじめ、ついには野次を飛ばしはじめた。

「見ろよ、カウボーイのジョーを！」とだれかが叫んだ。だれかが通路に向かって、「おい、みんな来いよ！　ボート界の抒情詩人、ジョーが歌っているぜ！」と叫んだ。ジョーは顔を上げ、呆然とした表情をすると、『テキサスの黄色いバラ』の途中で突然ギターを弾きやめた。彼は顔を赤らめながらも、きっと顎を引き、急いでギターをケースにしまうと、ちがう車両に戻っていった。その目は石のように冷たかった。

この出来事はジョーの心をひどく傷つけた。少年のころ、辛い日々を明るく照らしてくれたのは、自分の奏でる音楽だった。高校時代、ジョーの音楽は彼のまわりに人を集め、友人をつくり、生計の足しにすらなった。自分には音楽の才があるとジョーは思っていたし、そのことを誇りにも感じていた。だが今突然彼は、自分がいかに洗練から遠い存在かを思い知らされた。せっかく仲間との連帯感を抱きはじめていたジョーは、ふたたびそこから締め出された思いだった。

ワシントンの一行は、六月六日にニューヨークに到着すると、ハドソン川西岸のハイランドにあるうらぶれた艇庫にボートを運び入れた。ハイランドの対岸が、ポキプシーだ。艇庫は川の上に組んだ細い竹棒の上につくられた、弱々しい、隙間風だらけの小屋で、物置に毛の生えたようなしろものだった。シャワーはあるにはあったが、それは、ハドソン川からポンプでくんだ悪臭ただよう水を、頭からぶっかけるだけの装置だった。

トム・ボレスはもうその日に一年生を川に連れて行った。慣れないコースで彼らがどれだけうまくやれるか、見ておきたかったのだ。湖ではなく川で漕ぐのは一年生にとって初めての経験だった。いや正確には、ワシントン湖以外の場所で漕ぐこと自体、彼らは初めてだった。ここニューヨークの暑くて湿気の多い、うっとうしい気候も、おのおのが故郷で経験していたものとはまるで違った。シェル艇〈シティ・オブ・シアトル〉を水辺まで運んできただけで、もう彼らの体は汗でべとべとに濡れた。水の上にはほんのわずかだが、風が吹いていた。だが、シェル艇に乗り込むころには、その風すら凪《な》いでしまったようだった。彼らはシャツを脱ぎ、ハドソン川の臭い水に浸して、ふたたび身にまとった。だがそれは、湿気をさらに耐えがたいものにしただけだった。

ボレスはウォームアップのために数分間、上流へと漕ぐよう指示を出し、自分は汽艇に乗り込んでクルーのあとを追った。クルーの準備ができたのを確認すると、ボレスはメガホンをとりだし、スタート練習をやるように言った。クルーはオールに体を寄せて、スタートした。だが、ストップウォッチを見るまでもなかった。彼らのペースがベストのときよりかなり遅いことは一目瞭然だった。

悪いことに、クルーは見るからに暑さに負けて、ぐったりとしていた。そしてボートは右へ左へと大きく蛇行した。ワシントン湖の上ならどれほどの風も波も、彼らはうまく御することができたが、ここハドソン川の波はワシントン湖とは違っていたのだ。低くて長い波がボートを横から襲うと、オールのブレードはほんの一瞬空をさまよい、そのあと今度は水中深くに入りすぎてしまう。潮の流れがもたらす作用に、ワシントンの漕手は当惑し、まごついていた（ハドソン川下流は潮の影響を受ける）。彼らにとって、ボートの下の水はそれ自体、動くべきものではなかった。下にある水のせいで、ボートが思いもしない方向におしやられるなど、ありえないことだった。ボレスはメガホン越しに「ウェイナーフ！」と叫び、艇庫に戻ってくるよう手で合図した。これはもう、ポーコックに相談するしかなかった。

クルーは意気消沈したようすでボートをしまうと、呪わしい川の水のシャワーを浴び、ハドソン川西岸を鉄道沿いに長時間ジョギングし、ハイランド岬の坂を上り、ようやく宿泊先である下宿屋にたどり着いた。下宿屋の主人はフローレンス・パーマーという女性だ。農家風のその下宿は料金が安いだけあって、狭かった。そしてパーマー夫人が用意する簡素な食事は、二〇人を超える長身で大柄な漕手とコーチ、そしてコックスの胃袋を満たすには到底足りなかった。青年たちは目につくものをすべて食べつくすと、悄然としたようすで屋根裏にあがり、六人一部屋のぎゅう詰めの寝室に入った。湿っぽい、息が詰まるような暑さの中で彼らはなんとか眠ろうとした。その寝床はベッドというよりも、まるで拷問台のように感じられた。

ポキプシーの大学対抗レガッタは、アメリカの漕艇の歴史と深いかかわりをもつ名高い大会だ。

アメリカで最初に行なわれた大きなボートレースは、一八二四年、ニューヨーク港で開かれたアメリカとイギリスの対抗戦だ。アメリカのクルーはニューヨーク市の四人の水夫。彼らが漕ぐのは長さ七メートルのホワイトホール社のボート〈アメリカン・スター〉号だ。対するイギリスのクルーは、同港に寄港していたイギリス戦艦の四人の水兵。彼らのボートは〈サーテン・デス〉号だ。一八一二年の米英戦争とホワイトハウスの焼失がまだ記憶に新しい当時、両チームは、とりわけアメリカ側は、大いに闘志を燃やしていた。そしてレースに勝ち、一〇〇〇ドルという多額の賞金を手にしたのはアメリカのチームだった。バッテリーとホボケンを往復し、五万人から一〇万人の熱狂的な観客に迎えられるというこの催しは、当時のスポーツ界ではかつてないほど大がかりなイベントだった。

一八三〇年代になると全米のあちこちの都市で民間のボートクラブがつくられはじめ、一八四〇年代には東部のいくつかの大学がボート部を設立した。アメリカ初の大学ボート部の対校戦は――というよりも、あらゆるスポーツの分野における全米初の大学対抗戦は――一八五二年にニューハンプシャーのウィニペソーキー湖で行なわれたハーヴァード対イエールのレガッタだ。戦時中は中断されたものの、両校の対校レガッタは一八五九年以降ほぼ毎年開かれる行事となった。当時のスポーツ界で、このレガッタはまちがいなく最大級のイベントだった。

一八六九年にはハーヴァード大学がロンドンのテムズ川でイギリスの名門オックスフォード大学と対戦した。大観衆を前に勝利をおさめたのはオックスフォードだったが、この試合がアメリカ本国で大々的に報じられたため、ボート競技への関心は一気に高まった。このときからボートは「上流階級のスポーツ」というオーラをまとい、今日までそれが続くことになる。

ハーヴァードとイエール以外の東部の大学もつぎつぎにボート部設立に乗り出し、それらの多くはまもなく、大学対抗レガッタでたがいに競い合うようになった。だがハーヴァードとイエールのボート部だけは、そうしたレガッタにけっして参加しようとしなかった。彼らには年に一度のハーヴァード・イエール戦がすべてだった。そんなわけで、一八九五年までアメリカの漕艇界に全米選手権のような大会は存在しなかった。それが変わったのが一八九五年、ニューヨーク中央鉄道の後援を受けてコーネル大学、コロンビア大学、ペンシルヴァニア大学が大学漕艇協会（ＩＲＡ）を設立し、年に一度、ハドソン川沿いのポキプシーで四マイルの直線レースを行なおうと決めたときだ。

ポキプシーは一八六〇年代から、プロとアマの両方が盛んにレースを行なってきた場所だ。コーネル、コロンビア、ペンシルヴァニアによる最初の大会は一八九五年六月二一日に開かれ、コーネル大学が勝利をおさめた。ほどなくして他大学のボート部も大会に招かれるようになり、同地のレガッタは国内のボートレースとしては、ハーヴァードとイエールの大学対抗戦をしのぐ最大の大会になり、事実上、全米選手権と同義に見なされるようになった。二〇世紀初頭までに、ボートクラブはあちこちの裕福な町で設立されるようになった。豪華なホテルやタイタニック号のような豪華客船には、乗客が労せずに漕艇の英雄気分を味わえる漕艇マシンが据えつけられた。一九二〇年代には、何万人ものファンが年に一度の大学選手権を見にポキプシーを訪れるようになった。その数は一九二九年には一二万五〇〇〇人にも達し、さらに何百万もの人々がラジオによる試合の中継に耳をかたむけた。こうしてポキプシー・レガッタは、ケンタッキー・ダービーやローズボウル、ワールドシリーズと並ぶ国民的な大スポーツイベントになった。

一九二五年ごろまでは、ポキプシー・レガッタを制するのは東部の大学に決まっていた。カリフォルニア州のスタンフォード大学が一九一二年に参加するまで、西部の大学は一校も大会に出場できなかった。そのスタンフォードですら、順位は五位に大差をつけられての六位にとどまった。その翌年、ハイラム・コニベア率いるワシントン大学のクルーが初めてポキプシーにやってきた。西部から来た田舎あがりのあか抜けない青年たちは、優勝こそしなかったものの三位に食い込み、東部のファンや報道陣を仰天させた。一九一五年に今度はスタンフォード大学が二位になったことは、東部の漕艇界にとってさらなる衝撃だった。この結果に多かれ少なかれ顔色を失っただろうニューヨークのある記者は、次のような記事を書いた。「出来の悪い西部製のシェル艇を使ってさえいなければ、スタンフォードのボートチームは一位を獲得したかもしれない」。この話には落ちがあった。スタンフォードが大会で使ったのは東部製のシェル艇だったのだ。いつも使っているポーコックの細身のシェル艇を、彼らは地元のパロ・アルトに置いてきていたのだ。

次の一〇年間はしかし、西部のチームはUCバークレーもスタンフォードもワシントンも、まれにしかポキプシーにやってこなかった。ニューヨークへの遠征の意義が疑問視されたからだ。クルー全員に加え、繊細なシェル艇をいくつも西部から東部に運ぶには高額な輸送費が必要だった。そして、いざ東部に行けば西部の青年たちはいつも、物珍しげにじろじろ見られたり、微妙な謙遜をされたり、ときにははっきりと嘲笑されたりと、不快な目にあわずにはすまなかった。東部の漕艇ファンや大学の卒業生、スポーツ記者はもちろん全国紙の記者でさえ、ボート競技とは議員や政治家の息子や産業界の大物の息子、あるいは大統領の息子がやるスポーツだと思い込んでおり、農家や漁師や木こりの息子がハドソン川でレースに参加するなど、ありえないと思っていた。

ワシントン大学が久々にポキプシーに戻ってきたのは、一九二三年六月のある雨の晩だった。彼らハスキーズを率いるのは新しいヘッドコーチ、〈ラスティ〉ことラッセル・カロウだ。レースを大きくリードしたワシントンは、最後の直線コースでエリートの海軍兵学校チームと一騎打ちになった。大観衆のどよめきに号令の声をかき消されたワシントンのコックス、ドン・グラントは、レース直前にコーネル大学の旗をすばやく切り取って作った赤い旗を突然頭上に掲げ、全力でペースアップしろとクルーに指令を出した。整調のダウ・ウォーリングは、片足に三つも巨大な腫物ができて痛々しい赤さになっていたが、指令を受けてシートを前にスライドさせ、両足を前に踏んばり、ピッチを四〇以上まですさまじく上げた。あとの漕手もすぐそれに倣った。ワシントンのボートは相手の前に飛び出し、僅差で優勝した。ポキプシーで西部のクルーが優勝するのはこれが初めてだった。喜びに沸くワシントンのクルーはウォーリングを慎重にボートから抱えあげ、病院へと送った。レースの結果に衝撃を受けたファンや新聞記者は桟橋でワシントンのクルーを取り囲み、質問を浴びせた。

「ワシントン大学は、ワシントンDCにあるのですか?」、「ところでシアトルとは、正確にはどのあたりですか?」、「漕手の中にはほんとうに、木こりの息子がいるのですか?」。誇りに顔を輝かせたメンバーは、ほとんど言葉を返せないまま、西部名産のミニチュアのトーテムポールを人々に配りはじめた。

このときのレースのもようをコーチ用の汽艇から見ていたジョージ・ポーコックは、勝利の瞬間、彼らしくもない大声を思わずはりあげていた。いつもは控えめで寡黙なこのイギリス人は、このときのことをのちに「まるで子どものようにふるまってしまった」と恥じた。だが、ポーコックが興奮するのも無理はなかった。勝利をおさめたワシントンが乗っていたスギ材のシェル艇は、ポーコックが製作したものだった。そして、ポーコックのシェル艇を東部の人間が目にするのは、このときが初めてだったのだ。シアトルに戻って数日のうちに、ポーコックの店には八人漕ぎシェル艇の注文が新たに八件もたらされた。それから一〇年もしないうちに、ポキプシーのレガッタで使われるボートのほとんどは、ポーコックが製作したもので占められるようになった。一九四三年のレガッタでは、すべての──つまり全部で三〇の──ボートが、彼の製作したものになった。

翌一九二四年、ワシントンのクルーはふたたびポキプシーに戻ってきた。大学代表クルーの整調をつとめるのは、若きアル・ウルブリクソンだ。そして今回は二位に大差をつけて、堂々の一位に輝いた。ワシントンは一九二六年にもう一度、ポキプシーにやってきた。そして、レース最後の四分の一マイルでウルブリクソンが腕の肉離れを起こしたにもかかわらず、やはり優勝を果たした。一九二八年には、カイ・エブライト率いるUCバークレーのクルーが初めてポキプシーのレガッタを制し、そのまま同年のオリンピックで金メダルを獲得。そして次の一九三二年のオリンピックでも、エブライトのクルーはふたたび金メダルに輝いた。一九三四年ごろには、西部のボート部もようやく東部でまともに受け止められるようになってきた。しかし、毎年六月のレースを見るため自前のヨットでハドソン川を行く大半の人間は、マンハッタンから来た者もハンプトンズから来た者も、当然のように同じことを考えていた。今年こそは東部のボート部がかつての伝統のように、漕艇の世界のトップの座に返り咲くはずだと。

漕艇界における西部勢力の台頭は東部のファンに衝撃を与えたが、一九三〇年代の全米の新聞記者にとって、これは願ったりかなったりの事件だった。スポーツに関する東西のライバル関係は、新聞にとって、売れるテーマだからだ。このように東と西がいがみあう大きな原因のひとつは、西部の特質のほぼすべてが東部の対極にあったからだ。西部の人間はえてして独立独行で、無教養で、粗野で、土着的で、屈強で、単純で、そして一部の人間の目には、下品に見えた。逆に東部の人間は往々にして、育ちがよく、洗練されていて、裕福で、上品で、そしておそらく、東部の人間自身の目にはすくなくとも、西部より一段すぐれているように見えた。こうした東西の根本的な相違は、すくなくともいくつかの点においては真実かもしれない。だが、東部の人間にはどこか、ライバルである西部を見下すような鼻もちならない感じがしばしばあり、西部のスポーツ選手やファンにとってはそれが癪《しゃく》の種だった。

西部の人間をさらに苛立たせたのは、東部の思い込みや偏見が全国紙にそのまま投影されていることだった。そしてその全国紙の書きぶりは往々にして、まるで「ロッキー山脈の向こうはすぐ中国」とでもいいたげなほど、西部を軽んじるものだった。そして当の西部の新聞までもが、同じ東部偏重の思考にしばしば毒されていた。一九三〇年代を通して西部のマスコミからは、その傾向が抜けなかった。ワシントン大学やUCバークレーがポキプシーで優勝した後ですら、たとえば『ロサンゼルス・タイムズ』紙は、西部のチームがおさめた圧倒的な勝利やタイムの向上について言及するよりも、東部のチームの成績や選手のポジションやコーチの変更、そして予選の結果について、多くの筆を割いた。

一九三四年のポキプシーにやってきたジョーらワシントン大学の一年生クルーは、東西の永遠のライバル関係の中で、西部の役回りを果たすために選ばれたような面々だった。ここ数年の不況のおかげで、ワシントンと、彼らが対戦する東部のチームとの格差はより激しくなっており、それだけに今回の大会は例年以上に大きな国民の関心を集めていた。この年の大会はふたたび、特権や名声の東と、誠実で無骨な西との争いになった。経済の用語でいえばこれは、〈古い貨幣〉の東部と〈貨幣のない〉西部との対立のようなものだった。

試合前の数日間、参加一八チームのほとんどすべてのコーチは、夜遅くにクルーの最終調整を行なった。日中の厳しい暑さを避けるためでもあったし、宵闇を利用して自クルーのタイムや戦略を敵の目や、川岸を跋扈《ばっこ》する詮索好きのスポーツ記者たちの目から隠すためでもあった。

レースが行なわれる六月一六日の土曜日、空は朝早くから晴れ、気温も暖かかった。正午近くになると、列車や自動車を使って東部の各地からポキプシーに観客が到着しはじめた。男たちはすでにコートやネクタイを脱ぎ去り、女たちはつばの広い帽子とサングラスを身につけている。午後三時になるころには、ポキプシーの町は大勢の人間であふれ返った。ホテルのロビーやレストランは、さまざまな種類の冷たい飲み物を口にする客でごった返している。禁酒法がようやく終わった今、人々の飲み物の多くにはかなりのアルコールが混ぜられている。通りでは、手押し車を押す物売りが人ごみの中を通り抜けながら、ホットドッグやアイスクリームを呼び売りする。

その日の午後のあいだ、ハドソン川のポキプシー側の急な斜面を市街電車がガタゴト音をたてて走り、たくさんの観客を水辺に輸送した。川の上には灰色の靄がかかっている。満員の白いフェリーが川を何度も往復し、観覧列車が発着する西岸へと人々を運ぶ。観覧列車には白い飾りをとめつけた平台型貨車が一三両あり、観覧席がもうけられている。午後五時には川の両岸に七万五〇〇〇を超える人々が列をなし、水ぎわに座ったり、桟橋の上に立ったり、コースの近くにある家の屋根や柵によじ登ったりして試合の開始を待った。彼らはレモネードをすすりながら、プログラムを団扇《うちわ》がわりにして自分自身に風を送っている。

最初に行なわれるのは、一年生の二マイルレースだ。それから一時間おいて、二軍の三マイル。そして最後に代表クルーの四マイル。ジョーと他のチームメイトは〈シティ・オブ・シアトル〉号を艇庫から出し、川に漕ぎ出した。そのときはじめて彼らの目に、このレガッタの全景が飛び込んできた。一八八九年に建てられた長さ二〇六〇メートルの巨大な鉄道橋、ポキプシー橋が巨大なクモの巣のようにそびえる地点から上流へちょうど一マイルの場所に、スタートラインを示す係留ボートが七艘、川を横切るように並んで錨をおろしている。それぞれのボートの中にはひとりずつ競技役員が座っている。そして、スタートの合図が鳴らされるまで、それぞれのレーンでボートの艇尾を固定する役目をになう。半マイル下流には自動車用の新しい橋が架かっており、その上にもたくさんの競技役員の姿がある。二つの橋のあいだも、そこからゴールラインまでも、錨をおろしたたくさんのヨットで川はごった返している。ヨットのデッキにはファンが鈴なりになっている。彼らの多くは、金色の縁取りのついた白とロイヤルブルーの海軍の帽子をかぶっている。ヨットのあいだを縫うように、カヌーや木製のモーターボートが進む。

川の中央にある七つのレーンだけは、きれいに空けられている。ゴールラインのわずか手前には、全長七六メートルの白く輝く沿岸警備船〈チャンプレイン〉号が、海軍の駆逐艦の陰に停泊している。駆逐艦の乗組員は、アナポリスの海軍兵学校のボートを応援にきたのだ。川のあちこちには前世紀につくられたような、黒い船体に一本マストや二本マストをつけた背の高い帆船も錨をおろしている。マストのロープには、色鮮やかな海軍の旗が翻っている。

一年生のボートがスタートラインに近づくと、各チームのコーチの汽艇もあとにつづいた。

汽艇に積まれたエンジンからアイドリングの音が聞こえ、艇尾からは白い排蒸気が吐き出される。川にはディーゼル燃料の匂いがかすかに漂う。ゲンかつぎの中折れ帽をかぶったトム・ボレスが、コックスのジョージ・モレイに最後の指示を伝えている。ワシントンは三レーン。隣の二レーンは、オレンジのユニフォームのシラキュース大学だ。シラキュースのコーチは漕艇界の伝説的存在、八二歳のジム・テン・エイク。初めてボートの試合に出場したのが一八六三年、ゲティスバーグの戦いの翌日だったという人物だ。このエイク率いるシラキュースの一年生は、過去四つの新人戦で三回優勝している。前回大会の覇者でもあり、チームの前評判は非常に良い。

日中の暑さはようやくわずかにやわらいだ。かすかな北風が水面に軽く波をたてる。遅い午後の靄《もや》の中で、水の色は今、鉛色に見える。高いマストにつけられた旗が、気だるげに揺れている。ワシントンのメンバーがボートを位置につけると、三レーンの競技役員が手を伸ばし、艇尾をしっかりと押さえた。コックスのモレイが先頭に座るジョージ・ルンドに、艇首をまっすぐにするよう大声で指示を出す。モレイが発艇審判に向かって手をいったん上げてからまたおろし、ボートの準備が整ったことを伝える。ジョー・ランツは深く息をして心を落ち着けた。ロジャー・モリスはオールをぐっと握りなおした。

スタートのピストルが鳴り、即座にシラキュースが前に飛び出した。ピッチは毎分三四。それを僅差で追いかけるのが、ピッチ三一のワシントン。残るコロンビア、ラトガース、ペンシルヴァニア、コーネルの四クルーは、たちまち後れをとりはじめた。四分の一マイル地点では予測通り、オレンジのシラキュースが優勢。だが二分の一マイル地点で、ワシントンのボートがピッチを変えないままじりじりとシラキュースを追い上げ、わずかに前に出た。

一マイル地点で先頭集団が鉄道橋の下をくぐったとき、橋の上の競技役員が号砲を三回鳴らした。トップを行くのは三レーンだと伝える合図だ。ゴールまで一マイルを残してワシントンはトップに立った。シラキュースのボートがゆっくりとジョーの視界に入り、ずるずると後退していった。ジョーはそれを無視し、手の中にあるオールだけに全神経を集中させた。オールはいつしか力強くスムースに、ほとんど痛みを伴わずに気持ちよく動いている。

一・五マイル地点でシラキュースのボートのミドルのだれかが、オールを水にとられるミスをした。ボートは一瞬リズムを乱し、すぐまた立ち直った。だがもう勝負は決まっていた。ワシントンのリードは二艇身半。三番手のコーネルとの差は八艇身で、コーネルのボートはほとんど見えないほど後ろにあった。ワシントンのコックスのジョージ・モレイはくるりと頭を回して後ろの状況を短く確認し、思いのほか自分たちのリードが大きいことに驚いた。だがモレイは、四月にワシントン湖でバークレーと戦ったときのように、残り数百フィートでストロークのピッチを上げ、最後の見せ場を作った。ワシントンのチームがゴールラインを越えた瞬間、三発の号砲が鳴った。二位のシラキュースとの差は、驚きの五艇身まで広がっていた。

シアトルのキッチンやスクイムのベランダでラジオに群がっていた人々は、最後の三発の号砲を聞いた途端、立ち上がり、歓声をあげた。ワシントンの片田舎の、農家の息子や漁師のせがれや造船所の少年たちが東部の強豪を打ち負かした。九カ月前まではオールを握ったことすらなかった青年たちが、一年生の全米チャンピオンに輝いたのだ。

ワシントンの漕手はたがいに握手を交わし、シラキュースのボートのほうに漕いでいくと、勝者の習わしどおり敗者のシャツをトロフィー代わりに剝ぎとると、握手を交わし、意気揚々と艇庫に戻っていった。彼らは〈シティ・オブ・シアトル〉号から浮桟橋にのぼって、大学伝統の勝利の儀式をあらためて行なった。勝利の儀式とはつまり、コックスをびしょ濡れにすることだ。タラップを逃げ出そうとするモレイを四人のメンバーがつかまえ、腕と足をつかんで前後に三度ふりまわすと、ハドソン川の上に大きく投げ上げた。モレイは手足をばたばたふりまわしながら空中で回転し、結局背中から水に落ちて盛大な水しぶきを上げた。モレイが泳いで桟橋に戻ってくると、他のメンバーはモレイを臭い川から引き上げ、おんぼろ艇庫の二階に上がった。そして順に、臭い川の水のシャワーを浴びた。トム・ボレスは通信社ウェスタン・ユニオンのポキプシー事務所に飛んでいくと、シアトルに向けて電報を打った。『シアトル・タイムズ』紙の記者ジョージ・ヴァーネルも同じことをした。「今、アメリカ全土で彼ら以上に幸福な若者はいないだろう。まったくすばらしい戦いだった」

試合の結果に驚き、思わず立ち上がったのは、故郷の町の人々だけではなかった。ワシントンの一年生の勝ち方には、その日ポキプシーにいたほぼすべての人間の目を奪う何かがあった。それは、その日ラジオで中継を聞いたり、翌日新聞記事を読んだりした全米の漕艇ファンも同じだった。レースの展開自体はさほど劇的ではなかったのに、「驚異的だった」と、東部の伝統のいわば権化である『ニューヨーク・タイムズ』紙は評した。人々が驚いたのは、二位との大差でもなく、一〇分五〇秒というタイムでもなかった。そうではなく、彼らのレースの進め方に人々は驚嘆したのだ。ワシントンのチームがスタートからゴールまで漕ぐさまは、ゴールインした後もまだあと二マイル、あるいは一〇マイルでも同じペースで漕ぎつづけられそうな、余裕のある漕ぎ方だった。クルーはまったく平気そうな顔で、『タイムズ』紙によれば「余裕で」、完全に己に没入してボートを漕いでいた。ゴールラインを越えたとき、たいがいのチームの漕手が息を喘がせてシートに倒れ込んでしまうのに対し、ワシントンのクルーは背筋をしゃんと伸ばして座ったまま、ゆっくりあたりを見回した。そのようすはまるで、午後にちょっとボートを漕ぎにきた青年たちが、「この騒ぎはなんだ」と訝《いぶか》ってでもいるようだった。それこそ、純朴な西部人そのもののように。

一時間後、シラキュースの二軍クルーが、名コーチの往年の戦いをさらに上回るすばらしいレースを行なった。シラキュースのオレンジ軍団は、海軍兵学校に激しく追い上げられた。駆逐艦からは海軍兵学校を応援するサイレンが激しく鳴らされたが、彼らの猛攻をシラキュースは振りきり、この日二番目のレースを制した。

三番目の、最大のレースである大学代表クルーの試合の時間が近づいてきた。すでに日は傾きかけ、川の上には湿った暗闇が立ち込めはじめている。アル・ウルブリクソンは無言で川岸を歩いている。ジョージ・ポーコックやトム・ボレスとともに、特別観覧列車の報道用車両に乗り込むのを待っているとき、記者が近づいてきて、ウルブリクソンに「緊張していますか？」と質問した。ウルブリクソンは「一〇〇パーセント、平静だ」と嘲笑的に言ったあと、タバコをさかさまに口にくわえた。実際のところ、ウルブリクソンはこの試合に勝つことをなによりも切望していた。コーチとしてそれは当然のことだった。ワシントンで彼に給料を払っている人々が、チームの戦績に注目しはじめたせいもある。それにこの試合に勝てば、自分のチームがフロックなどでないことを世間に知らしめることができる。これに先立つ四月、ウルブリクソン率いる代表クルーがワシントン湖でUCバークレーを負かした直後でさえ、AP通信は次のような記事を書き、それは翌日、全米各地にばらまかれたのだ。「バークレーはベテランのワシントンに対して奇《く》しくも負けを喫した……だが彼らの最後のすさまじい追い上げは、バークレーが一九三六年のオリンピックに向けて突き進んでいることを実証するものだった」。これではまるで、ワシントンの勝利はまぐれにすぎなかったと、国中に触れ回られたも同然だ。だからこそアル・ウルブリクソンは、この勝負になんとしても勝利をおさめたいと気をはやらせていたのだ。

一九三四年のポキプシーにおける大学代表クルーのレースは、結果的にウルブリクソンとエブライトの教え子の一騎打ちになった。各クルーは好スタートを切ったあと、最初の一〇〇ヤードはほぼ並んで進んでいた。だが、全体の四分の一にあたる一マイルを過ぎるころ、バークレーとワシントンの二つの西部のクルーが飛び出し、東部のクルーを見るまに引き離した。最初にリードしたのはバークレー。そのあとワシントンがリードを奪ったが、またすぐにバークレーが抜き返した。一・五マイル地点で今度はワシントンがふたたび先頭に立った。二艇は激しくせりあいながら鉄道橋の下をくぐった。この時点でトップはワシントン。バークレーが数インチの僅差でそれに続いた。

一マイルを残して両クルーはぴったり横に並び、そのまま残り四分の一マイルまでどちらも譲らなかった。だが最後の四分の一マイルで、バークレーの整調をつとめる身長一九六センチの大男、ディック・バーンリーがすさまじい馬力を一挙に全開にした。バークレーが前に抜け出し、ワシントンは失速した。結局、ワシントンは四分の三艇身差の二位に終わった。エブライトはポキプシーの全米選手権で二年連続優勝をもぎ取り、ワシントン湖での敗北のリベンジを果たした。そして彼らの勝利は、去る四月のAP通信の記事にお墨付きを与えることになった。

ワシントンに帰る長旅のあいだ、代表チームの車両には重苦しい空気が漂っていた。アル・ウルブリクソンが敗北を厳しく受けとめているのは、一見してあきらかだった。選手らを励まそうと、冗談を交わしたりはする。だが青年たちがどこかに行くと、ウルブリクソンは一人座ってタバコをふかしはじめた。エブライトは前回このポキプシーで優勝したとき、そのままオリンピックの金メダルも獲得した。『ニューヨーク・タイムズ』はこの事実を引き合いに出して、先のAP通信と同じく、一九三六年のオリンピック代表はふたたびバークレーになるだろうと予測していた。この比較がかならずしも適切でないことは、ウルブリクソンも重々承知だった。オリンピックはまだ二年も先の話なのだ。だが彼は冷酷な、厳然たる事実を直視しないわけにいかなかった。エブライトには、ここ一番という勝負を制する類まれなカンが備わっているのだと。

一〇日後の六月二六日、ジョー・ランツはふたたび列車の座席に座り、薄く汚れた寝台列車の窓ガラス越しに外を眺めていた。彼の目に映ったのは、新たな災厄が国中に広がりつつあるそのさまだった。

ポキプシーの試合のあと、ジョーは一人でペンシルヴァニアまで旅し、昔、母が亡くなったころ世話になったアルマおばさんとサムおじさんの家を訪れた。そのあと今度は南のニューオーリンズに足をのばした。蒸気の漂う町をジョーは散策し、地面の標高がミシシッピ川よりも低いことに驚き、その川面を巨大な船が航行するようすに目を見張った。安いエビやカニを山とのせた大皿料理を食べ、地元料理のガンボやジャンバラヤを堪能し、ジャズやブルースのリズムや歌声を体にしみこませた。フレンチ・クォーター地区の通りにはジャズやブルースの調べが流れ、あたたかい、絹のような夜の空気にはジャスミンとバーボンの香りがした。

そのあとジョーは、熱波でからからに乾いた大陸をふたたび横断し、シアトルに向かった。干上がった大地は、風にさらわれはじめていた。

その夏は全米中で過去にない酷暑だった（二年後の一九三六年には、その記録はさらに塗り替えられることになる)。南北のダコタ州やミネソタ州、そしてアイオワ州では、早い時期からもう夏のような気温になった。サウスダコタ州のシセトンでは五月九日に気温が摂氏四三度まで上昇した。五月三〇日には四五度を記録。同じ日、アイオワ州のスペンサーでは四三度、ミネソタ州パイプストーンでは四二度を記録した。そして気温が上がるとともに、雨が降らなくなった。サウスダコタ州のスーフォールズではこの月、わずか二五ミリしか雨が降らなかった。トウモロコシが育つまさにその時季に、ほとんど雨が降らなかったということだ。

大平原の北部から始まった熱波と乾燥は、徐々にアメリカ全土に広がっていった。六月にはすでに、国土の半分以上が厳しい暑さで干ばつの危機に陥った。セントルイスではその夏、最高気温が三八度を超える日が八日間つづいた。シカゴのミッドウェイ空港では、やはり最高気温が三八度を超える日が六日間つづき、七月二三日には四三度を記録した。カンザス州のトペカでは、今世紀の最高気温記録がその夏のあいだに四七回も塗り替えられた。オハイオ州ではその年の七月は、過去のどの月よりも暑い一カ月になった。

西部では状況はさらに過酷だった。アイダホ州オロフィノでは、七月二八日に気温が四八度まで上った。その夏、アメリカ全土で平均気温が最も高かった一〇州は、すべて西部の州だった。そして、いちばんひどい暑さが襲ったのは、作物の生育に高い気温が必要な地域やもともとの生活様式が高温に適している南西部ではなかった。猛暑が襲ったのは、西部の中でもロッキー山脈やカスケード山脈に囲まれた地域であり、広大な牧草地帯が灼熱の太陽に焼かれた。被害は、通常は緑豊かな北西部の一部にまで及んだ。

このような気候のもとでは、どんな作物も育たなかった。そしてトウモロコシや小麦、干し草がなければ、家畜は生き延びることができなかった。危機を予感した農務省長官のヘンリー・ウォーレスはゴビ砂漠に調査隊を送り、このさきアメリカ西部と中西部が急速に砂漠化した場合、その地でどんな作物が生育可能かを調べさせた。

だが、暑さや干ばつはある意味、災厄の序の口だった。五月九日、モンタナ州東部で発生した巨大な砂塵嵐は、南北のダコタ両州とミネソタ州を横断し、地表から巻き上げた一二〇〇万トンもの土をシカゴの空に降らせ、その後、さらにボストン、ニューヨークへと進んだ。一九三三年一一月の砂塵嵐のときのように、ニューヨークの人々はセントラルパークに立ち尽くし、上を見上げ、真っ黒な空を呆然と見つめた。このたった一つの砂塵嵐によって、アメリカ各地の合計三億五千万トン近い表土が空に消えた。『ニューヨーク・タイムズ』は、この嵐のことを「米国史上最大規模」と宣言した。だが、さらに巨大な砂塵嵐とさらに巨大な災厄が、この数カ月後に控えていた。

ジョーがオクラホマ州やコロラド州東部を西へと通り抜けるあいだ、列車の窓をセピア色の風景が次々に通り過ぎていった。灼熱の太陽の下、アメリカのすべての大地は茶色く枯れ果てたかのようだった。列車それ自体を別にすれば、目に映るすべてのものは不動のまま立ち尽くし、まるで次なる攻撃を待ちかまえているように見えた。フェンス沿いに置かれた干し草の列にほこりが厚く積もっている。人間の腰ほどの高さで生育が止まったトウモロコシが、茶色く干上がった畑のところどころで立ち枯れている。葉はすでに朽葉色で、全体がしなびて縮れている。風車は止まり、亜鉛メッキをされた鋼の羽根が日の光を反射している。あばら骨が浮き出るほどやせた牛が頭を低く垂れ、干上がった貯水池の底にものうげに立っている。川底の泥は乾ききって石のように固くなり、モザイクのタイルのようにひび割れている。列車がコロラドで一軒の牧場のそばを通り過ぎたとき、飢えた牛を男たちが射殺しているのが見えた。牛の死体は巨大な穴の中に放りこまれた。

だが、いちばんジョーの目を奪ったのは、人々の姿だった。ベランダに座り込んだ人。乾いた畑に素足で立ち尽くす人。柵に腰かけた人。彼らは色あせたカバーオールや、よれよれのギンガムのドレスを身にまとっている。彼らは両手を目の上にかざして日をよけながら、通り過ぎる列車を厳しく冷たい目で見つめている。まるで列車とそれに乗っている人間を、神に見捨てられた大地から逃げるすべをもつ人間を、恨んでいるような目だ。

恨むだけでなく、自分でもそれを実行しようと決めた人々もいた。ところどころまばらにではあるが、車の流れがあった。車の塗装は剝げ、タイヤの穴は何かでふさがれている。鉄道沿いの、轍のついた道を車は走っていく。どの車もみな西をめざしている。車の屋根には古い椅子やミシンや洗い桶がくくりつけられている。車の後部座席には、薄汚い子どもたちや飼い犬、歯のない祖父母、丸めた寝具、缶詰の箱などがぎゅうぎゅうに押し込まれている。たいていの場合、車の持ち主は、住んでいた家を捨てて旅立った。玄関のドアは開け放してある。車に積み切れず、置いてくるしかなかったソファやピアノ、ベッドの枠などの大きな家具を、近所のだれでも自由にもっていってかまわないという意思表示だ。荷物を積み込むべき車を持っていない人々もいる。その多くは独り身の男だ。彼らは鉄道沿いの道を徒歩でとぼとぼと歩いている。頭にはスローチハットをかぶり、おそらくもとは日曜日の晴れ着だった、薄汚れた黒い上着を身にまとっている。彼らは古いスーツケースを、より糸や、肩から下げたバンドにくくりつけて運んでいる。列車が通ると、彼らは顔をあげてジョーのほうを見る。

列車はワシントン州の東部を通り抜け、カスケード山脈に入った。乾ききった国有林のあちこちに「山火事注意」の張り紙がある。どうやらここ数カ月のあいだ、仕事がとだえて絶望した木こりたちが、思い余って森に火をかけているらしかった。山火事が起きれば、それを消火する仕事が生まれるからだ。そうした風景をくぐり抜けるうち、ようやく列車はやや涼しい、ピュージェット湾周辺の緑が残る地域にたどり着いた。おそらくその夏、うだるような暑さを免れた地域は全米中でここだけだったはずだ。

シアトルにはたしかに猛暑は及んでいなかったが、別の意味で空気が熱くなっていた。三万五〇〇〇人近い組合員を抱える国際港湾労働者連盟と造船会社とのあいだでくすぶりつづけていた労働争議が、ついに西部沿岸の港湾都市で火を噴いたのだ。騒動がおさまるまでに出た死者は八人。シアトルでもっとも大きな騒ぎが起きたのは、七月一八日だった。労働者連盟のおよそ一二〇〇人の組合員はV字隊形を組んで、大勢の警官がつくる非常線を突破した。警察は催涙ガスや警棒で応戦したが、連盟側は、スト破りが荷降ろしをするのをみごとに阻止した。スト破りの中には、造船会社に雇われたワシントン大学の学生社交クラブ《フラタニティ》のメンバーや、大学のアメリカンフットボール部の部員も交じっていた。そこから始まった激しい戦いは、波止場やスミスコーブの湾岸地域で数日にわたって続き、デモ隊にも警官隊にも多くの負傷者が出た。デモ隊は木材で武装して警察の陣地に突撃し、警察側は警棒をもった機甲隊を出動して応戦した。シアトルのスミス市長は警察長に対し、九一番埠頭にマシンガンを設置するよう要請したが、警察長はこれを拒否し、自分のバッジをはずして市長に渡した。

　全米の大地が灼熱の太陽に焼かれ、西部の港で暴動が起きていたその夏、国政の場でも熱い舌戦が繰り広げられていた。フランクリン・ルーズヴェルトが大統領に就任してから、一年半が過ぎていた。株式市場はとりあえず今のところは安定し、雇用情勢もわずかながら上向きになった。だが、数百万人のアメリカ人の目には――いいかえれば、おおかたのアメリカ人の目には――厳しい状況はいっこうに改善されていないように見えた。野党はルーズヴェルト大統領が出した結果よりも手法に焦点を定め、新大統領をさんざんに叩いた。七月二日のラジオ放送で、共和党委員長のヘンリー・フレッチャーはニューディール政策を「アメリカ的なすべてに背を向ける、非民主主義的政策」と評し、激しい非難を浴びせた。フレッチャーはさらに、暗く不気味な予言をした。それは、一見ラジカルな社会主義的政策を断行し、巨額の公費を注ぎ込んだ結果、悲惨な事態が起きるだろうという予測だった。フレッチャーは述べた。「……平均的なアメリカ人はこう考えている。『今の暮らしはおそらく去年よりはましだろう。でも来年、税金の請求が来たとき、はたして状況が今よりよくなっているのか？ 自分の子どもや孫の代ではどうなのか？』」。その二日後、アイダホの共和党議員ウィリアム・ボーラは、共和党の中では非常に進歩的な人物として知られていたにもかかわらず、「ルーズヴェルトの政策はアメリカの自由を根本から揺るがす危険がある」と警告した。「今、この国の官僚は徐々に硬直しつつある。それは報道の自由を脅かし、国家に拷問の軛《くびき》と巨額の債務を負わせ、国家の士気を喪失させるだろう」

だが、そのうだるような夏、国のある小さな一角ではもっと大きな、前向きな動きがはじまっていた。八月四日、まだ夜も明けやらぬ早朝に、シアトル市民は車に乗り込み、カスケード山脈の頂を目指した。スポケーンの住民はサンドウィッチを詰めたピクニック用バスケットを車の後部座席にのせ、西に向かって走りだした。コルヴィルインディアンの族長ジョージ・フリードランダーと代表団はバックスキンとモカシンを身につけ、儀式用のヘッドドレスをかぶり、南に向かった。日がすっかり昇るころワシントン州東部の道路は、あちこちから押し寄せる車で埋まった。車はみな、ある意外な場所を目指している。それはエフラタという人口五一六人のさびれた小さな町だ。スカブランドと呼ばれる不毛の地にあるこの町は、コロンビア川やグランドクーリーと呼ばれる全長八〇キロの乾いた渓谷からそう遠くない場所に位置する。

午後三時ごろには、二万人近い人々がエフラタの、ロープを張られた一角に集まった。ジョージ・ポーコックとその家族もそこにいた。そして、前に置かれた演壇にフランクリン・D・ルーズヴェルト大統領が現れたとき、あたりには歓迎のどよめきが起こった。ホルダーに入ったタバコを上向き加減に粋にくわえた、あのルーズヴェルト大統領が人々の目の前にいた。そしてルーズヴェルトは演壇をつかみ、やや身を乗り出して演説をはじめた。抑えた声で、しかし豊かに感情をこめて、大統領はダムの建設計画を語りはじめた。この不毛の大地に一億七五〇〇万ドルの公費を注ぎ込んで、〈グランドクーリーダム〉という新しいダムを建設する。一二〇〇万エーカーの砂漠が消えることになるが、それと引き換えに、さらに広大な既存の農地に灌漑用の水を潤沢に供給できるようになる。大量の安価な電力を西部の各地に送ることも可能になる。そしてダムとともに必要になる水力発電所や灌漑施設の建設のために何千もの新たな雇用も生まれるはずだ。演説はたびたび、聴衆による熱い喝采や賞賛の手振りで中断された。コロンビア川の水が何の制御もなく海に流れ、その膨大なエネルギーが無駄になっていることを話しはじめたとき、大統領は、この偉大なプロジェクトが将来もつ公共性を力説した。「これはひとえにワシントン州だけの問題でも、アイダホ州だけの問題でもない。アメリカのすべての州の問題なのだ」。彼はそこで言葉を切り、ポケットからとり出したハンカチを汗で光る眉に押し当て、さらに言葉をつづけた。「私は信じる。ここで作られた安価な電力を人々が日常的に使うようになることを……電線が届くかぎりのすべての家に電気が届けられ、電気が使われるのを、われわれはこの目で見ることになるはずだ」

そして大統領は結論に入った。彼は、目の前の男女に直接語りかけるように言った。「あなたがたは今、すばらしいチャンスを前にし、それを決然と手にしようとしている……私は今日もうここを去るが、この計画が順調に着手されることを信じている。有益な計画の実現に向けてともに邁進し、アメリカの利益のためにみなでこれをやりとげようではないか！」。大統領が言葉を結ぶと、聴衆からはふたたび嵐のような喝采がわきおこった。

人々の多くはこの日のことをけっして忘れなかった。彼らにとって、それは夜明けの兆しであり、初めて手にした具体的な希望だった。状況を変えるために個人でできることは何もなくとも、人々と力をあわせればそれは可能になるかもしれない。救いの種子とはおそらく、単なる忍耐や重労働や無骨な個人主義の中にだけ潜んでいるのではない。それはきっと、もっと根源的なところにある。人々がたがいに協力し合い、力をあわせるというシンプルな概念の中に、救いの種は潜んでいるのだ。

工房で作業するジョージ・ポーコック

第八章　新しいコーチ

良いボートには命と弾性がなくてはならない。クルーのスウィングと調和するために。
ジョージ・ヨーマン・ポーコック

密漁の監視員はジョーの背後からこっそり忍び寄ってきた。ジョーはダンジネス川の長い砂州に立ち、サケを見つけようと水面に目を凝らしていた。水音のせいで、監視員の足音は耳に入らなかった。監視員はジョーの背丈を見て、一対一の戦いでは勝ち目がないと見てとったのか、頑丈そうな流木を拾い上げ、注意深く狙いを定めると、ジョーの後頭部めがけて思い切り振りおろした。ジョーは一瞬気が遠くなり、砂州の上につんのめるように倒れた。すぐ意識は戻り、目を開けると、怒り狂ったハリー・セコアが釣竿を槍のようにふりまわしながら監視員を追いかけていく姿が見えた。監視員は森の中に姿を消した。だがジョーもハリーも、監視員が仲間を連れてここに戻ってくることはわかっていた。万事休すだった。サケの密漁は以後できなくなった。

東部から大陸を横断して帰ったあと、ジョーは一九三四年の夏のほとんどをスクイムの作りかけの家で、次の年の学費稼ぎにあけくれた。必要な金額をなんとかかき集めるために、仕事は片端から引き受けた。干し草を刈り、溝を掘り、ダイナマイトで切り株を吹き飛ばし、黒く熱いアスファルトを国道一〇一号の路面にせっせと広げた。だがジョーは、その夏のおおかたをチャーリー・マクドナルドの森で仕事をして過ごした。チャーリーは農場の屋根を新しくしようとしており、ある日の午後、輓馬に馬具をつけて荷車につなぐと、ジョーを伴って上流の森にスギを切りにいった。一〇年ほど前、チャーリーがまだ所有していないころ初めて伐採の手が入ったという土地だ。

ダンジネスのその地域に大昔から生えていたベイマツやベイスギの大木を、伐採業者は好きに切り倒していったらしい。何本かのスギは樹齢二〇〇〇年を超える巨木で、背が高いだけでなく幹も直径二メートルから二メートル半に及び、まるで古代のモニュメントのように空に向かってそびえていた。その根元には、野生のブドウやハックルベリーが密に絡まりあった茂みや、コットンウッドの若木や、濃い紫色のヤナギランなどが生い茂っている。これらの大木の中から伐採業者は、屋根を葺《ふ》くのにいちばん適した木を何本か切り倒し、使いやすい真ん中の部分だけを伐り出すと、枝がついている上のほうの幹や、幹が徐々に広がって木目がまっすぐでなくなる根のほうはそのまま森に置き去りにした。そうした木のおおかたは、まだ十分使うことができた。だがそのためには、木の性質を読みとって、内部の構造を外から識別する力が人間の側になければならなかった。

チャーリーはジョーをそういう切り株や倒木が残るあたりに連れて行き、倒れている木の内部がどうなっているか見抜くコツを教えた。チャーリーは倒木をてこのような道具でひっくり返し、薪割り斧の平たい面で幹をこんこんと叩き、どんな音がするかを確認した。その音によって、木の内部の状態がわかる。それからチャーリーは木の外側に手を滑らせ、隠れた節や曲がった部分がないかどうかを手のひらで感じとった。次に、幹の断面のあたりにかがみ込み、年輪の具合をたんねんに見た。そこから、中の木目がどのくらい詰まっているか、どのくらいまっすぐなのか、微妙な鍵を読みとる。ジョーはわくわくした。ふつうの人が見つけられないものを自分は森で見つけられると思うと、胸が高鳴った。ほかの人が見落としたり置き去りにしたりしたものの中に価値あるものを見つけるすばらしさにジョーは改めて驚嘆した。チャーリーは気に入った丸太を見つけると、ジョーになぜそれを気に入ったか理由を説明し、それから二人がかりで横引きノコで丸太を引き、屋根板にちょうどあう六〇センチの長さに切り、荷車へと運んだ。

チャーリーはジョーに、木の形や手触りや色に潜む微妙な鍵をどう読むかも教えた。そのコツをつかめば、木の内部の弱さや強さを見抜くことができ、丸太を割って形の良い屋根板をつくるときに役に立つ。木の槌《つち》とくさびを使って丸太をきれいに四つに割る方法も伝授した。数日でジョーは道具の使い方を体得し、木の状態を見極めて、チャーリーがやるのと同じくらい素早く、同じくらいきれいに丸太を割れるようになった。一年間のボート部のトレーニングで腕も肩も一段とたくましくなったジョーは、山のようなスギの丸太を機械のようにつぎつぎと割っていった。まもなくチャーリーの納屋の前庭にはジョーを取り囲むように、屋根板の小山ができた。

ジョーは新しい技術を学んだことを誇らしく思うと同時に、丸太を割るという行為自体が自分のなにかと、どこか根源的に共鳴しているような気がした。丸太を割っていると、胸の奥が満たされる思いがし、心は安らいだ。ずっと昔、新しい道具を使えるようになったり技術的な問題を解決したりしたとき感じた喜びと似ている。丸太をどんな角度でどんなふうに切れば、すっぱりきれいに割れるかを考えるのは楽しかった。そしてもうひとつ、これが五感を用いる感覚的な仕事でもあることも、重要だった。丸太が割れる直前にかすかな音がするのが、ジョーは好きだった。そんなとき、木はまるで生きて呼吸をしているように感じられた。そしてジョーの手の下でついに丸太が真っ二つになると、かならずそこには美しい、思いもかけなかった模様や色があらわれ、オレンジ色や赤ワイン色やクリーム色の縞模様がジョーの目を奪った。丸太を割った瞬間、空中に解き放たれる香りもすてきだった。切りたてのスギから立ちのぼる香ばしい甘い香りは、シアトルの艇庫の屋根裏でポーコックが作業をしているとき、艇庫に広がる香りと一緒だった。ジョーが今ここでやっていることとポーコックが艇庫の工房でやっていること、そしてジョーがポーコックのボートでやろうとしていることには、一種のつながりがあるように感じられた。それは、力を計画的に用いることであり、心と筋肉を注意深く調和させることだ。そして、思いがけない神秘や美に突然出会うこともそうだ。

一九三四年一〇月五日の午後、その秋最初の練習のためにジョーは艇庫に来た。一年生として初めてここを訪れた日と同じように、太陽はまぶしく輝いていた。温度計の数字は、二度に届こうとしている。モントレイク・カットの水面に太陽の光がきらきら反射しているのも、一年前のあの日と同じだった。だが、この光景には去年と変わった点もひとつある。日照りの夏が長くつづいたおかげで、湖の水位がひどく下がり、浅瀬の茶色い底がむき出しになっていた。水位が低すぎるせいで浮桟橋は使えなくなった。すくなくとも当面のあいだは、水のあるところまで自分たちでボートを運び、そこで水に浮かべるしか手はないようだった。

だが、なにより変わったのは、ジョーと一緒に去年クルーを組んだ青年たちの態度だ。短パンにジャージ姿で艇庫に出たり入ったりしながら、トム・ボレスが新入生の登録をするのを手伝う彼らの一挙手一投足には、かすかな、しかし見まちがえようのない尊大さが感じられた。無理もない、彼らは一年生の全米チャンピオンに輝いたのだ。そして二年生になった今、艇庫の巨大な入り口にたむろし、新入りのようすを腕を組んで眺めるのは彼らの番だ。一年生が落ち着かなげに列を作って身体測定の順番を待ったり、オールを棚からおろそうとしてだれかをしたたかに打ったり打たれたり、平底船のオールド・ネロにおっかなびっくり足を踏み入れるのを、二年生になった彼らはにやにやしながら見物していた。

ポキプシーから持ち帰ったトロフィーのほかにも、ジョーとチームメイトには、次のシーズンに自信と楽観を抱きたくなる理由があった。アル・ウルブリクソンはボート部の練習がある日は、新聞のスポーツ面に書かれた記事を読まないよう、艇庫の青年たちに言って聞かせていた。『シアトル・ポスト・インテリジェンサー』のロイヤル・ブロアムや『シアトル・タイムズ』のジョージ・ヴァーネルが書きちらす憶測に一喜一憂したところで、学生らには百害あって一利なしだ。だが、夏休みのあいだは、学生が何を読むかまではさすがのウルブリクソンも監視することができない。そして両紙にはこの夏、メンバーの目を引くような記事がいくつも書かれていた。六月にポキプシー・レガッタが行なわれた翌朝には、ヴァーネルが前日のレースの模様をラジオで聴いたすべてのシアトル市民が考えたことをそのまま率直に文字にした。「ワシントンの今年の一年生は、一九三六年のオリンピックの有力な代表候補と考えられる」。ほかにもその夏には、あれこれ憶測が飛び交っていた。いわく、一年生チームをオリンピックに連れていくために、ウルブリクソンは今度二年生になる彼らを、三年生と四年生を飛び越して、大学代表に抜擢するつもりがあるのではないか——。突拍子のない話ではあったが、それはなかば公然の噂になっており、新二年生の彼らは仲間内でそのことをこっそり話題にしていた。

たしかにウルブリクソンの心の奥のどこかにも、そうした考えはしばらく前からひそかに芽生えていた。そう考えるべき理由は少なからずあった。まず何といっても、一年生が六月のポキプシーで優勝したときの、あの驚くべき余裕だ。彼らはたしかに、スポーツマンとして体格的にも非常に恵まれていた。平均体重が八〇キロを超えるがっしりした力強い体格は、三年生と四年生のメンバーの平均を上回っている。それは、一年生クルーがもつすさまじい潜在的パワーを物語っている。まだ技術的に多くの欠点があることは、ウルブリクソンも承知だ。だがそれは、修正していけばいい。それよりもっと重要なのは、彼ら一年生の性格だった。彼らは総じて、世間知らずの粗野な青年たちだったが、非常にまじめで、厳しい練習を苦にしなかった。そしてまだ一年生という若い彼らはある程度ではあれ、まだこれから精神面を矯正していくことも可能だった。いいかえれば、まだ〝鉄が熱い〟状態にあるのだ。そして同じくらい重要なのは、一年生の部員は一九三六年のオリンピックの夏にはまだ確実に、だれひとり大学を卒業していないことだ。

しかしウルブリクソンはそうした考えを、部員たちにほんのわずかも知らせるつもりはなかった。成り上がりの二年坊主を「自分は神からボートの才能を授かっている」などと天狗にさせることは、ぜったいに避けなくてはならない。この前の六月に二マイルの一年生レースで優勝したくらいで、次の六月の対校エイトの四マイルに勝てると思うなど、甘いもいいところだ。四マイルレースは二マイルとはまったく別の代物だ。距離は二倍だが、きつさは二倍なんてものじゃない。それに勝つにはたった今から彼らに、もっとさまざまなことを考えさせる必要がある。もっとしっかりした体をつくること。精神面の鍛錬を積むこと。ワシントン湖の半分もの水がボートに入るほど盛大な水しぶき《スプラッシュ》をあげずに、スムースにオールさばきができるようになること。彼らはいい素材だ。だが、まだとても青い。ウルブリクソンの望む目標に彼らがほんとうに手を届かせるためには、エゴと謙虚さをあわせもつことをひとりひとりに教えていかなければならない。すぐれたボート選手はみな、この二つの要素をバランスよく兼ね備えている。それは、努力で手に入れるものだ。今、ふんぞりかえって艇庫のあたりを歩いたり入り口近くでたむろしていたりする二年生には、ウルブリクソンが見るかぎり、山ほどのエゴは見いだせても、謙遜の心はろくに感じられない。

去年一年間、この青年たちはおもにトム・ボレスの監督下にあった。今年彼らが、結果的に代表クルーとして戦うことになろうが、二軍クルーとして戦うことになろうが、コーチをするのは全面的にウルブリクソンだ。彼はすでにトム・ボレスから、取扱いにとくに注意が必要な何人かの漕手について話を聞いていた。ひとりはチーム最年少、弱冠一七歳のジョージ・ハント。ポジションは二番。一九〇センチの長身ながら、あだ名は「ショーティ（ちび）」。チーム一馬力のあるショーティは絶対に欠かせない存在であるいっぽう、絹の手袋で扱わなければいけないような鋭敏で神経質な性格の持ち主でもあった。彼の扱いは、競走馬の扱いに似ていた。

もう一人の問題児は、ブロンドのクルーカットの三番、ジョー・ランツだ。二年前、ウルブリクソン自身がルーズヴェルト高校の体育館で目をつけた、あの青年だ。彼は教会のネズミのように貧乏だった。それは一目見ればだれでもわかることだった。だが、ボレスの報告によれば、ジョーは自分がそうしたいと望めばほかのどの漕手よりも長い時間、だれよりも力強くオールを漕ぐことができた。問題は、どうやら彼がいつもそうしたいとは望まないこと、つまりはむら気があることだった。春の練習のあいだジョーの出来は、今日は良くても明日はだめというようにまるで一貫性を欠いていた。そして彼は、我が道を行く独立独歩のタイプだった。「ミスター個人主義」。これが、ほかの部員がジョーにつけたあだ名だ。肉体的には十分タフで、自立心に富み、どうやら自信もあり、フレンドリーな性格のジョーはしかし同時に、奇妙なほど繊細な面があった。彼は、外からは見えない傷つきやすい一面を抱えているようだった。こちらの要求に彼も応えさせるためには、ジョーのどこかに隠れているその柔らかな部分に注意を払ってやらなければならない。だが、その正体がいったい何なのか、それがどこから生まれているのか、それに我慢してつきあうだけの意味があるのかどうかわかる人間は、二年生のチームメイトの中にさえ、ただの一人もいなかった。あいにくアル・ウルブリクソンにも、傷つきやすい子どもの心の傷を親切に探し出してやるような時間の余裕はなかった。

ウルブリクソンはメガホンを取り出し、二年生に、スロープに集まるよう大声で言った。青年たちはたらたらと集まってきた。ウルブリクソンは彼らよりもやや高い位置に立った。長身ぞろいの部員たちを、少しでも見おろすようにするためだ。ウルブリクソンにとって、こうしたことは重要だった。自分とさして年の違わない、多くの点において自分と同じほど頑固な大男たちを率いるには、利用できるものは何でも利用しなくてはならない。ウルブリクソンはネクタイを直し、例のファイ・ベータ・カッパの会員章をベストのポケットから取り出すと、こうした場でよくやるように紐をくるくるともてあそびはじめた。ウルブリクソンはちらりと二年生に目をやったが、何も言わなかった。二年生は自然に沈黙した。そうしてウルブリクソンは前置きなしで、これから彼らがなすべきことを話しはじめた。

「今日から、肉の揚げものは食べてはいけない」。彼は開口一番言った。「甘いパンもいっさい口にしないこと。かわりに野菜をたくさん食べろ。良質で、実のある、健康的な食べ物を摂取することだ。そう、君たちのお母さんが作ってくれるような料理だ。毎日夜の一〇時には寝て、朝は七時きっかりに起きる。タバコ、酒、チューインガムは禁止。私のもとでボートをやるかぎり、一年中どんな時も、この決まりを守ること。体に悪い生活を一年のうち六カ月も送っていたら、残りの六カ月で立派にボートを漕げるわけがない。ボートの選手は、一年中いつでも、完璧な節制を守らなければならない。汚い言葉を口にするのも禁止だ。艇庫はもちろん、私の耳に届くような場所では、その手の言葉はいっさい口にしてくれるな。それから、勉強にも手を抜かず、良い成績を保つこと。両親はもちろん、仲間を失望させるような行ないはけっしてしないこと。以上だ。さあ、練習をはじめろ」

ウルブリクソンは二年生をつけあがらせないために、まだいくつかの策を講じた。最初の練習の日から二週間後に彼が起こした行動は、二年生に高い期待をかければこそのものだったが、ウルブリクソンは知らぬ顔を通した。その日、ウルブリクソンが艇庫の黒板に今年度のクルーの仮編成を書き出したとき、その場にいた者はみなひと目で、大学代表の座を争う五つのボートのうち四つは例年通り、異なる学年の学生を混合して——つまり去年の一年生の第二ボートや、去年の二軍や代表ボートの漕手などで——構成されていることを見てとった。残るひとつのボートだけは、去年と同じ編成のまま残されていた。ジョーが乗っていた、去年の一年生の第一ボートだ。彼らは、六月にポキプシーで優勝したときのメンバーのままで、少なくともしばらくは戦うことになった。バウはジョージ・ルンド。二番、ショーティ・ハント。三番、ジョー・ランツ。四番、チャック・ハートマン。五番、デロス・ショッホ。六番、ボブ・グリーン。七番、ロジャー・モリス。整調、バド・シャハト。コックス、ジョージ・モレイ。

このメンバーがそっくりそのまま残された事実は、二年生たちの憶測が正しかったという強力な証拠のようにも見えた。つまり、このクルーには何か特別なものがあり、ウルブリクソンはチームとしての彼らに並々ならぬ信頼を抱いているということだ。だが、ウルブリクソンは自分の采配を学生たちが、とりわけ二年生のメンバー自身が深読みしすぎないように手を打った。五つのボートの中で、二年生クルーをリストの最下段に置いたのだ。通常、リストの順番はクルーのステイタスを示している。つまりジョーらの二年生クルーは、第一ボートでも第二ボートでもなく、梯子の最下段にあたる第五ボートであり、いいかえれば、来春の代表チーム争いにはいちばん遠い位置にあるということだ。

部員たちはこの複雑なメッセージを解釈しあぐねていた。また同じ面子《メンツ》で一緒に漕げるというのは、彼らがとくに仲良し同士ではないにしても、嬉しいことだった。たとえそれが単に、このメンバーなら良い結果をだせそうだからであっても——。だが、自分たちは全米チャンピオンなのだと思うと、やはり最下位の第五ボートというのは不当な扱いに思えた。彼らは、自分たちの新しいコーチのやり方に怖じ気づき、こうして二年生の足取りからは、傲《おご》り高ぶったようすが消えた。ウルブリクソンはボレスよりもずっと手ごわい相手だ。このシーズンは去年よりもずっと苛酷なものになるはずだ。

秋のトレーニングシーズンはこうして始まったが、漕手の中でもとりわけジョーは気が沈みがちで、元気がなかった。その理由は、自分たちのボートが最下位に置かれたからだけではなかった。長く過酷な練習のせいだけでもなかった。この先雨が降ろうが何が降ろうが練習はかならず行なわれるのだと、わかっているせいでもなかった。ジョーが悩んでいたのは個人的な事情だった。夏のあいだ必死で働いたにもかかわらず、ジョーの今の経済状況は去年よりもさらに厳しかった。土曜の晩に映画に行くことすら、今は途方もない贅沢に思えた。ジョイスとのデートも、カフェテリアで会うのが精いっぱいだった。ふたりはトマトケチャップにお湯を混ぜて「トマトスープ」と呼び、それにソーダクラッカーを添えて食事代わりにした。ジョイスの指に輝くダイヤモンドの指輪はふたりをあたたかい気持ちにさせたが、ジョーはそれを見ていると時折、その指輪が暗示するものを果たして実現できるのだろうかと不安に襲われた。

金銭だけでなく、家族の問題もジョーの心を苛んでいた。ジョーは意を決して兄のフレッドのところに行き、父親の居場所を単刀直入にたずねた。フレッドはしばしば言葉を濁したのち、ジョーにすべてを教えた。父親のハリーとその妻のスーラ、そしてジョーの腹違いのきょうだいたちはここシアトルに住んでいた。彼らはずっとそこにいた。はっきり言えば、一九二九年のあの晩、ジョーをスクイムの家に置き去りにした直後から、彼らはずっとシアトルにいたのだ。

彼らが最初身を落ち着けたのは、水辺に広がるスラム街の外れにある、段ボールの小屋でこそなかったが、それと大差ないボロ屋だった。部屋はたったのふたつ。ひとつにはトイレとシンクがあり、台所兼バスルームとして使われる。片隅に薪ストーブのあるもうひとつの部屋は、居間と六人の寝室を兼ねている。夜には、玄関のドアの数センチ先をトラックが轟音をたてて通りすぎた。通りの街灯の下には、売春婦やごろつきがうろついていた。二つの部屋の隅にはネズミが走り回っていた。シアトルに来れば仕事を見つけられると思っていたハリーは、結局仕事に就けず、失業手当に頼っていた。

その水辺のボロ屋にはそれほど長く住まなかったが、次に移り住んだ住居も多少ましな程度にすぎなかった。それは、グリーン湖の西のフィニーリッジという地域にある古い家だった。一八八五年に建てられたその家は、そのあと一度も修理の手を入れられたことがなかった。電気の差込口は家中でたった一つ。薪ストーブもたった一つ。ただ、せっかくの薪ストーブはほとんど役に立たなかった。ストーブにくべる薪を買う金がないからだ。山の背に位置するこの家は、冬場には、北極圏から町へと吹き降ろす冷たい風をまともに受けた。家をなんとかあたためため、少しでも食べ物をテーブルに並べるため、スーラは近所のスープ・キッチンにたびたび通うようになった。地元の社会主義者が設立した失業者市民連盟による物資配給所にもしばしば足を向けた。連盟のメンバーは、ワシントン東部の畑で不出来な作物を集めたりし、カスケード山脈で薪になる木をさがしたりし、見つけたものは何でもシアトルにもち帰り、貧困者に配給した。けれど、配給所で手に入るものは、いつもとても少なかった。スーラが子どもらの前に並べる食べ物は、パースニップの根やスウェーデンカブ、ジャガイモとくず肉で作った薄いシチューばかりだった。ストーブにくべる薪にも常に事欠き、スーラはあるとき、上下逆さまにしたアイロンのプラグをコンセントに入れ、その上でシチューの調理までした。

スーラの父は一九二六年に他界していたが、母親はまだ存命で、スーラの家からわずか数ブロック下っただけの、グリーン湖畔のオーロラ通りにある大きな屋敷に住んでいた。母親のマリー・ラフォレットはスーラの結婚に最初から反対だったし、夫となったハリーにも、その後のことにもおおいに不満だった。だから娘一家の窮状を知っても、母親はたったひとつの譲歩しかしてくれなかった。それは毎週日曜日の朝、子どもたちを家に呼んで、小麦の粥《かゆ》を食べさせることだった。そして、それだけだった。毎週、鉢に一杯の小麦粥を提供する以外には、スーラの母親はけっして一家に手を差し伸べようとはしなかった。これは、「助けるつもりはない」というメッセージをスーラに送るための、いわば儀式だった。八〇年後、ジョーの義弟のハリー・ジュニアは当時のことを思い出し、声を震わせた。「週に一度。たった一鉢の粥。僕にはまったく、わけがわからなかった」。だが、スーラには母の言いたいことがわかった。スーラは夫のハリーに家を出て行くように言い、仕事が見つかるまで帰ってくるなと言い渡した。ハリーはロサンゼルスに向かい、それから半年後、仕事ではなくオートバイを携えて戻ってきた。

スーラはもう一度、ハリーに最後通牒《つうちょう》を突きつけた。ハリーは今度こそ仕事を見つけた。フリーモントにある〈ゴールデン・ルール〉というパン屋兼牛乳販売店の機械工頭の仕事だった。店は労働組合を断固認めず、以後数年の労働争議のあいだ、大規模なボイコット運動の的になった。組合がないため給料は低かったが、ともかく賃金を得ることはでき、ハリーに選り好みはできなかった。ハリーは家族を、小さいがまともな家に移した。勤める店からそう遠くないバグリー三九番地にあるその家は、ジョーがほぼ毎午後、練習に精を出しているユニオン湖北岸からもさして離れていなかった。兄のフレッドからようやく聞き出したその住所を、一九三四年秋にジョーは訪れた。

それは感動の再会、というようなものではなかった。ジョーとジョイスはフランクリン自動車に乗り、ある日の午後、その家をめざした。二人はバグリーで車を停め、大きく息を吸うと、手を取りあって、玄関につづくコンクリートの階段をのぼった。だれかが家の中でヴァイオリンを弾いているのが聞こえた。ジョーが黄色いダッチドア（上下二段に分かれたドア）をノックすると、ヴァイオリンの音がやんだ。上段のドアにかかったレースのカーテンの向こうに人影があらわれた。一瞬の沈黙ののちに、ドアが半開きになり、スーラが姿をあらわした。

ジョーとジョイスの姿を見ても、スーラはとりたてて驚いていないように見えた。このときが来るのをこの人はずっと待っていたのかもしれない、とジョーは感じた。スーラはジョイスに目をやり、愛想よくうなずいてみせたが、家の中に招き入れるそぶりは見せなかった。そのまま長い沈黙があった。その場のだれも、何を口にしていいかわからなかった。ジョーの目にはスーラが生活に疲れ、憔悴しているように見えた。まだ三六歳なのに、それよりずっと老けて見えた。青白い顔は引きつり、両の目は少し落ちくぼんでいた。ジョイスはスーラの指をじっと見た。赤く、かさかさになった指がドアの縁をきつく摑んでいた。

沈黙を破ったのはジョーだった。「ハロー、スーラ。みんなどうしているか知りたくて、ちょっと立ち寄ったんだ」

スーラはほんの一瞬、表情のない顔で、無言でジョーを見つめた。それから視線を落とすと、スーラは話しはじめた。

「なんとかやっているわ、ジョー。学校はどう?」

「順調だよ。今、ボート部にいるんだ」

「聞いたわ。お父さんもあなたのことを、とても誇らしく思っている」

スーラはジョイスに両親は元気かとたずねた。父が重い病気なのだとジョイスが答えると、スーラはお気の毒にと言った。

スーラは半開きにしたドアを手で押さえ続け、体で入り口をふさいでいた。ジョーたちに話しかけるときですら、彼女がずっと下を見ていることにジョーは気がついた。まるで足元にある何かを調べているかのように。ジョーの質問への答えをそこに見いだそうとしているかのように――。

ようやくジョーはたずねた。「ほんの少しだけ、中に入ってもいい？　父さんとちびたちに挨拶だけでもしておきたいんだ」

「いいえ、ジョー。お父さんは仕事に出ているし、子どもたちは友だちのところに行っているわ」

「それじゃあ、また別のときにジョイスと来てもいい？」

スーラは突然、探していたものを見つけたようだった。彼女はいきなり目を上げ、ジョーを見据えて言った。「だめよ」。その声は冷たくなっていた。「あなたはあなたで生きなさい、ジョー。わたしたちのことは放っておいて」。その言葉を最後にスーラは静かに扉を閉めた。かんぬきのデッドボルトがスライドし、かちゃりという音とともに錠がかけられた。

その午後、バグリーから戻る途中、ジョイスの心はざわめいていた。この何年かでジョイスは、ジョーの両親のことや、スクイムで起きたこと、その前の採掘キャンプで起きたことなどを少しずつ知っていった。ジョーの生母が死んだときのことや、たったひとりで列車に乗ってペンシルヴァニアまで行かされたことも。あれこれ事情を考えあわせても、スーラがなぜ継子のジョーにあれほど冷たい仕打ちができたのか、なぜ父親がそれを平然と見過ごしたのかが、ジョイスにはどうしても解せなかった。そしてもうひとつ理解できないのが、ジョーがこうしたことに対してさほど怒りをあらわにしないことだった。なぜジョーは、まるで何事も起こらなかったかのように、今もあの二人に気に入られようとするのだろう？　ジョイスの勤め先の家の前でジョーが車を停めたとき、ジョイスはたまりかねたように言った。

「どうしてなの、ジョー。なぜ、あんなふうにされて黙っているの？　なぜあなたは、まるで何もなかったみたいにふるまうの？　男の子をひとりきりで置き去りにするなんて、どこの女にそんなひどい真似ができるのか、私にはわからない。それを見過ごせる父親もわからない。ジョー、なぜあなたは怒りを感じないの？　なぜ、妹や弟に会わせろと強く言わないの？　どうしてなの、ジョー。私にはぜんぜんわからない」。ジョイスは言い終わるころには、ほとんどむせび泣いていた。

ジョイスは座席越しにジョーを見た。ジョイスの目は涙で曇っていたが、それでも彼がひどく傷ついた目をしているのはすぐにわかった。ジョーは顎を引き、ハンドル越しにじっと前を見つめていた。彼はジョイスのほうをふり返らずに言った。

「君にはわからないよ」。ジョーは小さな声で言った。「あの人たちにも、ほかに仕様がなかったんだ。食べさせなければいけない子どもがたくさんいたんだから」

ジョイスは一瞬考えてから、口を開いた。「私には、やっぱりわからない。なぜあなたが怒ろうとしないのか」

ジョーの視線は、フロントガラス越しに外に向けられたままだった。

「怒るのには、エネルギーがいるんだ。怒りは、人間を内側から食い尽くす。そんなことにエネルギーを無駄にしていたら、前に進んでいけない。僕はあの人たちに置き去りにされてから、自分の中のすべてをかき集めて必死に生きのびてきた。今、僕は心をかき乱されたくない。自分ひとりで乗り切らなくちゃいけないことがあるんだ」

ジョーは逃げるように、艇庫での練習の日々に戻った。チームメイトはまだ時おり、ジョーの服や音楽を悪趣味だとからかった。ジョーが心を許せる相手はロジャーとショーティだけだった。だが、少なくともジョーにはここボート部でめざす目標があった。儀式のような練習の手順も、競技の専門用語も、身につけなければいけない細かなテクニックも、コーチの叡智も、彼らが口を酸っぱくして言うさまざまなルールやしてはいけないタブーですら、すべてはジョーにとって、この艇庫の世界に安定と秩序を与えているように感じられた。そして安定と秩序こそは、長いことジョーをとりまく世界に欠けていた要素だった。毎日の午後の厳しいトレーニングを終えると体はくたくたに疲れたが、心はまるでワイヤーブラシで掃除をしてもらったかのように、さっぱりとしていた。

艇庫はジョーにとって、YMCAの地下の不快な小部屋よりも、つくりかけのスクイムの家よりも、もっと本物の家のような存在になっていた。艇庫の大きな引き戸の上の窓から日の光がさしこむさまも、棚に重ねられたシェル艇がつやつやと輝いているようすも、ラジエーターの蒸気の音も、ロッカーのドアがバタンと閉まる音も、スギ材とニスと汗の混じり合った匂いも、すべてがジョーは好きだった。彼はよく、練習が終わった後も長いこと艇庫の中にとどまっていた。そしてジョーはだんだんに、艇庫の奥にある階段に引き寄せられるようになった。階段は、ポーコックの仕事場がある屋根裏へと通じている。招かれてもいないのに階段を上がっていって、ポーコックの邪魔をするつもりはなかった。青年たちはいつもポーコックを「ミスター・ポーコック」と尊敬を込めて呼んだ。ポーコック自身がそういうふうに仕向けているわけではなかった。事実はむしろ、逆だった。青年たちが水辺でトレーニングの準備をしているとき、ポーコックはしばしば浮桟橋の上に立ち、あちこちのボートの索具をいじったり、青年たちと喋ったり、ときには何かの知恵を授けたり、ストロークの仕方についての提案をしたりした。じっさい、最低限の学校教育しか受けていないポーコックは、相手に敬意を表さなければいけないのはむしろ自分のほうであって、大学で高等教育を受けている学生たちではないと考えがちだった。

だが、ポーコックは学校教育で学びうるよりもはるかに多くのものごとを知っていた。彼に会った人はだれでも、その博識ぶりにすぐに気づかされた。ポーコックは読書家で、宗教や文学や歴史や哲学など、じつに幅広いテーマの本を読み込んでいた。そして必要なときにいつでも、ブラウニングやテニソンやシェイクスピアの一節をすっと引用することができた。しかもその引用はいつも適切で的を射ており、彼はそれを、もったいぶったり気取ったりせずにさらりと口にした。そうした結果、静かで控えめな性格にもかかわらず、ポーコックはまわりの尊敬を集めるようになった。人々は、ポーコックの博識と静かな雄弁に、絶大な敬意を払った。屋根裏の工房で彼がボートづくりに精を出しているときには、なおさらそうだった。仕事中のポーコックの邪魔をしようとする人間は、これまでにただのひとりもいなかった。

ジョーは階段の下で、上を見ながらしばし逡巡していたが、結局、好奇心を自分の中におさえこんだ。だがジョーは、ポーコックの仕事量がこのところ急に増えたことに気づいていた。一九二九年の大恐慌以来、全米各地のボート部が新しい艇の発注を長らく控えていた反動なのか、ポーコックのシェル艇に乗ったワシントンのクルーが先の大会で優勝したせいなのか、ともかくこの夏ごろから工房には突然、あちこちから注文が舞い込むようになっていた。今、彼のところには、八人漕ぎシェル艇の注文が八件寄せられていた。その中には、海軍兵学校やシラキュース大学、プリンストン大学、ペンシルヴァニア大学など、全米屈指のエリートクラスのボート部が含まれていた。

九月になる前に、ポーコックはUCバークレーのカイ・エブライトに宛てて、一年前とはまるでちがう調子の手紙を書くことができた。ポーコックはもちろん紳士の誇りにかけて、去年の意趣返しを試みるなどしなかったが、それでも今年の彼は去年とは一転して強気だった。「もしボートを購入する予定があるのなら、早々に注文を行なうことを強く勧めます。この二年の過酷な状況に耐えた今、東部のボート部は、新しいボートがそろそろ必要だという現実に気づきつつあります。そうなったら、私の工房は非常に多忙になるでしょう……」。返事の手紙でエブライトはボートの価格をたずねたが、去年とちがって今年は、相手の要求を押し返すのはポーコックの番だった。彼は、何度聞かれてもけっして、決めた価格を変えようとはしなかった。「……八人漕ぎボートの価格は一一五〇ドルです……カイ、ひとつ心していただきたい。安さ競争への参入は断固お断りする。寄せられた注文をすべてこなすことはできないかもしれない。だが注文を受ければ、最高級のボートを作ってみせる」

ジョージ・ポーコックはじっさい、最高のボートをもうすでに製作しはじめていた。それもただの「最高」ではなく、「とびぬけて最高」のボートだ。彼はボートを単に「つくる」のではなく、「造形していた」というほうが正しいかもしれない。

ある意味、レース用のシェル艇とは、非常に限定された目的のための道具だ。いいかえればそれは、数人の長身の男性(もしくは女性)と一人の小柄な男性(もしくは女性)を、可能なかぎり迅速かつ効果的に水面を進ませるための道具だ。だが別の視点から見れば、シェル艇とは一種の芸術品であり、理想と美と清廉と優美をどこまでも追い求める人間精神のあらわれでもある。ボート製作者としてのポーコックの天才性の大部分は、彼のつくるボートが道具としても芸術品としても卓越していた点にある。

イートン校で父親がボートをつくるそばで育ち、その技を学んだポーコックは、鋸や槌《つち》、鑿《のみ》、鉋《かんな》、砥石などの単純な手工具を使ってボートを製作してきた。一九三〇年代にもっと近代的な、電気を使って労力を省く新しい器具が開発されてからも、ジョージはだいたいにおいて、昔から使っている手になじんだ道具を使いつづけた。その理由は一部には、ポーコックがもともと何につけ伝統的なものに強く惹かれるタイプだったからだ。ボートづくりの細かな作業には昔の手工具のほうが精密なコントロールがきくと彼が考えていたことも、おそらくは理由のひとつだ。電気の機械がたてるすさまじい音にポーコックが耐えられなかったことも、ひとつの理由だろう。職人芸には思索が必要だ。そして思索をするには、静かな環境がなくてはならない。だが、何よりいちばん大きな理由は、木と「親密になる」ことをポーコックが重視したからだ。彼は木にひそむ生命を自分の手で感じとり、自分自身を、そして自分の人生や誇りや慈しみの気持ちをボートに込めたいと願っていた。

一九二七年までポーコックは、イギリスで父親から教えられたやり方を忠実に守ってボートを製作してきた。まず長さ一八メートル以上ある真っ直ぐなI型鋼をビームとして使って、トウヒやトネリコ材で精密な骨組みをつくる。それから骨組みの肋材《ろくざい》に、スペインスギを長く挽いた外板を何千もの真鍮釘やネジで注意深くとめつけていく。釘やネジの出っ張りにはひとつひとつ根気よくやすりをかけ、それが終わったら船舶用のワニスをかけてコーティングする。板を釘で骨組みに固定するこの作業は全体の中でもことに難しく、神経を使う。ほんのすこし鑿がすべったり、槌を不注意に振り下ろしたりすれば、何日分もの仕事がだいなしになってしまうからだ。

一九二七年にポーコックは、アメリカのボートづくりにひとつの革新的進歩をもたらした。ハイラム・コニベアのあとを継いでワシントンのコーチになったエド・リーダーは長いあいだポーコックに、アメリカ原産のベイスギ（ウェスタン・レッド・シダー）を使ってシェル艇をつくることを打診していた。ベイスギはワシントン州やカナダのブリティッシュ・コロンビア州に多く生育する木で、素材が豊富に手に入る。結局のところ、南米から輸入しなければならないスペインスギは非常に高価なのだ(スペインスギは、その名前とはうらはらに、スペイン産でもなければ、スギでもない。植物学的には、スペインスギはマホガニーの仲間だ)。加えて、スペインスギでつくったシェル艇は亀裂が入りやすく、年中修理が必要だという欠点もあった。北米原産のベイスギを使ってボートをつくるというアイディアに、ポーコックは魅了された。彼は何年も前から、ベイスギでつくられた古いインディアンカヌーがピュージェット湾を今もときおり航行するのを見て、その軽さと耐久性に注目していた。だが、エド・リーダーのあとを継いでヘッドコーチになったラスティ・カロウの忠言を受け、ベイスギをボートの素材にするのを思いとどまってきた。若いころ木材の伐採を仕事にしていたカロウは、ベイスギは屋根を葺く板にしか適さないと信じていた。それはカロウだけでなく、おおかたの伐採業者の意見でもあった。だがポーコックは一九二七年についに、自分の直感を信じてベイスギのボートを試験的につくってみた。そして、この素材が秘めていた可能性に彼は驚嘆した。

ベイスギはある意味、驚きの樹木だ。内部の密度が低いため、鑿でも鉋でも手鋸でも楽に形づくることができる。連続気泡構造のせいで、軽くて浮力がある。つまり軽くてスピードの出るボートがつくれるということだ。緊密でまっすぐな木目は強いいっぽうで柔軟性に富み、簡単に曲げることができる。捻じ曲げたり、撓《たわ》めたり、丸めたりも思いのままだ。樹脂や樹液は少ない。だが、繊維に含まれるツヤプリシンと呼ばれる化学物質が天然の保存料の役目を果たし、木を腐りにくくすると同時に、芳しい香りを与える。見かけも美しく、よく磨き込むとつやつやと光沢を放つ。船底や船腹がなめらかで抵抗が少ないことは、良いシェル艇に必須の要素だ。

　ポーコックはたちまち、スペインスギからベイスギへと鞍替えした。彼はまもなく、最高の質のスギ材を求めて北西部を旅することになる。オリンピック半島の山間《やまあい》で煙をたてる製材所まで足を延ばし、さらにはもっと北の、カナダのブリティッシュ・コロンビア州の未踏の森林にまではるばる赴いた。望んだとおりの木をポーコックが見つけたのは、ヴァンクーヴァー島のカウチン湖を取り囲む、霧の立ち込める森林だった。彼はそこで見つけた樹齢の非常に高いベイスギの巨木から、木目が詰まり、まっすぐに伸びている部分を長く伐り出した。そこからは、幅五〇センチ以上、長さ一八メートルあまりの美しい厚板が何枚も挽けた。そこから、厚さ約四ミリの板を何枚も挽き、木目の模様が同じものを鏡合わせになるように二枚ずつ組にする。それを竜骨の両側に一枚ずつ設置すれば、見た目にも機能的にも完璧に左右に均整のとれたボートができる。

　このベイスギの板は柔軟性に富んでいるため、ポーコックはこれまでのような無数の釘を肋材に打ちこむ作業から解放された。この素材なら、長く挽いた板をボートの骨組みに沿ってひもで固定し、骨組みの形に添わせたら、全体を厚い毛布で何重にも覆って、艇庫のラジエーターからくる蒸気がちょうど下に入ってくるように調節してやるだけでいい。蒸気の効果でスギの板は弛緩し、骨組みの形に添うように自然に曲がっていく。三日後に蒸気を止め、毛布を取りのけると、スギの板は完璧に新しい形に生まれ変わっている。そうなったらポーコックの仕事は、それらを乾燥させ、にかわで骨組みに固定してやるだけだ。これは、アメリカ北西部に古くから住む沿岸サリシュ族と呼ばれる民族に何世紀も前から伝わる技術と同じだ。サリシュ族の人々はこの技術を用いて、一枚のスギの板から曲げ木の箱をつくる。同じ技術でつくられたシェル艇は、スペインスギからつくったものより見た目が美しいだけでなく、あきらかに速かった。この新素材のボートをポーコックの工房に初めて試験的に注文したハーヴァード大学のボート部からはすぐに、このボートのおかげでクルーのベスト記録がたっぷり数秒間縮まったという報告が届いた。

ボートの外形ができるとポーコックは内部にシートやレールを設置し、リガー（艇から張り出し、オールを支える部品）や舵やフィンをつけた。ポーコックは、ボートの各部に北西部原産のさまざまな木材を使ったことを誇らしく思っていた。キールにはシュガー・パイン。骨組みにはトネリコ。ガンネルや手づくりのシートにはシトカトウヒ。波よけ板にはアラスカ・イエロー・シダー。このアラスカ・イエロー・シダーをポーコックが気に入った大きな理由は、この素材が年月とともに古い象牙のような色から蜂蜜のような金色に変化するからだ。その金色は、磨き込まれたスギ材の船体の赤みがかった色と美しく調和した。ポーコックはさらに艇首と艇尾に絹の布を広げ、その上にワニスをかけた。ワニスが乾いて絹の上で固まると、艇首と艇尾をおおう繊細で美しい、黄色がかった半透明のカバーが出来た。最後の仕上げにポーコックは、軽石の粉と研磨用のトリポリ石を使い、何時間もかけて船体を手作業で磨いた。そのあと船船用のワニスをかけ、最後の最後に船体がまるで静かな水面のように輝きだすまで、何度も何度も磨き上げた。ポーコックが求める状態になるまでには、ひとつのボートにつき四ガロンものワニスが必要だった。船体がようやくかすかに輝きはじめ、スマートな船体がすばらしいスピードを秘めて息づいているように見えてきたとき、ようやくポーコックは、そのボートは使える準備ができたと宣言するのだった。

この新しいボートについてはもうひとつ、ポーコックもあとから偶然に発見した秘密があった。それは、ベイスギでつくった最初のいくつかのシェル艇をじっさいに水に浮かべて、しばらくしてからわかったことだった。人々はこの新しいボートを〈バナナ・ボート〉と呼んだ。それはこのボートの艇首と艇尾が、水に浮かべるうちわずかに上を向く傾向があるからだ。ポーコックはこの作用とそれがもたらす結果について熟考し、ある驚きの事実に徐々に気づいた。スギ材は水にぬれたとき、木目に対して横方向には広がったり膨らんだりしない。だから横方向には撓みにくいが、木目と同じ方向にはほんのわずかに膨らむ。膨らむ幅は全長一八メートルに対し、場合によっては二・五センチほどにもなる。

ボートの骨組みに接着したときは、木は乾いている。だが水の上で定期的に使われるうちに木は自然に、縦方向にわずかに膨張しようとする。いっぽう、ボートの内部の骨組みはトネリコでつくられており、つねに乾燥して硬い状態のままにある。だから、スギ材が膨張しようとしてもそれを許さない。そのためスギ材は圧縮され、結果的に、艇首と艇尾がわずかに上を向く。これが、ボート職人が「上ぞり」と呼ぶ現象だ。これが起きると、外殻がたえず圧縮されるせいでボートは全体としてわずかだが常に緊張状態になる。それはちょうど、矢が放たれるのを待っている、ぴんと張った弓のようなものだ。おかげでボートには一種の生気がうまれる。だから〈キャッチ〉でオールが水に入るたび、ボートはまるで自然に前に飛び出すような動きをするのだ。ほかのどんなデザインの、どんな材質のボートでも、それは再現させることはできなかった。

ポーコックにとって、この、ベイスギの魔力ともいうべきたゆまぬ弾性は、ボートに命をふきこむ見えない力のようなものだった。ポーコックの考えでは、そうした命をもっているボートこそが、全身全霊をかけてオールを漕ぐ若者にはふさわしい。

一〇月の終わり、エブライトはポーコックに手紙の返信を書いた。新しいボートを注文するなら、デザインをカスタム仕様にしてほしいと要望する手紙だった。エブライトが希望したのは、上ぞりが少ないボートだ。ポーコックはこの手紙にぎょっとした。出来の悪いボートを送っていると言いがかりをつけたあと、エブライトは今度は、わざわざスピードの出ないボートをつくれと言ってきたに等しい。そんなボートは、ポーコックの職人としての力を正しく反映するものではない。ポーコックはエブライトに、ボートのデザインについての技術的な説明を詳しくていねいに書き送り、小さな変更ならば多少はしてもいいと提案した。ポーコックとしては、ボートの完全性を極力損ねないごく小さな変更で、なんとかエブライトを納得させせたかった。だが、エブライトの返事には、ボートづくりの技術に関する持論が憮然とした調子で述べられていた。エブライトはさらにこう続けた。「……あなたはボートづくりに関して、世界のだれよりも広い知識を持っていると私も思う。だが、新しいアイディアはあなたと私のどちらにもおそらく利益をもたらすはずだ……この手紙の文面はあなたのお気に召さないかもしれないが……」。ポーコックはもちろん気に召さなかったが、その手紙を受け流した。今の彼には国中のほぼすべての有力ボート部から注文が来ている。エブライトが注文をしたければすればいい。それはあちらが決めることだ。

まもなく、エブライトはついにポーコックにボートの注文をした。それが完成すると、ポーコックは八人の学生に一ドルずつ駄賃を与え、ボートをシアトルの波止場まで運ばせた。そこから先は、船に載せて南のバークレーまで送る。

学生たちはその出来立てのボートでモントレイク・カットを漕ぎ抜け、ユニオン湖の南岸まで来た。そこで彼らはボートを慎重に水から引き上げると、上下をひっくり返して担ぎあげ、シアトルの町を抜ける二・四キロの旅に出発した。一六本の足をもつ、全長一八メートルを超える巨大なスギ材の亀は、マーサー通りを横切り、ダウンタウンの渋滞にはまりこみながら、南のウェスト湖をめざして歩いた。八人の学生の頭は逆さにしたボートの下にあるため、自分の足と前を歩く学生の背中以外にはほとんど何も見えなかった。そのためコックスが先頭に立って歩き、こちらに向かってくる車に手を振って注意を喚起したり、ボートの下の漕手に大声で指示を出したりした。「ウェイナーフ！」、「面舵一杯！」、「もっと高く！」。彼らは道行く車やバスをかわし、大きく回りながら角を曲がり、方角を見るためにときどきボートの下から外をのぞいたりしながら、ひたすら歩いた。

右手に進み、五番街の商業地区に入ると、人々は歩道に立ち止まったり店先から大急ぎで見物に飛び出してきて、歩く逆さのボートをまじまじと見たり、クスクス笑ったり、喝采を送ったりした。一行はついにコロンビアで右に曲がると、湖岸通りに続く急な坂を下り、鉄道を小走りに横切り、そうしてようやく無事に波止場にまでたどりついた。彼らは担いでいたボートを降ろし、カリフォルニアへと旅立たせた。ボートが送られるカリフォルニアのオークランド・エスチュアリではまもなく、両校が対決するレースが行なわれることになる。

ワシントンの艇庫ではその一〇月、緊張感が高まりはじめていた。「次の春は二年生チームが大学代表に抜擢される」という噂が消えないせいで、部員たちはみな苛立っていた。アル・ウルブリクソンは例によって、このテーマについてはいっさい口を開こうとしなかったが、上級生たちはウルブリクソンが何も言わないこと自体を不吉なサインとして受け止め、やきもきしていた。なぜウルブリクソンは、あんな噂をさっさと打ち消して、二年坊主が代表クルーになるのは十年早いと言ってやらないのか？　いつものウルブリクソンならそうするはずじゃないか？　部員が練習着に着替えて棚からオールを出し入れするとき、ふだんのような和気あいあいとした空気はもうなかった。気のいい笑顔は冷たい視線にとってかわられた。水の上でも、コーチの耳の届かないところでは、ときどき野次の応酬があった。

艇庫の空気が悪化するのにあわせたように、天候も悪化した。それは最初、ごく普通の秋雨だった。だが一〇月二一日の午前、巨大なサイクロンがワシントン州を直撃し、町は大混乱におちいった。去年の秋の嵐が春のそよ風のように感じられるほど、とんでもなく巨大なサイクロンだった。それは、一九三〇年代なかばにシアトルを襲う一連の異常気象の一幕だった。

サイクロンはどこからともなくやってきた。午前九時の時点では、ワシントン湖には軽い小波しか立っていなかった。南東から時速八キロ程度の軽い風が吹く、典型的な晩秋の曇った一日だった。それから一時間後、南西方面から時速八〇キロの風が吹いていた。そして正午になったころ、ワシントン湖の上では時速一二〇キロの暴風がごうごうと唸りをあげていた。海岸沿いのアバディーンでは、風は時速一四四キロを記録した。シアトル市ではこれまで起きたことがないほどの、すさまじい大嵐だった。

湾岸の四一番埠頭では、太平洋を横断する遠洋航海船〈プレジデント・マディソン〉号の停泊用の大綱が切れ、船体が蒸気船〈ハーヴェスター〉の上に傾き、〈ハーヴェスター〉を沈没させた。ポート・タウンゼンドの沖では巾着網漁船〈アニエス〉がやはり沈没し、シアトルの漁師が五人溺死した。歴史あるモスキート・フリートの最後のひとつである〈ヴァージニアV〉号は岸壁に衝突し、頑丈なはずの構造が壊れ、三〇人の乗客が救助を待った。郊外では納屋の屋根や離れが丸ごと風に吹き上げられ、どこかに飛んでいった。当時シアトルの主要空港だったボーイング・フィールドでは格納庫がつぶれ、中にあった数機の飛行機も無残に破壊された。アルキ・ホテルではレンガの壁が崩れ、ベッドの中にいた中国人客一名が命を落とした。スラム街のフーヴァーヴィルでは、トタンの屋根が空をくるくると舞い、ボロ屋は文字通りばらばらになった。住人たちは、がれきのそばに呆然と立ち尽くすばかりだった。近くのパン屋では腹を減らした男たちが、焼き立てのパンを並べたショーウィンドウの前に群がり、風でガラスが割れてくれないかと願っていた。ワシントン大学のキャンパスでは、バスケットボールコートのガラスの天窓が崩落し、巨大なベイマツの木が倒れ、アメリカンフットボールのスタジアムでは臨時座席が五列、風でどこかに飛ばされた。強風は休みなしに六時間半吹きまくり、ようやくそれがやんだ後には、大量の立ち木が倒れ、不動産が何百万ドル分もの損害を受け、一八人が命を落とし、シアトルは外界との通信手段をほぼすべて断たれた。

それからまた雨が降り出した。去年のような大洪水ではない、いつもと同じような雨だ。ただ、それが降りやまなかった。一〇月はそれからほとんど連日、そして一一月に入ってからも雨は降り続いた。加えて、さほど大きくない嵐が異常なくらい何度も何度も、太平洋の沖からシアトルを襲った。西海岸のボート部が東海岸に比べて有利だと考えられる数少ない要素のひとつが、西海岸では基本的に年中水上で練習ができることだ。東海岸は川が凍る冬のあいだは戸外で練習ができなくなる。だから冬のその時期、東海岸のボート部はたいてい、〈ローイング・タンク〉と呼ばれる屋内の施設で練習をせざるを得ない。これは、ほんものの川の代わりとしては非常にお寒い設備だった。ある西海岸のボートコーチはローイング・タンクのことを、「シャベルのついたバスタブの縁に座っているようなもの」と評した。戸外で存分に練習できるおかげで、ワシントンのボート部は年を経るにつれ、荒れた水面を漕ぐのにとりわけ強くなり、巧みになった。

だが、ボートが沈んでしまうほど荒れた海では、練習などできるわけがない。そして一九三四年の一一月は、連日の悪天候のせいで、ボートはつねに沈没の危機にさらされていた。来る日も来る日もウルブリクソンは、水上での練習予定を取り消さざるを得なかった。鬼コーチのウルブリクソンもワシントン湖の真ん中でボートを転覆させ、青年らをおぼれさせるわけにはいかなかった。そんなわけで一一月中ごろの時点で練習の進捗状況は、ウルブリクソンが当初考えていた予定より二週間遅れになっていた。

同じ月、ベルリンのハルツァー通りにある〈ゲイアー・ワークス〉社の立派な映像編集スタジオでは、レニ・リーフェンシュタールが編集作業にあけくれていた。疲れきったその日は、ライタックス社の小さな映像編集機の二重の拡大レンズを熱心に覗き込んでいた。白いスモックを着たレニは、へたをしたら一日に一六時間もの長いあいだ、ろくに食事もとらずに作業用テーブルの前に座りつづけていた。作業は朝の三時や四時までかかることもめずらしくなかった。レニをとりまくバックライト付きのガラスの壁には、何千ものフィルムストリップがぶらさがっている。今やるべき仕事は、ぜんぶで四〇万フィートにもなるフィルムを注意深く見直し、切り、つなぎあわせることだ。その膨大なフィルムに映っているのは、レニが自分で撮影した一九三四年のニュルンベルクでのナチ党大会のようすだ。

こうしてようやく完成し、世に出ることになった映画『意志の勝利』は結果的に、ナチス・ドイツのイメージを形づくる役目を果たした。今日にいたるまでこの映画は、絶対的権力を築いたり憎しみの暴走を正当化したりするうえで、プロパガンダがどれほど力をもつかを示した記念碑的な作品とされている。そしてレニ・リーフェンシュタールには生涯、この作品を撮った人物という肩書がついて回ることになった。

一九三四年のニュルンベルクの党大会はそれ自体が、ナチスの権力を賛美するいわば聖歌であると同時に、その力をさらに集中させ、前進させるために巧妙に計算された道具でもあった。その年の九月四日、アドルフ・ヒトラーの乗った飛行機が雲間からあらわれ、ニュルンベルクに降り立った瞬間から、ヒトラーのあらゆる挙動やそれを映すあらゆる映像、そして彼や寵臣らが口にするあらゆる言葉は、「ナチスは無敵である」という概念を強めるために入念に計算されたものになった。それだけではなくこの党大会は、国民の政治的熱狂や宗教的ともいうべき熱狂が向かう正当な対象は唯一ナチスであることを、そしてこの新しいドイツの〝宗教〟がアドルフ・ヒトラーという指導者の中に血と肉を得、体現されたのだということを、強烈に印象づけるものだった。

この党大会を演出したのは次の三人だ。まずはヒトラーお抱えの建築家、アルベルト・シュペーア。彼はニュルンベルクの町そのものが巨大な映画セットになるように、さまざまな計画を立てた。もう一人はヨーゼフ・ゲッベルス。彼はこのイベントが総体としてどれだけプロパガンダ的価値をもつかに責任を負った。今日的な言葉で言えば、党大会の「メッセージ性」を高めるのがゲッベルスの仕事だ。さらにもう一人がレニ・リーフェンシュタール。彼女の仕事は映像の中に党大会そのものだけでなく、もっと重要な、その根底にある精神をとらえて映し出すことだ。党大会のメッセージを映像によって増幅し、その週ニュルンベルクに集まった七五万人の党員よりももっとはるかに多くの人々に、それを送り届けることだ。

三人の関係は緊迫したものだった。とくにゲッベルスとリーフェンシュタールの関係がそうだった。リーフェンシュタールがヒトラーへの影響力を強めるにつれ、ゲッベルスは、なぜ女である彼女がそんな位置を占めることができたのか、いらだちを募らせた。自分の数知れぬ情事に妻のマグダがいちいち目くじらを立てるのと同じくらい、それはゲッベルスにとって不可解なことだった。

第二次世界大戦が終わった後、リーフェンシュタールは、自分は当初、映画の製作に乗り気でなかったのだと話した。それは、ゲッベルスおよび彼の率いる宣伝省の妨害が案じられたからだという。のちに書かれた自叙伝『レニ』は非常に利己的かつ修正主義的な作品だが、その中で彼女は、自分が映画の製作を承諾したのはヒトラーから「ゲッベルスに邪魔はさせない」と保証を得た後だったと述べている。彼女はまた、もっと個人的なレベルでも、当時からすでにゲッベルスとは距離をおかざるを得なかったと主張している。彼女によれば、レニに魅せられたゲッベルスが彼女を愛人に加えようと、ある晩、家まで押しかけてきた。彼はレニの足元にひざまずいて関係を迫ったが、レニは素気《すげ》無く拒絶し、追い返した。ゲッベルスはこのときの屈辱ゆえ、生涯レニを許さなかったとリーフェンシュタールは語っている。

ゲッベルスとの関係についてのリーフェンシュタールの発言にどれだけの信憑性があるかは措くとしよう。だが、そういう事情があったにしても、一九三四年の党大会が、そしてそれを記録したリーフェンシュタールの映画が大きな成功をおさめたのは事実だ。『意志の勝利』と名づけられたその映画は、リーフェンシュタールが望んだとおりの出来となり、今現在でも、プロパガンダ映画としては映画史上もっとも成功した作品といわれる。群衆に紛れ込ませるため突撃隊の制服を着せた一八人のカメラマンを含む、総勢一七二人のスタッフを使い、リーフェンシュタールは党大会のあいだの出来事をあらゆる角度から、それまでドキュメンタリーでは試みられたことのない新しいテクニックを使って撮影した。ドリーと呼ばれるレール式の台車にカメラを載せて移動撮影をしたり、カメラをエレベータの台に載せてダイナミックな空撮を行なったり、地面に掘った穴にカメラを据えて、党の幹部らを見上げるような角度で撮影したりしたのがそれだ。レニのカメラはすべてをあまさずにとらえた。制服を着た五〇万人余の党員が嵐のような音をたてながら足並みをそろえて行進するさまや、巨大な長方形に整列するさま。その完璧な統一感と協調性。ルドルフ・ヘスやゲッベルスの演説。そしてヒトラー本人が演台に立ち、目を輝かせ、唾を飛ばしながら演説するようす。シュペーアの手になる堂々とした建築物。ナチスの圧倒的な力を印象づける重厚で堅牢な石造りの建物。無限の野心を象徴する広大な空間。党大会の二日目の晩に突撃隊員によって行なわれた不気味な松明のパレード。ゆらめく松明の光とマグネシウム照明と大きなかがり火が、隊員らの顔を闇の中でかすかに照らし出すそのさま。黒い制服に身を包んだ親衛隊員が列を組み、膝をまっすぐ伸ばしたガチョウ足行進で、メガネをかけたカニ顔のハインリヒ・ヒムラーの横を通り過ぎていくようす。どんな場面でもかならずその背景には、鉤十字のついた党旗が無数にはためいている。ナチスの壮麗なページェントやその力についての一般的なイメージはおそらく、直接的にではあれ間接的にではあれ、このレニが撮った『意志の勝利』からきているはずだ。

だが、この映画の中でおそらくもっともおぞましいのは、もっとも無垢なものを映した場面だ。それは、党大会の三日目に撮られた映像で、ヒトラーユーゲントやその下部組織のユングフォルクに属する何千人もの少年たちにヒトラーが語りかけている場面だ。ヒトラーユーゲントやユングフォルクへの参加はこの当時はまだ義務化されておらず、従って彼らは自ら進んでナチスを信奉し、強烈な反ユダヤ主義を教え込まれた少年たちだ。半ズボンにカーキ色のシャツとスカーフをつけた彼らは、鉤十字のついた腕章を別にすれば、見かけはまるきり普通のボーイスカウトとかわりがない。年頃は、上は一八歳から下は一〇歳まで。彼らの多くは将来、親衛隊か突撃隊のどちらかに入る運命にある。

壇上のヒトラーは、拳を握りしめた腕を天に突き上げながら、少年らに直接語りかけた。「われわれは国民に従順さを求めている」。彼は大声で言った。「君たちも、鍛錬によって従順さを身につけなければいけない。ドイツはわれわれの前にあり、われわれの中で燃え、われわれの背後に付き従うのだ！」。リーフェンシュタールのカメラは、少年たちの隊列をゆっくりと、あちらからこちらへと映し出していく。心もち上向きに構えられたレンズが少年らの顔をとらえる。かすかな秋の風が彼らの、おおかたはブロンドの髪を揺らす。目は熱意に燃え、信頼に輝いている。顔は気品に満ち、一点の曇りもない。あまりに完璧なため今日それを見返しても、そして映像は白黒なのにもかかわらず、少年らの頰が紅潮しているのがわかるほどだ。だがしかし、そこに映し出された少年らの多くは後年、泣きじゃくる子どもらを母親の腕から引き離してガス室に放り込んだり、ポーランド人女性を裸にして後ろ向きに壕の縁に立たせ、射殺したりすることになる。あるいはフランスの小さな村、オラドゥール＝シュル＝グラヌで女子供を残らず教会に閉じ込め、火を放つことになる。

レニ・リーフェンシュタールは見事につとめを果たし、ヒトラーを喜ばせた。それから二年もたたない一九三六年、彼女は新たなプロパガンダ映画を製作するチャンスを与えられた。若さと美と品位をふたたび映像にふんだんにとりこんだその映画によって、世界は見事にかつ狡猾に欺かれることになる。

大学の秋学期が終わるとジョーはスクイムに戻り、ふたたびジョイスの家でジョイスの家族とともにクリスマスを過ごした。秋のあいだジョーはずっと、冬休みを待ちわびていた。学生用カフェテリアでのしけたデートにはもううんざりで、どこか別の場所でジョイスと過ごしたいとずっと思っていたのだ。

シアトルに戻ろうという日、『デイリー』紙のある見出しにジョーの目は釘付けになった。「大学四年生は借金生活。仕事の見込みなし」。記事の内容に、ジョーの心は沈んだ。それによれば、大学の卒業生は平均で二〇〇〇ドルの負債があり、また、大学で四年間学ぶためにかかる費用は平均で二〇〇〇ドルを超えるという。どちらの数字も、一九三四年当時のジョーのような貧乏学生にとっては、仰天するような金額だった。だが読み進むうちジョーがいちばん驚いたのは、「取材を受けた学生の半分以上が、大学教育にかかる費用を自分では払っておらず、両親や親戚縁者など返済を要求しない人間にそれを支払わせている」ことだった。彼はそれを知ったときの衝撃をずっとあとまで忘れなかった。

ジョーが必死に金を工面して大学に通い続けているのは、卒業すればよりよい未来が手に入ると思えばこそだ。大学の学位を取得した者に未来の扉が開かれないかもしれないなど、それまでジョーは考えたことすらなかった。そしてジョーはこのとき、クラスメイトの多くが自分では金銭の心配をする必要がないらしいということを、そしてたいていの学生には彼らを見守り、何千ドルもの金を無償で支払ってくれる身内がいるのだということを改めて痛感した。それは、ジョーが心の奥にいつも押し込めている不安感や自信のなさをかきたて、かすかな毒をもあらたにそこに加えた。それは、嫉妬という毒だった。

第三部　ほんとうに大切なこと　一九三五年

ジョーとジョイス。シアトルで

第九章　熾烈な争い

基礎的なことをすべて終えたあと、良いコーチが口にする最初の訓戒は「それぞれが自分の役割を果たすこと」だ。それを実行した漕手は、ボートがずっとスムースに進んでいることに気づくはずだ。これにはむろん、社会的な意味あいもある。

ジョージ・ヨーマン・ポーコック

青年たちは固いベンチの上に座っていた。季節外れのショートパンツと木綿のジャージという出で立ちの彼らは、寒さに身を震わせている。日はすでに沈み、艇庫のがらんとした内部にはすきま風が入り込んでくる。快適とは程遠い環境だ。外はもう、凍るように冷たい夜だ。入り口の巨大な引き戸の窓ガラスは、隅に霜がついている。一九三五年一月一四日。年が明けてから、クルーが初めて一堂に会する日のことだ。青年たちと一握りの記者はその場で、これから始まるシーズンの計画をコーチのアル・ウルブリクソンが発表するのを待っている。長い、居心地の悪い時間が過ぎたあと、ようやくウルブリクソンは部屋から姿をあらわし、話をはじめた。話が終わる頃には、その場のだれもが寒さを忘れていた。

ウルブリクソンは開口一番、基本的戦略の変更を宣言した。例年なら冬学期の最初の数週間はフォームやテクニックの細かい部分を改善し、比較的ゆっくりしたペースでトレーニングをしながら天候が良くなるのを待つものだが、今年はこれからすぐにでも天気にかかわらず毎日実地練習を行なう。まずトレーニングで肉体のコンディションを万全にし、そのあとで技術面の精度を上げる。それからもうひとつ、これは二年生だけでなく全員に言えることだが、これからは漕手の入れ替えはせず、各クルーをたがいに競わせていく。どのクルーも背水の陣で臨んでもらいたい。このシーズンは、通常のシーズンとはちがうのだ。

「ワシントンのボートは過去に何度か全米チャンピオンに輝いている。だが、オリンピックに出場したことは一度もない。オリンピックこそが、君たちの目標だ」と、ウルブリクソンは言った。一九三六年のベルリン・オリンピックに行き、そこで金メダルを獲得する。そのための戦いは、今晩この場で始まるのだと――。

いつもは寡黙なウルブリクソンは、その場に記者がいるのにもかまわず、しだいに熱を込めて、感情をほとばしらせるように話した。彼は言った。この部屋に集まったメンバーには、これまで自分がコーチとして見てきた歴代のどのクルーよりもすばらしい潜在力がある。この先も、これほどのクルーにはまず出会えないと思っている。今ここにいるクルーのいずれかは、ワシントンのボート史上最高と言っていい。ウルブリクソン自身が整調をつとめ、一九二六年の全米選手権で優勝したクルーよりも、さらに上をいくクルーだ。一九二八年と一九三二年のオリンピックで金メダルをとったUCバークレーの二つのクルーよりも、もっとすぐれたクルーだ。ワシントンではあとにも先にも望めないくらいの、最強のクルーになるはずだ。

ウルブリクソンはまるでもう決まったことのように、こう宣言して話を結んだ。「その九人は、一九三六年のベルリン・オリンピックで表彰台に上ることになる。ただ、それが実現するか否かは君たち漕手しだいだ」。ウルブリクソンが話を終えると青年たちはぱっと立ち上がり、両手を頭の上に掲げて歓声をあげた。

ウルブリクソンらしくないこのパフォーマンスは、ボートに多少なりとも関心をもつすべてのシアトル市民の耳目を集めた。翌朝の『シアトル・ポスト・インテリジェンサー』紙には「ワシントン大学ボート部に新しい時代。ベルリン・オリンピック出場も射程に！」という喜びの記事が載り、『ワシントン・デイリー』紙は「……昨晩の艇庫の中は、厳しい寒さを打ち消すような、何年ぶりかの興奮と気迫があふれていた」と書いた。

艇庫の中ではそれからすぐ、クルー同士の争いがはじまった。去年の秋からくすぶっていた陰湿な対抗意識は、あからさまな戦いに姿を変えた。これまで視線を冷ややかにそらしあっていた彼らは、氷のように冷たい目で相手を見るようになった。何かの拍子に肩がぶつかっただけで、押し合いの喧嘩が始まることもあった。ロッカーのドアは、バタンと音をたてて乱暴に閉められるようになった。チームは罵りあい、憎みあった。ジョージ・ルンドとシド・ルンドの兄弟は、弟のジョージが二年生クルーに、兄のシドが二軍クルーに属していたが、今や午後に練習で顔をあわせても、まともな挨拶すら交わさなくなった。

二年生クルーの九名は、あの日ウルブリクソンが語っていたのは、あるいは直接語りかけていたのは、自分たちにちがいないと信じていた。彼らはボートを漕ぐときのかけ声をそれまでの「M・I・B」から「L・G・B」に変更した。その意味を人に聞かれれば、彼らは笑って「もっと・うまく・なろう（Let's get better）」だと答えた。だがほんとうの意味は、「ベルリン・に・行こう（Let's go to Berlin）」だった。この言葉は二年生クルーの野望を現実にする、いわば秘密の呪文だった。とはいえ彼らはあいかわらず、艇庫の黒板のリストでは下位にとどまっていた。水上で何を唱えても、第四ボートより上にはあがれなかった。

そしてウルブリクソンはこのころ、すくなくとも表向きは、二年生以外の選手に目をかけているように見えた。とりわけこの数週間、ウルブリクソンは記者をつかまえては、代表チームの整調に逸材がいるのだと吹聴していた。ブルーセ・C・ベック・ジュニア。父親はシアトルの有名百貨店〈ボン・マルシェ〉の支配人で、労働組合と激しく敵対し、労組にスパイをもぐりこませて情報を探らせることで有名だった。父親は若いころワシントンの整調として活躍し、のちにはボート部の後援会で会長もつとめている。そのさらに父親は、シアトルの開拓民としてもっとも成功したひとりで、大学のすぐ北にあるラヴェンナ公園の近くに広大な家屋敷を所有している。シアトルの産業界や卒業生の多くは、ベック・ジュニアが代表クルーの整調として活躍する姿を見たがっているはずだ。ウルブリクソンが言うような資質がベック・ジュニアにほんとうにあるかどうかはともかく、卒業生の機嫌をとるために世のコーチが手元に置きたがる人材であることはたしかだった。ジョーにもそれはわかった。ベック・ジュニアはあきらかに、お金のことや清潔なシャツを着ることについて心を煩わせる必要のない人間だ。いやそもそも彼が何かに心を煩わせたりするのだろうかとジョーは思った。

青年たちの対抗意識を早いうちからあおり、切磋琢磨させようというウルブリクソンの目論見は、例のスピーチの翌日から早くもつまずきはじめた。その要因について——すくなくともその始まりについて、翌日の『デイリー』紙の見出しは次のように言及している。「吹きつける雨と凍りつくオール《スイープスター》」。去年の一〇月からずっと雨と風続きだったシアトルの天気はここに来て、北極を思わせる寒さになった。ウルブリクソンが艇庫で発破をかけたあの晩、冷たい北風がピュージェット湾に無数の砕け波を吹き起こし、アルキ・ビーチの内陸二ブロックに塩水を浴びせ、シアトル西部の湾岸地域を水浸しにした。それから数日間、気温はマイナス一二度まで下がり、ちらちらと降り出した雪は気がつけば小さな雪嵐に、さらには巨大な暴風雪に変容していた。寒波はほぼ連日猛威をふるい、結局、一月の第三週までシアトルを襲いつづけた。去年の秋と同じようにウルブリクソンは、来る日も来る日も青年たちを艇庫にとどめておくほかなかった。モントレイク・カットを軽くスプリントできればまだよいほうで、それも漕手が雪の冷たさで手の感覚をなくし、オールを握れなくなれば終わりだった。ウルブリクソンは口にこそ出さなかったが、東部のボート部が所有しているようなローイング・タンクを導入したいと考えはじめていたはずだ。東部の連中はどんな悪天候でも、すくなくともオールを握って練習はできる。だが、ここワシントンの青年たちは艇庫に閉じ込められたまま窓ガラス越しに、世界でも有数の天然の練習水域をただ睨《にら》んでいるしかない。

トム・ボレス配下の一年生も天候の悪化とともに、当初の二一〇人からどんどん脱落していき、一月一四日には五三人にまで減っていた。一月第三週の『デイリー』紙は、「あと三日嵐がつづいたら、トム・ボレスのもとには一人も一年生がいなくなってしまうのではないか」と案じた。だが、ボレスは動じなかった。「ボートは、こちらからメンバーを切る必要がないスポーツなだけだ」。ボレスはこのときまだ多くを語らなかったが、脱落せずに残っている漕手の何人かに有望株として目をつけていた。じっさいボレスは、今年の一年生は去年の一年生を上回るクルーになるかもしれないと考えはじめていた。

一月の終わりにようやく雪が雨に変わったころには、大学の敷地のおおかたは解けかけた雪でぬかるみ、大学の医務室には風邪やインフルエンザ、肺炎を患った学生が押し寄せた。医務室のベッドはすぐに満杯になり、簡易ベッドに寝かされた病人が廊下にあふれた。いっぽうでウルブリクソンは代表候補の五艇のボートを、雨が降ろうが風が吹こうが、かまわずに水上に追い立てた。

艇庫の中で続いていたクルー同士のつばぜりあいは、ある出来事をきっかけに全面対決に発展した。それは、一月二四日の『デイリー』紙の記事だ。そこには、〈シティ・オブ・シアトル〉号に乗ったジョーら二年生クルーの巨大な写真が、「夢はポキプシーとオリンピック」という大きな見出しとともにでかでかと掲げられていた。見出しは、「去年の全米チャンピオンである旧一年生クルーに、ウルブリクソン・コーチも期待」と続いていた。去年、代表クルーに入っていた漕手は、もちろん怒り狂った。この数カ月間、ウルブリクソンはたしかに、二年生をはっきりとではないがひいきにしているように見えていた。だがそれは、「なんとなく」程度の微妙なものにとどまっていた。だが今それが、こうしてはっきりと文字にされているのだ。彼ら自身はもちろん友人も、さらに悪いことにはガールフレンドまでもが、この記事を読むにちがいない。ウルブリクソンお気に入りの二年坊主のために旧代表クルーが脇に押しのけられ、辱められているその記事を。

二年生クルーの漕手、ボブ・グリーンは、興奮するとレースの最中でも大声で仲間に声をかけるくせがあった。これは一種のルール違反とも言えた。通常、ボートの上で声を出すのはコックスただ一人だ。それ以外の漕手が声を出したら、ことにレースの最中は整調が混乱する可能性がある。だが、二年生のクルーはこれまでの一年間、なんとかそれでうまくやってきたし、コックスのジョージ・モレイも特に目くじらをたてていなかった。

二年生自身はよくても、他のボートの上級生の何人かはそうではなかった。なかでも目を吊り上げたのが、二軍ボートのトップでコックスをつとめる三年生のボビー・モックだ。小柄で頭脳派のモックは、代表争いが始まった二月から、二年生のボブのかけ声に苛立ちを募らせていた。だがまもなくモックは、これを逆手にとってやろうと思いついた。ジョーら二年生のクルーと並んだとき、モックはさりげなく目の前の整調のほうに体をかがめ、「今から五本漕いだら、力漕二〇本だ」とささやいた。隣のボートではグリーンが例によって仲間に大声で発破をかけている。五本漕いだ後、モックはメガホンを二年生のほうに向けて叫んだ。「見ろ！　グリーンがまた、あのでかい口で怒鳴ってるぞ！　行け！　追い抜け！」言い終わるや否や、ボートはまるで魔法のように前に進み出た。二年生クルーでは、名指しされて怒ったグリーンがさらに大きな声を張り上げている。コックスのモレイも負けじと「力漕一〇本！」と叫んだが、その間にモックのボートはあっさり二年生を引き離した。

モックが仕掛けるたび二年生は何度でも術中にはまり、たちまち全員がいっせいに落ち着きを失った。オールさばきは乱れ、水に深く入りすぎたり浅く入りすぎたりし、他の漕手とのタイミングは合わなくなった。そして、怒りに燃えて相手に追いつこうとすればするほどクルーの動きはバラバラになった。二年生はモックいわく「鼻血を流しそうなほど」しゃかりきになった。なかでもジョーは必死だった。一連のすべての出来事を、自分への嘲笑のように感じていたジョーは、むきになってオールを漕いだ。だが、モックの策はいつも成功した。モックはそのたび、艇尾から肩越しにこちらをふり返り、突然競り合いから脱落したあわれな二年生に向かってほくそ笑み、さらには手まで振ってみせた。ボビー・モックは抜け目のないやつだ。彼のまわりの人間はやがて、それを知ることになる。

抜け目のなさではウルブリクソンもモックにひけをとらなかったが、彼はこのところ、二年生クルーは見込み違いだったのではないかと真剣に自問しはじめていた。正直に言えばウルブリクソンは、この時期にはもう二年生が代表として頭角をあらわしているはずだと踏んでいたのだ。だが、突然二軍ボート相手にさえ苦戦しはじめた彼らは、去年ポキプシーで鮮《あざ》やかな勝利をおさめたあのクルーとはとても思えなかった。彼らはいきなり、まるきりの木偶《でく》になったように見えた。ウルブリクソンはそれから数日間、チームを観察し、ひとりひとりの悪い点を探し、不調の原因を突き止めようとした。そしてウルブリクソンは、いちばん問題があるように見えた漕手を面談のために呼び出した。呼ばれたのはジョージ・ルンド、チャック・ハートマン、ロジャー・モリス、ショーティ・ハント、そしてジョー・ランツ。全員でこそないが、かなりの漕手が呼び出しを受けたということだ。

アル・ウルブリクソンの部屋に呼ばれるのは、漕手にとって恐ろしいことだった。ふだんはないことだけに、余計それはこたえる経験だった。ウルブリクソンはメンバーを呼び出したとき、声を荒らげたり、机を拳で叩いたりはしなかった。彼は青年を座らせ、灰色の目でじっと見つめると、単刀直入に話しはじめた。このまま君たちが調子をたて直せなかったら、クルーは代表争いから脱落する。去年のクルーをそのまま残すつもりでいたのに、君たちは自分でそれをぶち壊そうとしている。君らだって、今のクルーでやりたいと思っているのだろう？　それならなぜ、去年の全米選手権のときのように漕がないのか？

ウルブリクソンの目には、二年生は単に怠惰なように見えた。彼は言った。君らはオールを全力で漕いでいない。気概がない。だらしがない。ナイフで水を刺すようなろくでもないオールで水をつかめていない。上体が効いていない。泡の開き具合がなっていない。なによりまずいのは、漕手がみなボートの中に感情を持ち込み、些細なことで落ち着きを失っていることだ。なんとかしてこれに歯止めをかけなければいけない——。ウルブリクソンは最後に、代表のそれぞれのポジションは、ほかにすくなくとも四人の学生に狙われているのだと釘をさすと、口を閉じ、ドアのほうを指さした。

青年たちは動揺を隠しつつ、艇庫をあとにした。入り口付近にたむろする上級生がにやにやした顔でこちらを見ているのは、できるかぎり目に入れないようにした。ジョー、ロジャー、そしてショーティの三人は雨の中を、大学のある丘に向かって歩き出した。三人は歩きながらウルブリクソンの呼び出しについて話し、不安をさらに募らせた。

ショーティとロジャーは出会った日からずっと仲が良かった。おしゃべりなショーティと寡黙でぶっきらぼうなロジャーの組み合わせは一見奇妙に見えたが、当人たちはともかく仲良くやっていた。そしてこの二人は、けっしてジョーに嫌がらせをしなかった。ジョーはそれに感謝した。じっさい、このころは上級生にからかわれても、ショーティとロジャーが味方だと思うと心強かった。二番のショーティはいつも、ジョーのすぐ後ろに座っている。彼はジョーが落ち込むたび、肩に腕を回して「気にするな、ジョー。僕がついてるさ」と言ってくれるのだ。

ショーティ・ハントはだれもが認める非凡な若者だった。ただ、彼がほんとうにどのくらい非凡なのかを理解している者はほとんどいなかった。それからわずか数年後、『インテリジェンサー』のロイヤル・ブロアムはショーティを、「アル・ウルブリクソンと並ぶ、ワシントンの史上最強の漕手」に挙げることになる。ショーティはジョーと同じように、小さな町で生まれ育った。タコマとレーニア山のふもとの中間にある、ピュアラップという町だ。だが、ショーティの家庭はジョーとはちがって安定していた。おかげでショーティは自信にあふれた、優秀な青年に育った。地元のピュアラップ高校ではスーパースターだった。アメリカンフットボールとバスケットボール、そしてテニスをこなすスポーツマンで、クラスでは会計係、図書室では司書、そして無線部のメンバーもつとめた。毎年の優等生名簿にはかならず名が載った。名誉学生会や青年クラブでも積極的に活動した。そして、ふつうより二年も早く高校を卒業し、大学に入った。波打つ黒髪のショーティは非常にハンサムな青年でもあり、人からはよく俳優のシーザー・ロメロ似だと言われた。入学時に一九〇センチだった彼は仲間から「ショーティ」とあだ名をつけられ、以後ずっとその名を使うようになる。服の流行にも敏感で、身なりに常に気を使うショーティは、いつでも女の子たちの視線の的だったが、決まった恋人はいないようだった。

さまざまな面に秀でていたショーティはしかし、矛盾した一面も抱えていた。おしゃべりで社交的で、いつも人の関心の的でいるのが好きな彼はいっぽうで、プライベートについては非常にガードが固かった。彼は、まわりに仲間が集まるのは好きだったが、だれに対してもかならず距離をおいた。自分の意見はいつも絶対に正しいと思い込むきらいがあり、反論する者には容赦がなかった。ジョーと同じようにショーティには、けっして他人を立ち入らせない、目に見えない境界線のようなものがあった。そしてジョーと同じくショーティも、感じやすい心の持ち主だった。何がショーティを突然爆発させたり、心を閉ざさせたり、集中力を失わせたりするのかは、だれにもわからなかった。いや、ひとつだけわかっている原因があった。それは、相手のボートから飛んでくる野次だ。

ウルブリクソンとの面談を終えたジョーとショーティ、ロジャーの三人は、艇庫から大学の丘へとそろって歩いていった。彼らは激昂したようすで、だが声をひそめながら、ウルブリクソンがずっと前に定めたボート部の掟《おきて》のことを話していた。「トレーニング上の決まりに一度違反したら、その人物は二回ボートに乗れなくなる。二度違反したら、チームから追放される」というのがその掟だ。さっきウルブリクソンに叱責されたことが違反行為に値するのかどうか、三人にはわからなかった。ただ、もしそうだったらと思うと、不安でたまらなかった。彼らはウルブリクソンの叱責に怒り、とりわけショーティは頭に血を上らせていた。ずっと黙ったままのロジャーは、いつもよりもさらに不機嫌だった。フロッシュ池の縁を回るころ、三人はぽつぽつと不満を口にしはじめた。ウルブリクソンはフェアじゃない。冷酷な監督だ。僕ら二年生に厳しすぎる。僕らがどれだけ頑張っても、あの人の目には入らない。いつもさらに上を要求するばかりじゃなく、ときには背中を叩いて励ましてくれたっていいじゃないか——。だが、ウルブリクソンがそんなに簡単に変わる人間でないことは、三人も承知だった。そして事態がまずいほうに向かっているのは事実だった。三人は、今この瞬間からたがいによく気をつけあおうと約束した。

二人と別れたジョーは大学通りを上り、住みかであるYMCAに向かった。肩を丸め、吹きつける雨に目を細めながら道を歩いていると、安食堂のそばを通りかかった。中は浮かれた学生でいっぱいだった。外の寒さを逃れて室内にいる彼らは幸せそうに中華料理やハンバーガーを口に運び、タバコを吸い、ビールを飲んでいた。ジョーは彼らにちらりと目をやって、そのまま雨に打たれながら歩きつづけた。さっき道すがら、ウルブリクソンの悪口を三人でさんざ言ってきたのに、こうしてまたひとりになると先ほどの強気はどこかに消え、いつもの不安と自信のなさがふたたび心を占めた。自分は親から捨てられた人間だ。自分がいつでも切って捨てられる人間であることを、今また思い知らされただけだ。ほんとうの家のように感じはじめていたこの艇庫でも、自分はいつでも捨てられる存在なのだと。

面談の翌日、ウルブリクソンの日誌には喜びの文章が記された。二年生クルーは突如復調し、他の四チームを打倒したのだ。それから数週のあいだ、雨まじりの突風をよけ、白波をかき分け、レースの合間にボートにたまった水を捨てながら、五組の代表候補は必死に練習を重ねた。そうこうするうち、二年生クルーは自分たちを取り戻すことができたようだった。ウルブリクソンは五クルーをいよいよテストしてみることにした。一マイルのタイム・トライアルだ。二年生クルーはスタートから飛び出して一艇身のリードを奪い、そのあとも首位を保った。オールを決然と漕ぎながら半マイルのマークを越えた彼らは、楽々といったようすでゴールラインまで漕ぎ進んだ。だが、ストップウォッチを見たウルブリクソンはがっかりした。この時点の目標として掲げているタイムにはまだ、一〇秒も及ばなかったのだ。ともあれ二年生クルーは勝利をおさめ、翌日、艇庫の黒板にはじめて、代表争いの第一ボートの位置に二年生クルーの名が記された。

翌日、二年生クルーは一転ぶざまなレースをし、大敗した。ウルブリクソンはすぐさま彼らを第三ボートに降格させた。その晩、怒り狂ったウルブリクソンは日誌に、二年生への罵詈雑言を書き連ねた。「ひどい」、「どいつもこいつも自分のことだけ」、「チームワークのかけらもない」、「まるきりのぼんくら」、「たがいのあら捜しばかり」、「昔のような心意気が必要だ」。数日後、ウルブリクソンは三マイルのトライアルを行なった。二年生は最初の一マイルで後れをとったが、次の一マイルで二番手のクルーと並んだ。そして最後の一マイルで、他の上級生クルーを引き離し、余裕の一艇身半の差をつけて勝利をおさめた。ウルブリクソンは頭をかきむしり、二年生を第一ボートの座に戻した。だがまもなく、二年生はふたたび大崩れした。ウルブリクソンは日誌に書きつけた。「大馬鹿どもが」、「タイミングがなっていない」、「ランツはスライドも腕もリカバリーの出だしが遅すぎる」。最初、わずかに混乱していただけのウルブリクソンは徐々にわけがわからなくなってきた。頭がおかしくなるかと思うほどだった。口にこそ出さなかったが、彼は「究極の代表クルーをつくらなければならない」といつしか思いつめていた。四月にカリフォルニアでバークレーを破り、六月のポキプシーで全米一位に輝き、翌年のベルリン・オリンピックに駒を進める最高のチームを何としても育てなければという思いは、ほとんど強迫観念に近くなっていた。

バークレーのカイ・エブライトの存在も、ウルブリクソンの悩みの種だった。いつもは多弁なこのバークレーのコーチはこのところ、柄にもない沈黙を保っていた。ベイ・エリアのあるスポーツ紙は、突然寡黙になったエブライトを「バークレーのスフィンクス」と揶揄し、家で奥さんに「ハロー」くらいは口をきいているのだろうかといらぬ心配をした。前にエブライトがこんなに口数が少なくなったのは、一九二八年と一九三二年のオリンピックの前のシーズンだ。そして今、ウルブリクソンがベイ・エリアの各新聞をしらみつぶしに探しても、バークレーのボート部に関するニュースはほとんど見当たらなかった。見つかったのは、去年のポキプシーでウルブリクソンのチームを打倒した注目の整調、ディック・バーンレイの身長が一・二センチ伸びたという小さな記事だけだった。

だが、ウルブリクソンを混乱させている原因は、エブライトだけではなかった。大きな期待を寄せていた二年生クルーの突然の乱調だけでもなかった。ウルブリクソンにはほかにも悩みがあった。ただしそれは、いうなれば贅沢な悩みだった。期待していた二年生以外のボートに、思いがけない才能の持ち主が何人かいることがわかってきたのだ。

第一に、トム・ボレス率いる一年生クルーだ。彼らは今のところ固定メンバーになっていたが、いずれ来年の計画のためにクルーを解体しなくてはならない。なんといっても重要なのは、来年なのだ。ウルブリクソンはトム・ボレスから、今年の新人は去年の一年生の記録に数秒及ばないだけのすばらしいタイムを出しており、しかも記録をとるたび調子をあげているという報告を受けていた。とりわけ有望なのは、巻き毛頭の整調、ドン・ヒュームだ。彼はまだ粗削りだが疲れや痛み知らずの青年で、よく油をさした機関車のように何があっても倦まずたゆまず、ひたすら前に進む馬力をもっていた。だが、ボートの中でなにより経験が重要なポジションは、コックスを別にすれば整調だ。そしてヒュームにはまだ、圧倒的に経験が不足していた。

ヒュームのほかにも有望な一年生が二人いた。大柄で筋肉質で寡黙な、五番のゴーディ・アダム。そして二番のジョニー・ホワイト。ホワイトの父はかつて、シングルスカルの選手として活躍していた。その息子であるジョニーは、ボートとともに生まれ育ったような青年だった。

二軍クルーにも、思いがけない逸材が見つかっていた。二年生クルーをつづけさまに負かした、ボビー・モックがコックスをつとめるあのクルーだ。ウルブリクソンが目をつけたのは、いずれも二年生の選手だった。ひとりはやはり巻き毛で、一九六センチの長身のジム・マクミラン。やや無愛想なその顔にはときおり、驚くようなとびきりの笑顔が浮かぶ。仲間がつけたあだ名は「スタブ（切り株）」。前の年、一年生の第二クルーにいたときはさほど目立った選手ではなかったが、今年モックのクルーに入ってからめきめき頭角をあらわしてきた。大柄なジムは、ボートのミドルのポジションに必要な馬力を十分備えている。そして、劣勢でもけっしてあきらめない精神的な強さもあり、クルーが負けているときも勝っているときも、同じくらい力強く漕いだ。自分はいつかかならず代表で漕ぐのだと明言する、気概にあふれた青年だった。

もう一人の有望株は、チャック・デイというメガネの青年だ。彼が一年生のときからすでに、ウルブリクソンは目をとめていた。正しく言えば、目にとまらないわけがなかった。おしゃべりで悪戯《いたずら》好きのチャックは非常に目立つ存在だった。ヒュームと同じように技術面はまだ粗削りだが、彼の「まず戦い、あとで問う」という生来の傾向は今、取り柄になりはじめていた。クルーにはときに、エンジンの回転を増し、すべてのシリンダーを動かすために、そうした点火プラグのような漕手が必要になるのだ。

二月が終わり、三月になるころ、ウルブリクソンはふたたび基本的な戦略を変更することを決めた。クルーのメンバーを固定して競わせるのはやめ、メンバーを流動的にしてみることにしたのだ。「他の四クルーよりもとびぬけて強い代表クルーができるまで、漕手を入れ替えていく。とびぬけて強いクルーができたら、それが正しい編成だということだ」とウルブリクソンは宣言し、さっそく大改造をはじめた。彼はまずジョーを二年生クルーから外した。だがトム・ボレスが去年同じことを試みたときと同じように、ジョーを欠いた二年生は失速した。次の日、ジョーはもとのクルーに戻された。ウルブリクソンは次に、スタブことジム・マクミランを二年生クルーの七番に入れたが、次の日にはもうマクミランを外した。ウルブリクソンはふたたびジョーを外したが、結果は前と同じだった。次に彼はショーティ

・ハントを、モックがコックスをつとめるクルーに移した。そのほかにもあちこちのメンバーを入れ替えたり戻したりした。

日を重ねるうちにようやく、大学代表の二つの有力候補がほぼ決まってきた。ひとつはモック、マクミラン、デイらの選手がいる去年の二軍クルー。もうひとつは二年生クルー。ウルブリクソンの試行錯誤にもかかわらず、メンバーは結局もとのままになった。二つのクルーはどちらも、タイム・トライアルで好記録を出したが、どちらも相手を完全に突き放すことはできなかった。ウルブリクソンはどちらかのクルーになんとかブレイクしてもらわなければ、頭がどうかしそうな気さえした。だが、どちらのクルーも文句なしの優位には立てなかった。

具体的に改善すべき点は、ウルブリクソンにもわかっていた。彼の日誌には、目についた技術的な難点が山のように書き連ねられた。たとえば、ランツとハートマンはまだストロークのとき、正しいタイミングで腕を引きはじめることができない。グリーンとハートマンは、キャッチのタイミングが早すぎる。ランツとルンドはタイミングが遅すぎる、などなど。だが、ほんとうの問題はそうしたことではなかった。いいかえれば、小さな過ちの蓄積が本質的な問題なのではなかった。二月にウルブリクソンは『シアトル・タイムズ』のジョージ・ヴァーネルにこうコメントしていた。「今年のチームの漕手は、私がこれまで監督したどのクルーよりも、個々の力はすばらしい」。いちばんの問題は、ウルブリクソン自身がこの文章に「個々」という言葉をつい入れてしまう事実だ。二つのクルーはどちらもまだ、クルーではなく個人の集まりとして漕いでいた。ウルブリクソンが個々の技術的な問題を叱責すればするほど、そしてクルーとしてのあり方を説教するときですら、青年らは結局それぞれの小さな世界に沈み、反発心を強めるばかりだった。

前年の一〇月からシアトルを翻弄した悪天候は、三月二一日の春の雪嵐を最後にようやく終わったようだった。四月二日には、ワシントン湖にあたたかな春の日差しが降り注いだ。大学のキャンパスには、黴《かび》臭い図書館や湿っぽいアパートの部屋から学生らがつぎつぎに姿をあらわした。彼らは目をしばたたかせながら、芝生の上で体を伸ばせる場所を探した。男子学生はスポーツシャツに、去年の夏以来の白い靴という出で立ち。女子学生は花模様のスカートにくるぶし丈のソックス。中庭の桜の木の多くには、もう花が咲いている。コマドリが頭をぴんと立て、あたりをぴょんぴょん飛び歩きながら、虫がいないかと耳をそばだてている。今年最初のツバメが図書館の尖塔のあたりを飛び回っている。教授がつっかえつっかえ講義をしている教室に太陽の光が差し込み、学生らは窓ガラス越しに、陽光に洗われたキャンパスを眺めている。

艇庫ではジャージを脱いだ学生らが、スロープの上に寝転がって日光浴をしている。その姿はまるで、白いしなやかなトカゲが日なたぼっこをしているようだ。カヌー乗り場は突然客が増え、管理人は大忙しになる。カヌーを借りていくのはほぼすべて、男女のカップルだ。『デイリー』紙にはこんな見出しが躍る。「キャンパスは、突然あふれ出した鳥と愛に酔いしれている」

ジョーとジョイスはカヌー乗り場に一番乗りでやってきた。ジョイスはあいかわらず判事の家で住み込みのメイドとして働いており、仕事への嫌悪を日々募らせていた。そんな彼女を水の上に連れ出して元気づけようとジョーは考えたのだ。その日、サマードレスを着たジョイスは図書館の前の芝生に座って、女友だちとおしゃべりをしていたが、ジョーはジョイスの手をとると、走ってカヌー乗り場まで連れていった。ジョーはシャツを脱ぐと、ジョイスに手を貸してカヌーの中に座らせ、さっそうとパドルを漕いでモントレイク・カットを抜けていった。ジョーはスイレンの葉やビーバーの巣をよけながら、のんびりとユニオン湾の南をめざした。お気に入りの場所まで来るとジョーは漕ぐのをやめ、ボートが漂うにまかせた。

ジョイスは船首にもたれかかり、手を水の中に入れ、日の光を思うさま浴びた。ジョーは船尾で長身をできるかぎり伸ばし、薄青い空をじっと見つめた。ときおり、カエルの鳴き声がした。ボートがゆっくり近づいてくるのに驚いたカエルが、どぶんと水に飛び込む音も聞こえた。頭上では青いトンボが乾いた羽音をたてている。岸辺の葦《あし》にとまったハゴロモガラスが高い声で鳴く。波にやわらかく揺られているうち、ジョーはまどろみはじめた。ジョーが眠りに落ちると、ジョイスは船首に座ったままその顔をじっと見つめた。将来を誓いあったその青年は、高校時代よりもさらにハンサムになっていた。そしてこんなふうに完璧にくつろいでいる瞬間、その顔と彫像のような体つきは静けさと優美にあふれ、ジョイスは最近美術史の授業で学んだ古代ギリシャの大理石の彫像をつい思い出した。こんなふうな姿を見ていると、この人が辛い目にあってきたことがまるで嘘のようだとジョイスは思った。

マホガニー製の細身のモーターボートが音をたててそばを通り過ぎ、ワシントン湖からモントレイク・カットへと抜けていった。すれ違いざま、後ろのデッキに立った水着姿の女子学生が手を振っていった。波がスイレンの葉を大きく揺らし、カヌーも突然大きく横に揺れた。ジョーははっと目を覚まし、ジョイスの視線に気づくと、にっこり微笑んだ。ジョーは居住まいを正し、頭をふるふると振って眠気を払うと、くたびれたケースからギターを取り出して歌を口ずさみはじめた。最初は、昔スクイムのスクールバスで二人が一緒に歌ってい た歌。歌ううちに思わず笑いがこぼれてしまうような、愉快で他愛のない歌だ。ジョーの声に耳をかたむけていたジョイスは昔と同じように、自分も声を合わせて歌いだした。

次にジョーは、ゆっくりした甘いラブソングを歌いはじめ、ジョイスは静かにかみしめるようにそれに聴き入った。さっきとはちがう、もっと深い幸福感がジョイスを満たしていた。ジョーが歌うのをやめると、二人は将来のことを語りあった。結婚して、家庭を築いて、おそらくは子どもも生まれて、というような話だ。二人は時間のたつのも忘れていつまでも夢中で話し続けた。気がつけば太陽は丘の向こうに沈みかけ、薄いサマードレスのジョイスは体が冷えてきていた。ジョーはパドルを漕いで大学側の岸辺にカヌーをつけ、ジョイスが舟を降りるのを手伝った。この日のことを、二人は老いてもなおはっきりと覚えていた。

次の日、まだ幸福な気持ちに満たされていたジョーは、ガソリンを少しだけ入れてフランクリン車に乗り、フリーモントに向かった。フリーモントには、父親のハリーが勤めるパン屋兼牛乳販売店があるのだ。ジョーは店の向かいに車を停め、窓ガラスを降ろし、店から人が出てくるのを待った。焼き立てのパンの甘い匂いがあたりに漂っていたが、気持ちの張りつめたジョーはろくにそれを感じられなかった。正午を少し過ぎたころ、白い服を着た男たちが何人か店から出てくると、芝生の上に座って弁当を広げはじめた。すぐあとで、濃い色のつなぎを着た男が数人外にあらわれ、ジョーはすぐに父親に気がついた。身長一八八センチのハリーは、その場の男たちの中であきらかにいちばんののっぽだった。父親は少しも変わっていないように見えた。身につけているつなぎですら、スクイムの農場で昔着ていたものと同じに見えた。ジョーは車から降りると、道路を速足で横切った。

ハリーが顔をあげ、こちらにジョーが歩いてくるのに気がついた。ハリーは弁当箱を握りしめたまま、その場に凍りついた。ジョーは手をさし出し、「久しぶり、父さん」と言った。呆然として言葉もないまま、ハリーは息子の手を握った。ジョーを最後に見てからもう五年半の月日が経っていた。スクイムの農場に置き去りにしてきたやせっぽちの少年の面影はどこにもなかった。その瞬間、ハリーは逡巡した。もしかしたらジョーは、父親である自分と対決するためにここに来たのだろうか？　あるいは許すために？

「ジョー、よく来たね」とハリーは言った。

二人は通りを横切ってフランクリン車に乗り込んだ。ハリーはサラミのサンドウィッチの包みを開くと、無言でその半分をジョーにさし出した。二人はそれを食べ、長い、ぎごちない沈黙ののちに、ぽつぽつと話をはじめた。最初ハリーは、パン屋の設備についてばかり喋っていた。巨大なオーブンやパン生地を練るミキサー、たくさんの配達用トラックがあり、自分はその手入れや修理をしているのだという。ジョーは父親がそんな話を長々とするのを、聞くともなく聞いていた。話の中身にさして興味はなかったが、父親の太い声は懐かしかった。その昔、採掘キャンプの丸太小屋で、夜、玄関の階段に座ってたくさんの話を聞かせてくれた、あの声だ。スクイムの家で、一緒に機械をいじりながらジョーにたくさんのことを教えてくれたあの大きな声だ。森で一緒にハチの巣を探したあの懐かしい声だ。

ひとしきり父親が話し終えたあと、今度はジョーが話しはじめた。ジョーの口をついて出たのは、腹違いのきょうだいについての質問だった。ハリー・ジュニアはどうしている？　あの大やけどで休んだあと、学校の授業にはちゃんとついていけた？　マイクはどのくらい背が伸びた？　妹たちはどうしている？　ハリーは、みんな元気でやっていると答えた。ふたたび長い沈黙があったあと、ジョーは口を開いた。「家に寄って、弟や妹に会ってはだめ？」ハリーは膝に視線を落として言った。「だめだよ。ジョー」。ジョーの腹の中で何かがせりあがってきた。怒りなのか失望なのか、憤りなのか、ジョーにははっきりわからなかった。しかしその心の痛みは、昔からよく知っているものだった。

またしばらく沈黙があったあと、ハリーは顔をあげずにこう言い添えた。「スーラと一緒にときどき外に出かけている。そういうときは、家は子どもたちだけになるよ」。ハリーはまるで、自分が今口にしたことから距離をおくように、視線をあげて窓の外を見た。父親はほっとしたようだった。ジョーが、スクイムの家に置き去りにされたあの忌まわしい晩のことを、何も口にしようとしなかったからだ。

漕艇《ローイング》にはときおり、定義しがたい何かが起きる。多くの漕手は、たとえ勝利をおさめたクルーでも、その正体を知ることはない。たとえ正体がわかったとしても、それを再現できるかどうかはまた別の話だ。それは〈スウィング〉と呼ばれる現象だ。八人の漕手がすみずみまで完璧に他の漕手と動きをあわせ、完全な一体となってオールを漕ぐときだけに起きる、類まれな出来事だ。これはただ単に、八本のオールがぴったり同じタイミングで水に入ったり出たりするというだけの話ではない。八人の漕手の一六本の腕はいっせいにオールを引き、一六の膝はいっせいに曲がったり伸びたりしなくてはならない。八つの胴体はいっせいに同じタイミングで前へ後ろへと傾き、八つの背中は同じタイミングで曲がったり伸びたりしなくてはならない。ほんのわずかな動作、たとえば手首の微妙な返しに至るまで、漕手全員がたがいを鏡に映したように完全に同調し、端から端まで一糸乱れぬ動きができたとき、ボートはまるで解き放たれたように、優美に、すべるように進む。その瞬間、初めてボートは漕手たちの一部となり、それ自体が意思をもつかのように動きはじめる。苦痛は歓喜に変わり、オールのひと漕ぎひと漕ぎは一種の完璧な言語になる。すばらしいスウィングは、詩のようにさえ感じられる。

スウィングはしかし、ボートのスピードには必ずしも直結しない。個人のミスで全体のリズムが崩れないおかげで、ストロークに勢いがつくのは事実だが、それでスピードが急に速くなるわけではない。スウィングの効用はそれよりも、漕手が力を温存できる点にある。つまり、比較的ゆったりしたピッチでも最大限効果的にボートを前進させることができるのだ。ピッチは速くとも効率の悪いストロークと比べれば、むしろスピードが出ることも少なくない。そしてレースの最後に控える、内臓が引きちぎられ全身の筋肉が悲鳴を上げるような苛酷なスプリントのために、エネルギーをとっておくことができる。ストロークのピッチを上げげつつスウィングの状態を保つのは、気が狂いそうに難しい芸当だ。ピッチが上がれば、ひとつひとつの細かい動作をより短いインターバルで行なわなくてはいけない。だから、スウィングしながらピッチを上げるのは、どこかの時点でほぼ不可能になってしまう。だが、この理想に近づけば近づくほど、いいかえれば速いピッチのストロークでも完璧な同調を保つことができれば、そのボートはまるで違う舟のような動きをする。そして、そういうボートこそがレースに勝利する。

ジョーら一年生のクルーがポキプシーで優勝したとき、彼らはまさにこのスウィングの状態にあった。ウルブリクソンはそれをはっきり覚えていた。正しく言えば、そのときの光景を忘れられずにいた。あのレースの終盤、彼らのボートには魔法のようなすばらしい何かがたしかにあった。完璧に近い何かが、理想に近い何かの片鱗がたしかに見えた。あのときかすかに見えたものが今もきっとあるはずだ、という思いをウルブリクソンはどうしても捨てられずにいた。

カリフォルニアでの太平洋岸レガッタが間近に迫った四月上旬、天候はまたも悪化した。そして二年生クルーはどうやってもあの「マジック」をものにできずにいた。ある日はできても、その次の日はだめという繰り返しだった。月曜日に二軍クルーを打ち破ったかと思うと、火曜日には手ひどい負けを喫した。水曜日にまた勝利しても、木曜日にはまた負けた。勝つときはやすやすと大勝し、負けるときはぼろぼろに負けた。ウルブリクソンはタバコの煙をふかしながら、ジレンマを公にした。四月二日の『シアトル・タイムズ』にはこんな談話が載った。「前代未聞だ……私の経験するかぎり、ワシントンのボート部でこんな時期まで代表クルーが決まらなかったことは一度もないはずだ……」。それでもウルブリクソンはどこかで決断しなくてはならなかった。

ウルブリクソンはずっと前から考えていたことをついに実行し、二年生クルーを一九三五年の大学代表にすると公に宣言した。地元新聞はこれを世界に向けて発表した。ところがその直後、二年生は二軍クルーとの一騎打ちで敗北した。二軍クルーは当然、自分たちこそが代表としてレガッタに出場すべきだと強く要求した。ウルブリクソンは両手を空に上げ、考え直すと宣言した。そして彼は決断した。もう一度、今度は、バークレーとの試合が行なわれるカリフォルニアで選考レースをする。最初のタイム・トライアルに勝ったクルーを、大学代表として太平洋岸レガッタに出場させる、と。

二年生クルーを大学代表に抜擢するのはたしかに珍しいが、まったく聞かない話でもない。じっさいUCバークレーのカイ・エブライトは同じころ、本質的にはまさにそれと同じことをしようとしていた。それは、あちこちで目にするワシントンの「すばらしい二年生」についての情報にエブライトが触発されたせいもあるかもしれない。ともかくエブライトは太平洋岸レガッタに向け、去年ポキプシーで全米一位になった代表クルーを降格させ、かわりに二年生と三年生の混成チームを代表の座に据えた。新しい代表クルーには、去年全米一になった漕手は一人しか入っていない。そしてエブライトは、旧代表クルーのふがいなさに困惑しきりだった。『インテリジェンサー』紙のロイヤル・ブロアムがレガッタの記事を書くためオークランドにやってきたとき、エブライトはブロアムをつかまえて、嘆きの声を聞かせた。「いったいどうして、去年の六月に全米チャンピオンになったクルーが、二年生と三年生の即席クルーやほかの二軍クルーを相手にてこずっているのか、わけがわからないんだ。君にはなにか理由が思いあたるか?」。ブロアムに理由などわかるわけはなかったが、彼はこの情報を大喜びでシアトルのウルブリクソンに打電した。だが、ブロアムはひとつ警告を添えるのを忘れなかった。彼は、エブライトのいう「即席クルー」のタイムをストップウォッチで測っていたのだ。「バークレーの新代表がのろい連中だなどと、思いちがいは禁物だ。ウルブリクソンさん……あれは、とんでもないクルーだ」。エブライトについての詳細な情報を手にしたウルブリクソンは、驚愕した。彼がとりわけ目をむいたのは、エブライトが代表クルーからあの、去年の優勝の立役者ディック・バーンレイを外した事実だ。ディックは去年のポキプシーでワシントンを負かした、あの怪力の整調だ。ウルブリクソンには、エブライトの腹が読めた。やつはこちらと同じように、今年ではなく翌三六年のオリンピックを見据えて、若い才能をさがしているのだ。だが、あの疲れ知らずの機械のようなディック・バーンレイを代表から追い出すとは、いったいどんな人材をエブライトは見つけ出したのか？

四月七日午前八時、ワシントンの三つのクルーはそろってカリフォルニアにいた。彼らは油膜の浮いたオークランド・エスチュアリの水の上で、雨と風に打たれながら練習をしていた。強い風がサンフランシスコ湾の水面を激しくかき立て、漕手の顔に海水の洗礼を浴びせる。だが、水が塩辛いことを別にすれば、クルーはシアトルにいるときのように落ち着いていた。シアトルからは彼らと一緒に地元の人間が何人か、ここカリフォルニアまでやってきていた。そして今のところ、バークレーの連中の姿は見えない。ワシントンの三艇のボートはエスチュアリを端まで漕ぐと、湾に出て、今度は東の岸沿いの平瀬を漕いで戻ってきた。眼前には、銀色に輝く建造途上のベイ・ブリッジがそびえ、美しい尖塔から伸びる優雅な曲線がオークランドからトレジャー・アイランドを、さらにはサンフランシスコを結んでいる。しかし、こうしたいわゆる開放湾では、水面に立つ三角波が非常に高く、うっかりするとボートが水浸しになってしまう。ウルブリクソンはクルーに戻るように指示した。

湾に出て行くときは、二軍クルーのほうが二年生クルーよりもずっと動きがよいようにウルブリクソンには見えた。だが、戻ってくるときは逆に、二年生のほうがずっと調子がよく見えた。漕手はみな、ウルブリクソンがシアトルを出る前に約束していた代表選考のタイム・トライアルはいつ行なわれるのか、戦々恐々としていた。どちらの漕手も、ライバルのクルーの漕手とはろくに口をきかなくなった。

いっぽうで、ウルブリクソンとエブライトのあいだでは熾烈《しれつ》な化かし合いが繰り広げられていた。彼らはどちらも、自分たちのクルーが相手よりずっと見込み薄であることをなんとかアピールしようとしていた。ウルブリクソンは、シアトルでは悪天候のおかげでトレーニングが何度も取りやめになり、そのせいで選手が適正な値まで体を絞り切れなかったと話した。彼が言うには、本来なら選手の身体を「煮詰め」、今頃は無駄な肉のないレース向きの体型になっているはずだったのに、それができなかったという。ウルブリクソンは自分の教え子を「ダークホースかもしれない」とは認めたが、いっぽうで記者に「うちの連中はまだ、レースができる状態にない。昨日、三マイルのトライアルを試みたが、最初の一マイルが終わるころ、やつらは顎を上げていた。こんな情けない状態のクルーは、これまで見たこともない」。だが記者は、カリフォルニアで列車を降りたときのようすを見て、選手の身体がきちんと「絞られて」いることくらい、とうに気がついていた。なぜ二年生を山ほど連れてきたのかと尋ねられて、ウルブリクソンは記者をぎろりと睨んだあと、こう言った。「やつら

カイ・エブライト

はまだましだからだ」。

いっぽうバークレーのエブライトはエブライトで、「うちの連中のほうがひどい」と必死にアピールしていた。エブライトのほうがこの件では言葉少なだったが、言うときには率直だった。彼は『ニューヨーク・タイムズ』の記者にきっぱりこう述べた。「うちのチームにもチャンスはある。だが、勝つのはワシントンだと思う」、「うちのチームが勝てる見込みはあまり高くない。今のバークレーの代表クルーは、去年の代表に比べてあきらかに遅い。レースの経験もまだぜんぜん少ない」。エブライトはそのあとも、自分のクルーのことについてはいささか奇妙なくらい寡黙だった。

四月一〇日、ウルブリクソンはついに、代表を決定する正式なタイム・トライアルを行なった。ジョーら二年生は、ほぼ一艇身の差をつけられて負けた。その瞬間、二年生は絶望と驚愕でボートの中にがっくり倒れ込んだ。勝った二軍クルーは欣喜雀躍《きんきじやくやく》した。ウルブリクソンはホテルに戻って、日誌に走り書きをした。「これで決まりだ」。だが彼はまだ、代表クルーを発表しようとしなかった。

四月一二日の朝、もう一度タイム・トライアルが行なわれ、またしても同じ結果が出た。だが、ウルブリクソンは最後にもう一度レースを行なわせた。二年生がカリフォルニアに持ってきたのは、作りたての新しいシェル艇だった。クルーは最初からこれが気に入らなかった。このボートではうまく「スウィング」できないのだと、彼らは到着してからずっと訴えていた。だからウルブリクソンはもう一度だけ、今度は古いほうのシェル艇を使ってタイムをとらせてみたのだ。二年生が去年、ポキプシーで圧倒的な勝利をおさめたときの〈シティ・オブ・シアトル〉号だ。今度は二年生は会心のレース運びで、相手と並ぶタイムを出した。「古いボートのほうが、やつらはのびのびできるらしい」。ウルブリクソンは日誌に記した。

その晩、ホテル・オークランドでの夕食のときに、ウルブリクソンは爆弾発言をした。代表に指名されたのは、タイム・トライアルに連続して負けたはずの二年生クルーだったのだ。「申し訳ない」。ウルブリクソンは言った。「……この判断が正しいかどうか、確信はもてない。だが、こう決断せざるをえなかった」。激怒した二軍クルーは部屋を出ると、宵闇の中に出て行った。そして町を歩きながら、怒りをなんとかしずめようとした。ウルブリクソンは決定をひるがえしたことについて、AP通信の記者に説明した。猿芝居はもうやめて、彼は本心を率直に語った。「(二年生は)これまで私がコーチをした中で、いちばんすばらしい可能性を秘めたクルーだ」。だがその晩、日誌にウルブリクソンは悲愴なコメントを書きつけた。「もう明日はレースなのに、なんというざまだ」

レース当日の四月一三日、天気はふたたび雨に逆戻りし、南からの激しい向かい風が、入り江であるオークランド・エスチュアリにまで吹きつけていた。この場所はそもそも、いちばん条件が良いときですら、お世辞にもボートレースに絶好の環境とはいえない。オークランド・エスチュアリとはつまり、オークランドとアラメダ島のあいだに細く長く伸びる水域のことであり、本質的には海の高速道路のようなものだ。まわりには、すでに老朽化しつつある工業地帯が広がっている。上には鉄橋がいくつかかかり、ゴールラインのフルートヴェール・アヴェニュー橋の手前、ユニオン・ポイントのあたりでコースは軽くカーブする。両側の岸辺には、崩れかけたレンガの倉庫や石油の貯蔵タンク、さびついたクレーン、壁に砂のついた工場などが立ち並んでいる。岸辺には、種々雑多な船がつながれている。ジャンクと呼ばれる平底帆船。タグボート。おんぼろのハウスボート。古い二本マストのスクーナー。工業用の積み荷を山にした平底船。水面には油膜が張り、ディーゼル燃料や海藻の悪臭が漂い、晴れた日にも水そのものが灰緑色に盛り上がって見える。バークレーの艇庫のすぐ隣では、直径一〇センチのパイプから下水が直接海の中に吐き出されている。

観戦する場所を見つけるのも楽ではない環境だが、それでもその日の午後三時ごろには四万人近い観客が、空いている駐車場やまばらにあるはしけ、そして倉庫の屋根など、思い思いの場所に日よけをさして陣取った。コース沿いの川岸に停泊した小さな舟から観戦する人々もいる。最も多くのファンが集まったのは、ゴールにあたるフルートヴェール・アヴェニュー橋の付近だ。青地に金色の線が入ったバークレーのユニフォームを着た何千人ものカリフォルニアのファンと、紫に金色というワシントン大学のユニフォームを着た数百人のワシントンのファンが、少しでもよく見える場所を確保しようと押し合いへし合いしている。橋の近くのシェルターの中に詰め込まれたラジオのアナウンサーが、国中に実況中継をするためにスタンバイしている。

試合は三時五五分に、一年生の二マイルレースから始まった。ワシントンの整調、ドン・ヒュームはひどい扁桃炎を患い、シアトルの病院から退院してまだ幾日もたっていなかったが、見る人にそんなことを気づかせないすばらしいレースをした。ワシントンのボートはスタートから飛び出し、たちまち半艇身のリードを奪った。中間地点まで来たとき、ワシントンのリードは一艇身まで開いていた。ストロークのピッチは両校とも、毎分三二。カーブを曲がり、最後の直線に来たとき、バークレーは逆転をかけてピッチを三四まで上げた。ワシントンもこれに倣った。バークレーとワシントンはどちらも同じ三四のピッチで漕いだが、整調にヒュームを抱えるワシントンには一日の長があった。最後の四分の一マイルでヒュームはなめらかで力強く、パワフルなストロークを効果的に行ない、彼の後ろに座る漕手たちもこれに同調した。ワシントンはさらに大きく前に出て、結局、三艇身の差をつけてゴールラインを越えた。橋の上にいる競技役員がワシントンの勝利を示す白い旗を下げた。白は、ワシントンのオールのブレードの色だ。

二軍のレースは、突然降格の憂き目を見たワシントンのクルーにとっては意地をかけた戦いであり、未来のための戦いでもあった。レースが始まる午後四時一〇分、ワシントンのクルーはウルブリクソンの背信にまだ怒りをたぎらせたまま、スタート地点にボートを回漕した。スタート地点はジャック・ロンドン広場に近いウェブスター通りの岸辺で、ゴールまでの距離は三マイル。スタートの合図とともにバークレーは飛び出し、毎分三二のピッチで進んだ。大男のスタブ・マクミランをエンジンに抱えたワシントンは、コックスのボビー・モックのかけ声とともにゆったりと、リズムに乗ってオールを漕いだ。そしてじりじりと横に並ぶと、徐々にバークレーを抜きはじめた。中間地点に来たときは、バークレーとのあいだの距離が開きつつあった。

ワシントンはそこから本気を出した。モックはメンバーにピッチを上げるよう叫び、もう一度それを繰り返した。漕手は必死にオールを漕いだ。彼らは敵のバークレーを、コーチのウルブリクソンを、成り上がりの二年生を、そして彼らの力を疑ったすべての人間を成敗する勢いで、一本一本ストロークを漕いだ。彼らは数カ月間ぶんの鬱憤を吐き出すようにオールを漕ぎ、向かい風と雨を背中に受けながら、猛烈なスピードでコースを突き進んだ。ボビー・モックは「力漕一〇本！」のかけ声をかけるとき、漕手の心により強く訴えるよう、だれかの名前をそこに加えるのが常だった。たとえば、「コーチのために、力漕一〇本！」とか「ミスター・ポーコックのために、力漕一〇本！」という具合に。今、モックは「ジョー・ビーズレイのために、力漕一〇本！」と叫んだ。クルーはだれひとり、当のモックですら、そんな名前は知らなかった。つまり冗談を口にする余裕がもうモックにはあったのだ。メンバーはモックの指令通りに全力で一〇本漕いだ。モックはさらに叫んだ。「二年生のために、力漕一〇本！」。ボートはすさまじく加速してカーブを曲がり、橋の上に集まった観客たちにも見えてきた。バークレーとの差は五艇身。橋の下にあるゴールラインを越えたとき、その差は八艇身で、さらに開こうとしていた。

最後に代表クルーのレースの時間が来た。バークレーのファンの応援には、ひときわ熱がこもった。

ジョーら二年生はスタート地点に向かってボートを漕ぎながら、二軍クルーがあれだけ見事な試合をした以上、自分たちに負けは絶対許されないと理解していた。ウルブリクソンがかけてくれた信頼を裏切らないためにも、オリンピックへの夢をつなぐためにも、この試合には何としても勝利しなくてはならない。いや、正しく言えば、これからすべての試合に自分たちは勝利しなくてはならない。そうでなければ、夢はそこで終わってしまうのだと彼らははっきり理解した。そして続く一六分間、彼らは全身全霊を傾けて夢を終わらせまいとした。レースが終わったあと、『サンフランシスコ・クロニクル』紙の辛辣なスポーツ記者、ビル・レイザーの口から出たのは「すばらしい戦いだった。私がこのエスチュアリで見たレースの中で、最高のレースだった」というシンプルなコメントだった。

バークレーはこの数週間、速いスタートの練習を重ねていた。だが、スタートはどちらのクルーも今一つだった。先に飛び出して、リードを奪ったのはワシントンだ。バークレーもすぐ反応してピッチを大きく上げ、ワシントンの横に並ぶと、半艇身のリードを奪った。二艇はそのままの体勢で、続く一マイル半を進んだ。バークレーはピッチ三〇という堅実なペース。ワシントンのオールはバークレーとぴったり同じペースで、水に入っては出てを繰り返した。

中間地点であるガヴァメント島に近づくころ、バークレーがわずかにピッチを上げ、リードを半艇身から一艇身まで広げた。ワシントンのコックス、ジョージ・モレイがメンバーに号令をかけ、ワシントンのピッチは三二に上がった。バークレーは三四・五までさらにピッチを上げた。だがモレイはこれには乗らず、それまでのペースを保った。挑発に乗って、メンバーを慌てさせたりパニックに陥らせたりしたら終わりだ。一インチ一インチ、ワシントンのボートはほんのわずかずつ後退した。だがモレイは断固ペースを変えず、速さではなくパワーでじりじりと追い上げはじめた。ガヴァメント島の南側に来たころにはバークレーのリードは徐々に小さくなり、四分の一艇身まで縮まった。二艇のボートはついにぴったり横に並び、カーブに近づくころには、今度はワシントンがゆっくり前に出た。ワシントンのピッチは三四。バークレーは三八まで上がった。

二艇のボートはほぼ横並びでカーブを曲がり、観客が待つゴールラインの橋に向かった。後ろには汽艇やプレジャーボートがぞろぞろついてきている。船の上から観客が、双眼鏡でボートの動きを追う。どちらのボートの漕手も、疲れて見える。

最後のスプリントを先に仕掛けたのはバークレーだった。彼らはピッチを四〇まで上げてぐっと前に出ると、リードを奪い返した。バークレーのファンがどっと歓声をあげる。バークレーのリードは四分の一艇身。彼らはそのまま怒濤の勢いでゴールに向かった。だがワシントンのコックス、ジョージ・モレイはコーチの指示通りにした。ウルブリクソンはモレイに、ピッチは可能なかぎり低く抑え、可能なかぎりそれを長く保てと教えていたのだ。ワシントンの現在のピッチは三四。モレイはそれを上げたいという誘惑と必死で戦った。バークレーが毎分四〇という突拍子もない数値までピッチを上げても、そしてゴールのフルートヴェール橋が大きく見えてきても、モレイはじっと我慢した。勝負にはピッチも重要だが、パワーも重要だ。そして、ワシントンにはまだパワーが余っており、相手のボートにはもう、パワーは残っていないはずだ――。モレイは体を前にかがめ、大声で叫んだ。「力漕一〇本、さあ行こう！」。ピッチが上がり、ワシントンは一気に飛び出した。一度目の「力漕一〇本！」でワシントンはふたたびバークレーをとらえ、横に並んだ。フルートヴェール橋とゴールラインはもう目の前に迫っている。モレイがふたたび声を張り上げる。「もう一回、力漕一〇本！」。ジョー、ショーティ、ロジャー。そして漕手すべてがもてる力のかぎりを最後の数本のストロークに込めた。すぐ後ろにいるコーチ用の汽艇では、ウルブリクソンが固《かた》唾《ず》をのんでいた。二艇のボートはほぼ横並びのまま、ゴールの橋の下をくぐった。

青の旗と白の旗が同時におろされた。聴衆は突然静まり返り、困惑があたりに広がった。ボートの後ろを追いかけていた船のどれかから、「ワシントンが一フィート差で勝ちだ！」という叫び声が上がった。ワシントンのファンがどっと歓声をあげた。そのとき主催者の拡声器から「二フィート差でバークレー」という低い声が聞こえた。今度はバークレーのファンが歓声をあげた。シェルターの中にいるラジオのアナウンサーは一瞬ためらったのち、国中に向けてニュースを発表した。「勝者はバークレー」。同じメッセージはただちに電信で新聞社に送られた。

ゴールの橋の上では、ワシントンのファンが怒り顔で水面を指さし、身振り手振りを交えながら、結果発表に激しく異を唱えていた。先にゴールラインを越えたのはワシントンのボートだ、橋の上からそれがはっきり見えたと彼らは主張した。だが、手すりに寄りかかるようにしてレースを見ていたバークレーのファンは、二艇のボートが競り合いながら橋の下をくぐったとき、先にボートの先があらわれたのはバークレーのほうだと譲らなかった。彼らによれば、そのときバークレーはワシントンよりすくなくとも三フィートはリードを奪っていたという。場は騒然となった。そこへ突然、拡声器からふたたび声が聞こえてきた。「ゴール地点での審判が公式に発表します。勝者はワシントン。二位との差は六フィート」。バークレーのファンのあいだから、いっせいに巨大なうめき声がもれた。シアトルでは、オークランドからのニュース速報がラジオ番組を中断して放送された。そして最初の発表でがっくり椅子に座り込んでいたシアトルの人々は今、立ち上がり、近くの人々と背中を叩きあったり、握手をしたりした。

実のところ、事態は単純だった。当事者である両クルーも、公式審判全員も、「勝者はワシントン」という結果に、まったく疑念を抱いていなかった。結局、混乱の原因は人ごみのせいで、拡声器のある場所まで審判が容易にたどり着けなかったことにあった。

橋の上から観戦していたファンの大半は、じつは、その橋がオークランド・エスチュアリをぴったり垂直ではなく、やや斜めに横切っていることに気づいていなかった。かたやレースのゴールラインは、川に対してぴったり垂直に引かれている。ゴールラインは、バークレーのレーンでは橋とちょうど重なっているが、ワシントンのレーンでは橋の数ヤード手前だったのだ。だから、バークレーのボートはたしかにワシントンより先に橋をくぐったが、その瞬間、ワシントンのボートの先端六フィートはすでにゴールラインの中にあったというわけだ。その晩、ホテルに戻ったウルブリクソンは日誌に、ほんのひとこと書き留めた。「なんという一日！」

シアトルへの帰り道はみなが陽気だった。長い秋と冬の辛かった思い出は今、忘れ去られた。そこにいる全員が勝者だった。トム・ボレスは今、去年の一年生にすくなくとも匹敵するだけのクルーを育てられたと安堵していた。二軍クルーはすくなくとも今は、意地をしっかりと見せることができた。二年生クルーは太平洋岸レガッタの対校チャンピオンになった。彼らは敵地で、バークレーのクルーをすべて打倒したのだ。今、ワシントンのクルーには、不可能なことなど何もないように思えた。

その翌日、シアトル中の新聞の一面をレースについての記事が飾った。『シアトル・タイムズ』紙の一面には、「ワシントン大学ボート部、完勝」という大見出しが載った。四月一八日、シアトル市はボート部の漕手を讃えるために、ニューヨークでよくやるような紙吹雪のパレードを行なった。ボート部だけでなく、つい先ほどシカゴからたくさんのメダルと六つの国内新記録を持ち帰った女子水泳チームや、やはり東部での試合から凱旋したばかりの水泳界のスーパースター、ジャック・メディカも一緒に、人々の祝賀を受けた。

ワシントン大学のマーチングバンド八〇名を先頭にパレードは、セカンド・アヴェニューからパイク・ストリートまで、紙吹雪や紙テープが降る中で行なわれた。紙吹雪にまじって空のもっと高いところからは、冷たい雨が絶え間なく落ちてきていた。マーチングバンドの後ろには花で飾られた車が続き、スミス市長、アル・ウルブリクソン、トム・ボレスが、道を十重《とえ》二十重《はたえ》に取り巻く観衆に手を振っている。その次の車には、ジャック・メディカと女子水泳チーム。そしてその後ろに、いよいよパレードの目玉である巨大な木材運搬トラックがあらわれる。トラックはとりどりの花や緑で美しく飾られており、代表クルーと彼らのシェル艇が乗っている。漕手は、紫の大きな「W」という飾りがついた白いセーターを着て、三・六メートル近いオールをまっすぐ立ててもっている。ダウンタウンを進むそのトラックは、緑の巨大な爬虫類のように見えた。スギ材のシェル艇はさしずめ背骨で、ゆらゆら揺れるトウヒのオールは八本のトゲのようだ。ときおり、クルーの親類や友人が沿道から名前を読んだり、小走りに駆けてきて握手を求めたりする。ジョイスは仕事だから、この場にはいない。でももしかしたら、だれかが来ているかもしれない――。ジョーは必死になって群衆の中に、父親や腹違いのきょうだいの顔を探した。だが、どこにも彼らの姿は見つからなかった。

一行は、ユニオン通りにあるワシントン運動クラブの建物へと向かった。到着するとクルーは、タバコの煙がたちこめる部屋へと通された。そこにはシアトル中の名士が数百人も集まっていた。彼らはみな、凱旋した英雄を間近で見られるこのスペシャル・ランチに出席するため、七五セントの会費を払った人々だ。セレモニーを取り仕切るのは『ポスト・インテリジェンサー』のロイヤル・ブロアム。セレモニーのようすはラジオで中継される予定だ。

市長とトム・ボレス、そしてアル・ウルブリクソンがそれぞれ短い挨拶をした。ウルブリクソンは三つのクルーへの賞賛の言葉を重ね、最後にこう結んで聴衆の喝采を受けた。「このような支援をいただいた以上、われわれはかならずポキプシーで勝利し、ベルリンで行なわれるオリンピックへと駒を進める所存です」。次には大学の学長が、そして商工会議所の会頭が話をした。町の有力者のおおかたがそれぞれ何かしゃべったあと、三クルーのメンバー全員が壇上に呼ばれた。メンバーは一人ずつ名前を紹介され、一人ずつ長い拍手を送られた。

自分の番が来たときジョーは、一瞬その場に突っ立って、目の前の光景を見渡した。厚いベルベットのカーテンが両側に寄せられた高い窓から、日の光が部屋に差し込んでいる。飾りのたくさんついた高い天井からは巨大なクリスタルのシャンデリアがかかり、きらきらと輝きを放っている。三つ揃いのスーツを着た腹の出た男たちや、宝石をたくさんつけた恰幅のいい女たちが、ジョーをじっと見ていた。彼らが座るテーブルには、真っ白で糊のきいたリネンのテーブルクロスがかけられ、その上には銀の食器やクリスタルのグラス、料理を山盛りにした大皿などが置かれている。白い服に黒の蝶ネクタイをしめたウェイターがテーブルのあいだを縫うようにして歩き、たくさんの食べ物を載せた盆をあちこちに運んでいる。

ジョーが壇上で手をあげると、波のような喝采がわき起こった。ふと気がつくと、目頭が熱くなっており、ジョーは必死にそれをこらえた。自分がこんな人々に囲まれて、こんな場に立つ日が来るなど、夢にも考えたことがなかった。それが現実に起きていることにジョーは驚き、同時に、深い感謝の念に満たされた。そしてその日、壇上で人々の喝采を浴びているときジョーは、それまで感じたことのない誇らしい気持ちが突然胸の中にわき起こってくるのを感じた。それまでに感じたどんな感情よりも深い、心の底からの思いだった。次の夢はふたたびポキプシーで勝利し、さらにはベルリンまで行くことだ。ようやくジョーは、未来が明るく輝き出したように感じていた。

モントレイク・カットに漕ぎ出すクルー

第十章　スランプ

ボートは、それも八人乗りのシェル艇は、繊細な代物だ。そしてシェル艇は、自由に解き放ってやらなければ力を発揮しない。

ジョージ・ヨーマン・ポーコック

ケーブルテレビで何十ものスポーツチャンネルを見られ、プロのスポーツ選手が何千万ドルもの年俸をしばしば要求し、事実上国民の祝日と化した〈スーパーボウル・サンデー〉には全国民がすべてをそっちのけにしてテレビに見入る現代のアメリカにあっては、一九三五年当時、ワシントン大学のボート部の活躍がシアトルの人々にとってどれほど大きな意味をもっていたか、正確に理解するのは難しいかもしれない。当時のシアトルは長きにわたり、さまざまな観点から「僻地」だと思われてきたし、当のシアトル市民自身がそう思いがちだった。とりわけスポーツの分野に関してはそうだった。

ワシントン大学のアメリカンフットボール部は歴史的にはたしかに強豪とされているし、一九〇七年から一九一七年まで六三試合連続勝利という輝かしい記録ももっている。ギル・ドビーというコーチが率いたこの時代、チームは通算一九三〇対一一八というすさまじいスコアをあげている。だがひとこと言い添えなくてはならないのは、このドビーという監督がルールの順守を非常に軽く考えていたらしいことだ。たとえば彼は、小柄な選手が自分より大柄な選手をわけなく倒せるよう、鉄製のパッドを肩につけさせたという噂があった。それはともかく、ワシントンのアメフトチーム〈サン・ドジャーズ〉（一九二二年にボート部の提案で〈ハスキーズ〉と改名される）の活躍はほぼ西海岸だけに限られており、全米規模のローズボウルに出場したのはたったの二度。その成績も、海軍相手に引き分け、アラバマ大学に敗北というぱっとしないものだった。

当時のシアトルは野球も、全米ステージに駒を進めたことがなかった。一八九〇年五月二四日、シアトル・レッズがスポケーン・フォールズ・スポケーンズと対戦したころから、町にはいくつかのプロチームが存在していたし、続く数年で、シアトルズ、クロンダイカーズ、レインメイカーズ、ブレーヴス、ジャイアンツ、レイニアーズ、シワシュズ、インディアンズ、シアトル・クラム・ディガーズなど、たくさんの野球チームが生まれた。ただ、これらはどれもマイナーリーグの球団であり、地元でしか活動を行なわなかった。さらに一九三〇年代には、ある大きな災難がシアトルの野球界を襲った（災難はこのあとも繰り返し訪れることになる）。球団のひとつ、インディアンズがホームにしていたダグデールパークの木製の観客席が、一九三二年七月に火事で焼失したのだ。球団はやむなく、地元の高校がアメリカンフットボールの試合に使っていたシヴィックフィールドにホームを移したが、このスタジアムには芝生がなく、グラウンドは石ころだらけの長方形の地面にすぎなかった。ゲームの最中にも合間にも、南京袋を抱えた整備員がグラウンドじゅう走り回って石拾いをしなければ、フライを追いかけて転んだり、スライディングしたりした選手の身の安全は保障できないというありさまだった。このグラウンドで試合をしたことのある、のちにレイニアーズの監督になるエド・ヴァンニは、次のように語った。「もしもあのグラウンドに馬をつないでおいたら、早晩飢え死にするだろう。石ころ以外、ほんとうに何もないのだから」。そんなわけでシアトルの野球ファンは何十年ものあいだ、メジャーの野球賭博をしたいときには東部のチームを選ぶしかなかった。

シアトルのスポーツがほんの一時的にだが、国際的な勝利をおさめたことがあった。一九一七年、シアトルのプロのアイスホッケーチーム〈メトロポリタンズ〉がカナダのチーム〈モントリオール・カナディアンズ〉を破り、アメリカのチームとしては初めて栄えあるスタンレーカップを獲得したときだ。だが、メトロポリタンズは通常太平洋ホッケー連盟の施設でしか活動できず、一九二四年に施設の所有者がリース契約を打ち切ると、チームは解散に追い込まれた。

こんなふうに、スポーツに関してはどうにもぱっとしない当時のシアトルにあって、ワシントン大のクルーの活躍は、市民が長いあいだ手にできなかった何かをもたらしてくれた。

正しく言えば、シアトルの人々がこれまでに一度も手にしたことがないものを、ワシントンのボート部は与えてくれたのだ。オークランドのレガッタでの圧勝や、ポキプシーの全米選手権での優勝、そして来たるオリンピックでも勝利をおさめられるかもしれないという展望に、わずかでも鼻を高くしたり胸を張ったりしないシアトル市民はいなかった。シアトルの人々は今や、東部の友人や親戚への手紙の中で、ワシントンのクルーの活躍について書くことができるようになった。朝は『シアトル・ポスト・インテリジェンサー』紙でボート部の記事を読み、夕方は『シアトル・タイムズ』紙でまた、ボート部の記事を読むことができた。床屋に散髪にいけば、そこでもボート部の話に花が咲き、床屋の親父がやはり彼らを応援しているのを知ることができた。ワシントンのクルーがオールを漕ぎ、ひとつまたひとつと勝利をおさめるたび、シアトルの知名度はぐんぐんと増した。そして近い将来、もっとそうなるはずだった。シアトルの市民はみなそれを信じていたし、それは人々をひとつに結びつけた。そしてシアトルの人々はワシントンのクルーのおかげで、この途方もなく苦しい時代にあっても、明るい気持ちを失わずにいることができた。

ワシントン大の活躍は『シアトル・ポスト・インテリジェンサー』や『タイムズ』の一面をかなり長く飾ってはいたが、シアトル市民はじき、次なる災厄の予兆に目を向けざるをえなくなった。

オークランドの太平洋岸レガッタから一夜明けた四月一四日、過去数年間における多数の砂塵嵐の記憶を突然すべてかき消すような、すさまじい、超特大の砂塵嵐が発生した。中西部では今もその日のことは「ブラック・サンデー」として記憶されている。北から吹いてきた冷たく乾いた暴風は、乾いた大地からほんの数時間で、パナマ運河を二度埋め立ててもまだ余るほどの土を奪い取り、上空二四〇〇メートルまで吹き上げた。その日の午後三時過ぎ、アメリカの五州にわたる空から太陽の光が突然消え、あたりは真っ暗になった。風が空に巻き上げた土埃が空中で大量の静電気を発生させ、真昼の闇の中でときおり、有刺鉄線がぼうっと照らし出された。畑で作業をしていた人々は突然の強風に四つん這いになり、必死に家に戻ろうとしたが、あたりは一面の闇で、家への道はさっぱりわからなくなっていた。車は強風にあおられて道路脇の溝に落ち、乗っていた人々は衣服を顔に押し当てながら必死に呼吸をし、埃で激しく咳き込んだ。車を捨てて、よろよろしながら近くの家のドアを叩き、助けを求める人もいた。

次の日、カンザスシティのAP通信の室長エド・スタンレーは、この惨状をあらわす言葉として「ダストボウル」という言葉を電波に乗せ、アメリカの辞書にはこの新しい言葉が加わることになった。それから数カ月がたって、惨状がようやく落ち着きを見せたころ、人口の大移動が起こりはじめた。ジョー・ランツが前の夏、電車から目にした西に向かう難民同然の人々の群れは、最初は細い水の流れのようだったが、今や激流と化した。以後数年のうちに計二五〇万もの人々が故郷を捨てて、どんな未来が待つかもわからぬ西部へと旅立った。土地を失い、根なし草になった人々は、家と呼べる場所をもつささやかな喜びと尊厳を強く求めていた。

ダストボウル襲来の数ヵ月前、アメリカ全土で先行きはやや明るくなりかけていた。シアトルの『シアトル・ポスト・インテリジェンサー』や『シアトル・タイムズ』でも、全米のその他幾百もの新聞でも、求人情報がふたたび紙面に載るようになりはじめていた。ジョーの父親のハリーのような人間も、ようやくまともな仕事につけるように情勢は好転しかけていた。だが四月一四日の大風は、何百万ものアメリカ人の中に徐々に高まりつつあった希望をいっぺんに吹き飛ばした。数週間後の『シアトル・ポスト・インテリジェンサー』は地元民に、人口流入とそれに伴ってまもなく起きるだろう仕事の奪い合いについて警告した。五月四日の同紙の見出しは、「西への巨大な人口移動が始まろうとしている」というものだった。流浪の民は、北西部をまるで約束の地のように見ている。

シアトルの職業紹介所には、遠くミズーリ州やアーカンソー州からも問い合わせが寄せられた。電話をかけてきた人々は、仕事の種類や賃金は問わないと言った。流れてくる人々の多くは農民だったので、不動産屋の事務所には、シアトルの近くに安い農地が手に入らないかという問い合わせが殺到した。腹黒い不動産屋はこうした問い合わせに対して、安い土地はいくらでも手に入ると請け合った。だが彼らは、ピュージェット湾周辺の土地はおおかたが切り株だらけだということを、そして一エーカーにつき数百もの切り株をひとつひとつ抜いたり掘ったりダイナマイトで吹き飛ばしたりしなければならないことは黙っていた。表土の下は氷礫土《ひょうれきど》で、固い粘土質の土に石が山ほどつまっていることも告げなかった。気候は暗く冷たく、中西部で代々栽培されてきた穀物を育てるには適さないことも、いっさい教えなかった。
いっぽうでその春、アメリカの新聞の見出しは、欧州から聞こえてくる不吉な轟きを次第に大きく、頻繁に扱うようになっていた。おだやかならざる事態が起きていることは、当時の『シアトル・タイムズ』の四週間分の見出しだけであきらかだった。

「ドイツが再軍備。平和主義者に死刑判決」(四月一九日)
「高齢の修道女および修道僧をナチスが投獄。キリスト教への新たな攻撃か」(四月二七日)
「ドイツにUボート製造の動き。イギリスに不安が広がる」(四月二八日)
「ナチスの航空機、イギリスと同数に。ヒトラーに制限を要求」(五月二日)
「ラインラント非武装地帯をナチスが武装化の動き。イギリスが警告」(五月七日)
「ナチスに新しい武器。六〇ノットのボート」(五月一七日)
「ヒトラーの警察部隊がアメリカ人を投獄」(五月一八日)

どれも無視しがたい深刻なニュースではあった。だが、無視するのは不可能ではなかった。じっさいに、シアトルでもほかの町でも、大多数のアメリカ人はそうしたのだから。ヨーロッパでの出来事は、アメリカからは千里も遠くに感じられた。そして人々は、そうした出来事を千里も遠くにとどめておきたいと願っていたのだ。

ポキプシーに向けてのトレーニングの初日、ウルブリクソンは艇庫に集まったスポーツ記者の前でまたしても爆弾発言をした。先のオークランドのレガッタで代表として勝利した二年生クルーは、ポキプシーの大会でそのまま代表になるわけではない――。ウルブリクソンは説明した。前回の二軍クルーの中には、二年生よりも経験を積み、才能にも恵まれた上級生がいる。そして彼らは卒業する前に、ポキプシーの全米選手権で代表として戦うだけの実力をもっているのだと。

ウルブリクソンの言葉におそらく嘘はなかった。彼は事実、オークランドのレガッタで二軍クルーをさしおいて二年生クルーを代表に据えたことに、良心の呵責《かしやく》を感じていた。なんといっても二軍クルーはオークランドでの最終トライアルで二年生に勝ったのだし、トライアルの勝者を代表にするという約束をウルブリクソン自身が反故《ほご》にしたのも事実だ。理由はほかにもあった。二軍クルーはオークランドのレガッタで文字通り圧勝した。かたや二年生クルーは、勝ったとはいえその差はわずかで、公式判定が下るまでのあいだ、コーチのウルブリクソンをやきもきさせた。それは、二年生クルーの代表確定を推奨する材料にはならない。

ジョーら二年生クルーは呆然とした。自分たちはオークランドで、ただのチームを負かしたのではない。全米前回チャンピオンであるバークレーの代表クルーを負かしたのだ。ふだん以上の力を出して、自分たちより年齢も経験も上のクルーに、エブライトがおそらくポキプシーに連れて行こうと考えているクルーに勝利したのだ。それなのにまたしても、代表の座は危うくなってしまった。二年生のメンバーは憤慨し、かならず二軍クルーに目にもの見せてやろうと誓った。

だが、じっさいには「目にもの見せる」どころか、「弱り目にたたり目」だった。五月九日、ウルブリクソンは両クルーを一対一で競わせた。ウルブリクソンの汽艇には重要な客が乗っていた。アマチュアスポーツ連盟の会長、J・ライマン・ビンガムだ。アメリカオリンピック委員会会長でもあるアヴェリー・ブランデージとも非常に近い筋の人物だ。そのビンガムの隣で、ウルブリクソンはメガホンを手に「レディ・オール……ロウ！」と叫んだ。ボビー・モックがコックスをつとめる二軍クルーは二年生クルーをすみやかに、軽々と、決定的に引き離した。汽艇のエンジンをふかして二艇のボートを追いかけていたウルブリクソンは、「ウェイナーフ！」と怒鳴った。ウルブリクソンはもう一度二艇を並べ、スタートの合図をした。またしても結果は、二軍クルーの圧勝だった。ビンガムはウルブリクソンのほうをふり返り、簡潔にたずねた。「どちらが代表クルーと言ったかな？　どうやら私はちがうほうのクルーを見ていたようだ」。ウルブリクソンは絶句した。

それから数週間、ウルブリクソンは二艇を何度も繰り返し競わせた。ときおり二年生が勝つこともあったが、たいていは二軍チームの勝ちだった。二年生クルーは単独でタイムをとれば、良い結果を出せた。しかし、二軍クルーの姿がちらりとでも見えると、彼らはがたがたに崩れた。数カ月にわたって相手からひどく嘲笑されてきたせいで、並んで競うと二年生はどうしても頭に血を上らせてしまうのだ。

去る四月、ウルブリクソンは全国放送で、今年の二年生はすばらしいクルーだと誇らしげに語っていた。「これまで教えてきた中で、いちばんすばらしい可能性を秘めたクルーだ」と、世界に向けて豪語していた。このままでは自分は笑いものだ――。ウルブリクソンは九人のメンバーを事務所に集めてドアを閉めると、厳しい警告を口にした。「このままうまくいかなければ、クルー編成を見直すことにする」と、彼は絞り出すように言った。ウルブリクソンとて、そんなセリフを口にするのは不本意だった。彼は今でも、二年生クルーが去年一年生としてポキプシーで優勝したときの、あの鮮やかな勝ちぶりを忘れられずにいた。ウルブリクソンだけではなかった。あのレースについて言及したほぼすべての新聞は、ポキプシーでワシントンの一年生がまるで若い神々にオールを漕がせているような鮮やかさで、見る間に相手を置き去りにしたさまを今もはっきり覚えていた。だが、ウルブリクソンにはわかっていた。結局のところ、ボートを漕ぐのは若い神々ではなく人間であり、神とちがって人間の若者は誤りをおかしやすい。その誤りを見つけ出し、可能であれば直してやるのが、ウルブリクソンのつとめだ。直すのが不可能ならば、入れ替えるのもウルブリクソンのつとめだ。

ボート競技とは多くの点において、根本的な矛盾を抱えたスポーツだ。まず、八人乗りボートを漕ぐのは男も女も非常に大柄でパワーのある選手なのに、その彼らに指示を出し、動きをコントロールし、全体を指揮するのは部員の中でいちばん小柄で非力な人間だ。ボートの舵取り役のコックスは、最近では漕手が全員男性の中、紅一点、女性がつとめることもあるポジションだが、ともかく、自分よりはるかに大柄な漕手と正面から向き合い、大声で指示を出せる度胸がなくてはならない。そして、自分の命令に巨人たちをすみやかに、確実に反応させられるという強い自信もなくてはならない。これはあらゆるスポーツの中でも、おそらくもっとも矛盾をはらんだ関係といえる。

もうひとつの矛盾は、この競技の力学的な面にある。漕手の一連の動作の目的はむろん、ボートを最速で前進させることだ。だが、スピードが上がればそれだけ、うまく漕ぐのは難しくなる。漕手は、非常に複雑な一連の動きをひとつひとつ正確に行なわなければならないが、ただでさえ難しいその動きは、ストロークのペースが上がると急激に難しさを増す。ピッチ三六でオールを漕ぐのは、ピッチ二六に比べて格段に難しい作業だ。オールがわずか十分の数秒早く、あるいは十分の数秒遅く水をキャッチするという小さなミスの代価は、ピッチが上がれば何倍も深刻になり、大失敗につながる可能性はずっと大きくなる。いっぽうで、速いペースを保とうとすると肉体的な苦痛は倍加し、その結果、ミスを犯す危険も倍増する。この意味において、スピードは漕手にとっての究極の目的であると同時、最大の敵でもある。どこかのコーチが言ったという、こんな身も蓋《ふた》もない言葉がある。「ボートの漕手は美しいアストロークだということだ。どう別の言い方をすれば、美しくて効果的なストロークは苛酷なストロークだということだ。

ヒルのようなものだ。表面上は優雅でも、水の中では狂ったように漕ぎつづけている」

　だが、この競技の最大の矛盾は、オールを漕ぐ人々の精神面に関するものだ。すぐれた漕手は男女を問わず、かならず二つの相反する資質を持ちあわせている。それはたとえていうなら水と油、あるいは火と大地ともいうべき、対立しあう資質だ。まず、すぐれた漕手には巨大な自信や強烈な自我、すさまじい意志の力、そしてフラストレーションをものともしない強い心がなくてはいけない。自分の力を深く信じることができない者は、いいかえれば、困難に耐え苦境を乗り越える能力が己にあると信じられない者は、ボート競技の最高峰という大胆な目標をめざすことすらできはしまい。ボートという競技は選手の体をさんざんに痛めつける苦しいスポーツであると同時に、容易には栄光をもたらさないスポーツだ。栄光を手にできるのは、何があっても自己を恃《たの》む気持ちを失わず、目標に向かいつづけることのできる一握りの選手だけだ。

　その反面、ボート選手には、自我を捨てることも必要になる。ここが大きなポイントだ。ボートのように自我を完全に捨てることで大きな実りを得られるスポーツは、ほかにない。偉大なクルーは男も女も、並み外れた才能と力の持ち主だ。彼らは卓越したコックスであり、卓越した漕手だ。だが、そこにはスターは存在しない。重要なのはチームワークであり、個々人や自我ではない。筋肉とオールとボートと水が織りなす動きがメンバー同士、一分の狂いもなく同調し、個々のクルーがひとつに結ばれ、全体が美しいシンフォニーのようになることがなによりも重要なのだ。

そのための心理はとても複雑だ。つまり、漕手は自立心や自己を恃む気持ちを人一倍強くもつと同時に、自身の漕手としての個性や能力を、そして人間性を正しく把握しなければいけないのだ。ボートのコーチはよしんば可能だったとしても、最大で最強で、最高に頭がよく、最高に有能な漕手のクローンを単純につくろうとはしない。レースに勝つのは、クローンではなくクルーだ。肉体的な能力と精神的な資質の両面が全体として絶妙にバランスのとれたクルーが、勝負に勝つ。たとえば肉体的な面でいえば、ある漕手の腕は別の漕手よりも長いかもしれない。だが、その腕の短い漕手は、腕が長い漕手よりも背筋が強靭かもしれない。どちらのほうが漕手として良いとか価値があるとかは言えない。腕が長いことも、背筋が強いことも、ボートを漕ぐうえではどちらも重要な要素だ。だが、ボートを全体としてうまく漕ごうと思ったら、個々の漕手は他の漕手の欠点や能力に自分をあわせていかなければならない。つまり、クルーの利益のために、自分の漕ぎ方をうまく調節する準備がなくてはいけないのだ。

たとえば、腕が短い漕手はオールを少しでも遠くに届かせられるよう、逆に腕が長い漕手はオールの届く先をほんのわずか手前にするよう、努力しなければならない。そうでなければ、両者のオールを平行に保つことはできないし、オールのブレードをぴったり同じタイミングで水に入れたり出したりすることはできない。この高度に協調した動きが、そしてたがいの協力関係が、八人の漕手全員のあいだに生まれなければいけない。体格も馬力も異なる八人が、個々の力を最大限引き出せるように協調しあわなければならない。このようにして、たとえば体は軽いが技術がすぐれた漕手を〈バウ〉に据え、体もパワーも大きい漕手は〈ミドル〉に据えるというようにすれば、漕手の多様性は欠点ではなく利点に転化できる。

多様性をうまく活用することがさらにもっと重要になるのは、漕手の性格についてだ。エネルギッシュで、かつアグレッシブな漕手ばかりを八人集めたボートは、ともすればメンバー同士の諍《いさか》いでうまく機能しなくなる。長いレースの最初のひと漕ぎからもう消耗してしまうこともある。逆に、静かで非常に内向的な漕手ばかり集めたクルーは、燃えるような決意の核を欠くために、劣勢のときに爆発的な力を出して形勢を逆転することができない。良いクルーとは、さまざまな性格の個人がうまくブレンドされたクルーだ。全体を導くような役どころの漕手。いざというときに頼りになる漕手。戦いをふっかけるのが得意な漕手。調停がうまい漕手。ものごとをじっくり考えられる漕手。余計なことを考えずにとにかく突き進める漕手。これらすべてがうまく混じり合っていなくてはならない。言うは易いが行なうは難《かた》いことだ。

仮にそうした面子がうまく集まったとしたら、今度は各漕手がボートの中で自分が占めるべき場所や役目を認識し、受け入れなければならない。他人が占める場所や他人の役目も受け入れなければならない。こうしたすべてがあるべき形にぴたりとそろうのは、稀有《けう》な出来事といってもよい。ともに漕ぐ仲間との強い結びつき。そしてそこから生まれる高揚。多くの漕手はトロフィーよりも賞賛よりも、それをこそ求めてオールを漕ぐ。だが、そのためにはオールを漕ぐ若者に、すばらしい身体能力とすばらしい精神性の両方が備わっていなくてはならないのだ。

　去年の六月、ポキプシーで優勝したときの現二年生クルーは、まさにそれがあった。すべてのボート選手が追い求める完璧な形を、あのときのクルーは体現していた。ウルブリクソンはそれをたしかに見たと信じていた。一度完璧に調和したものを引き裂くことには大きな躊躇がある。だが、選択の余地はないように思えた。彼らの調和はすでに、みずからほころびかけているのだから。


　五月二二日、ウルブリクソンは二軍クルーと二年生クルーをふたたび、二マイルレースで競わせた。勝ったのは二軍で、二年生との差は一艇身。翌日、ウルブリクソンは今度は三マイルレースを行なった。勝ったのはやはり二軍で、彼らは二年生を八秒も上回る一五分五三秒という好タイムを出した。ついにウルブリクソンは、スロープで待ち構えていた記者たちに向かい、彼らがこの数週間ずっと待っていた発表をした。奇跡でも起こらないかぎり、ポキプシーの大会に代表として出場するのは、二年生ではなく上級生の現二軍クルーだ。先のカリフォルニアのレガッタで大学代表として勝利した二年生クルーは、二軍への降格がほぼ決定。ただし、この先も新代表クルーとともに練習を続ける。

　ウルブリクソンは言った。私は最後まで開かれた心をもち、ポキプシーのレガッタ直前にハドソン川で両者を競わせてから、最終的な決断をくだすつもりだ——。だが、ジョーや落胆したチームメイトを含め、その場にいるだれの目にも、ウルブリクソンの心がほぼ決まっていることはあきらかだった。

シアトルのスポーツ記者の中には、ウルブリクソンの決断に首をかしげる者もいた。『シアトル・ポスト・インテリジェンサー』のロイヤル・ブロアムはこの数カ月間ずっと、二年生クルーこそが代表の器だと声高に主張してきた。このところの二年生の不調を知っても、その意見は変わらなかった。『シアトル・タイムズ』のジョージ・ヴァーネルは最後の数回のタイム・トライアルをじっくり見たうえで、あることに着目した。そしてそのことに、肝心のウルブリクソンは気づいているのだろうかと懸念した。二マイルレースでも三マイルレースでも二年生はスタートを失敗し、しゃかりきになりすぎたのか慌てたのか、ばたばたと効率の悪いストロークをし、結果的に相手に先行を許した。だが、最初の一マイルが終わるころから二年生は調子を取り戻し、上級生クルーに引けを取らない漕ぎぶりを見せた。さらに気になったのは、三マイルレースの最終一マイルに入った直後から、上級生クルーの漕手にあきらかな疲労の色があらわれたことだ。『シアトル・ポスト・インテリジェンサー』に記事を書くクラレンス・ダークスも、その前日のレースで同じことに気づいていた。二年生は、漕ぐごとにどんどん調子を上げていくように見え、三マイルのゴールラインに近づいたときもまだ十分速さを保っていた。そして、ポキプシーの対校エイトのコースは四マイルあるのだ。

ポキプシーへの旅には、去年のように和気あいあいとした遊山気分はなかった。列車がどれだけ走っても外気は暑く、車両の中はむんむんとして不快だった。アル・ウルブリクソンはいらいらし通しだった。オークランドのレガッタで三戦全勝して以来、彼はシアトル市民に向かって、ポキプシーのレガッタでも三つのレースすべてで優勝すると公言してきた。シアトル市民はこれに応えて奮起し、貴重な銀貨や銅貨をみなで少しずつさし出し、選手らの東部への旅費に計一万二〇〇〇ドルという多額の寄付金を集めた。その厚意に応えるためには公言どおりに三戦全勝してくるしかないと、ウルブリクソンは思いつめていた。

新代表と二年生との緊張関係は、目に余るほどになっていた。彼らは可能なかぎり、たがいに干渉しないようにはしていた。だが、列車のように閉塞した空間の中で、東部に着くまでずっとそれを貫くのは容易ではなかった。息詰まるような一日一日を、コーチと選手は小さなグループになって、トランプをしたり安物雑誌を読んだり、愚にもつかないおしゃべりをしたり、だれと一緒に食堂車に行くだの行かないだのの算段をしたりして過ごした。重苦しい空気があたりを覆っていた。ジョーとショーティ、ロジャーの三人はだいたいいつも車両の片隅に三人でいた。歌を歌ったりはしなかった。今回、ジョーはギターをもってきていなかった。

五日後、ようやく列車はポキプシーに到着した。日曜日の朝、列車からようやく外に出た選手たちは夏の豪雨に迎えられた。うだるような蒸し暑さを予想していた若者らは、冷たくさわやかな雨に打たれてほっと一息ついた。ポーコックが注意事項を述べると、選手は貨物車から慎重にシェル艇を降ろした。巨大な建設用クレーンがコーチ用の汽艇を平台型貨車から持ち上げ、ハドソン川の上にそっと浮かべた。それからクルーは故郷からはるばるもってきた何十もの大きなミルク缶を列車からおろしはじめた。それぞれの缶の中には、さわやかで清涼でほのかに甘い北西部の水が入っている。ハドソン川を漕ぐのはかまわない。川の水をくみ上げた臭いシャワーもなんとか我慢できる。だが、その水を今年もふたたび口にするつもりは、彼らには毛頭なかったのだ。

列車から降りるやいなや、ウルブリクソンは記者に囲まれた。ウルブリクソンはまだ、代表クルーの変更を公式には発表していなかった。だが、彼は記者を前に率直に語った。「二年生クルーには正直、期待を裏切られた。なぜああなってしまったのか、理由は皆目わからない……カリフォルニアのレガッタの少し前から、二年生は以前のような圧倒的な強さを失いはじめたのだ……もしもそれが戻らなければ二年生はこの大会に、大学代表ではなく二軍として参加する」。これを聞いた東部の記者は、あっけにとられて言葉を失った。一年前この地で、記者の目の前で軽々と圧勝し、ほんの二カ月前にUCバークレーの代表に勝利したあのチームを降格させるとは、ウルブリクソンはいったい何を考えているのだ？

次の日、ワシントンのクルーはここポキプシーの伝統儀式である、ライバルの艇庫への表敬訪問を行なった。川の上で会う前に、ともかく顔見せをしておくということだ。艇庫を訪れるたび、ウルブリクソンはライバルのコーチ陣に、二年生は今回本当に二軍クルーとして出場する予定なのだといちいち説明しなければならなかった。コーチ陣は前日の記者らと同じ、疑り深そうな顔をした。八三歳になるシラキュースの名将、ジム・テン・エイクは白髪頭を振りながらこう言った。「ウルブリクソンがほんとうにそんなことをするとはとても思えない。あれは彼の策略なんじゃないか」。六月一八日の試合にはきっと二年生が代表クルーとして出てくるはずだ――。ワシントンの一行が去ったあと、テン・エイクはふたたび頭を振ってこう言った。「もしほんとうに二年生を降格したというのなら、やつのところにはものすごいクルーが二つあるにちがいない」

二年生クルーはじつは今回は、オール二年生ではなくなっていた。ウルブリクソンはコックスのジョージ・モレイを四年生のウィンク・ウィンスロウと入れ替えていた。年長のウィンスロウは川での試合経験も豊富で、そこを買われたのだ。しかしそれ以外の漕手は、一年前にここポキプシーで劇的な勝利をおさめたときと同じだった。

クルーはハドソン川で練習をはじめたが、状況は芳しくなかった。まだ雨は降り続いており、冷たい強風が下流に波をたてていた。川全体が大きなひとつの波のようにうねり、水には黒い油膜が張っている。ワシントンの漕手がいちばん嫌うコンディションだ。雨や風が問題なのではない。そんなものは、彼らは慣れっこだ。それよりも、風がかき立てた波が潮流と組み合わさったときに起きる独特の横波が苦手だった。ウルブリクソンは、この厳しい状況にできるだけ漕手を慣らそうと、悪天候の中、クルーを二度も川に追い立てた。水上に出てきていたのは、ワシントンだけだった。ほかのチームはみな、その日ワシントンの〈ハスキーズ〉一行の訪問を受けたあと、こっそり彼らの練習を盗み見には行ったが、あとはずっとあたたかい艇庫の中で体を休めていた。

なかでもいちばんあたたかくて快適な環境にあったのが、UCバークレーのチーム〈ベアーズ〉だ。数日前にポキプシーに到着していたカイ・エブライト率いる一年生および大学代表チームは、ハドソン川の快適なほうの岸辺、ポキプシーにつくられた新しい立派な艇庫に居を構えていた。水道設備も整っており、あたたかいシャワーも出る。台所も調理器具も電気も、そしてゆったりした寝室までついた快適な艇庫だ。彼我《ひが》の差を思うと、ワシントンの漕手はやりきれない気持ちになった。ハドソン川の不便なハイランド側の岸に立つ自分たちのおんぼろ艇庫では、降りやまぬ雨と吹きやまぬ風の中、屋根からは水が漏り、シャワーからは冷たい川の水が出る。風が吹けば飛ぶようなこの艇庫は、バークレーの豪華な艇庫と比べるとなおいっそう、自分たちの惨めさを増幅するために設計されたように感じられた。

宿舎は去年と同じ、岬の上にあるパーマー夫人の宿だが、料金の安さゆえ、食事はあいかわらず若者たちの胃袋をろくに満たしてくれなかった。去年は六人一部屋で眠ったが、今年は八人か九人が一部屋に押し込まれ、大柄な体を満足に伸ばすことすらできなかった。去年のような蒸し暑さがないのは救いだが、それでも、不快を絵にかいたような環境だ。

だが、アル・ウルブリクソンをおそらくいちばん苛立たせたのは、彼がエブライトから聞いた最新情報だった。それは、バークレーが出発の少し前に、漕手の入れ替えを行なったという聞き捨てならない話だった。バークレーには去年、全米チャンピオンになったクルーがいる。エブライトはそこから四人の漕手を、今年の代表クルーに新たに投入したという。つまり、バークレーの現代表チームのうち六人は、去年全米で優勝したベテラン勢で占められるということだ。ウルブリクソンは思わず疑った。先のオークランドのレガッタでバークレーが負けを喫したのは、ポキプシーの全米選手権で勝ちをとるためにエブライトがあえて捨て駒を出したせいではないかと。

さらに追い打ちをかけたのは、再編成されたバークレーの代表をウルブリクソンが数日間、ハドソン川沿いで偵察していたとき耳にした情報だ。ポキプシーに集まった大勢の賭け屋やスポーツ記者はすでに、今年のバークレーの代表を一九三二年にオリンピックで金をとった先輩クルーになぞらえはじめていた。ウルブリクソンをある意味さらに驚愕させたのは、バークレーの大柄の整調、ジーン・バーケンカンプについての情報だ。ポキプシーのタバコ屋には男たちがたむろし、最新情報を交換しながら賭け屋のオッズに目を光らせている。そんな中でまことしやかにささやかれていたのが、バークレーの整調、バーケンカンプはかのピーター・ドンロンの再来だという噂だ。ドンロンはバークレーが一九二八年のオリンピックで金メダルをとったときの整調だ。そしてそのときのクルーがここポキプシーで出したタイムは、今も破られていない。

レース六日前の六月一二日、ウルブリクソンは両クルーをもう一度、ハドソン川で一対一で競わせた。代表クルーを意識した二年生はまたしても崩れた。そして八艇身という大差で負けた。ウルブリクソンはとうとう観念し、最終決定をくだした。二年生は公式に二軍クルーへ降格。代表として漕ぐのは上級生クルーに決定――。ジョーら二年生は、もちろん衝撃を受けた。だがウルブリクソンの目には、新代表クルーが二年生につけた八艇身という大差は、六月一八日に行なわれる最終レースの勝利の前兆のように感じられた。それに、ウルブリクソンがどうしても勝ちたいと思っていたのは、なんといっても大学代表のレースだ。ワシントン大学は、ウルブリクソン自身が整調をつとめて優勝した一九二六年以来、大学代表では一度も優勝していない。だがその同じ午後、新代表のトライアルを見ていた『ニューヨーク・タイムズ』紙のロバート・ケリーは、シアトルの記者が気づいていたのと同じことを感じていた。それはトライアルの四マイル目、つまり最後の一マイルで、新代表になったクルーが若干失速したように見えたことだ。

その日遅く、ウルブリクソンはアメリカ大統領からの伝言を受け取った。数日前、ウルブリクソンはルーズヴェルト大統領をタイム・トライアルの観戦に招待していた。ルーズヴェルト大統領は熱心な漕艇ファンで、息子のフランクリン・ジュニアも大学のボート部に所属し、数日後にハーヴァード対イエールの試合に出ることになっていた。大統領はたいへん残念そうに、ウルブリクソンの申し出を断った。全国復興局の拡充を法律化する署名のためにワシントンDCに戻らなければならず、そのあとは息子のレガッタを観戦するためニューロンドンに行かなければならないのだという。だがその晩、ハドソン川の上流のハイドパークからウルブリクソン宛てに、一本の電話があった。電話の主は大統領のいちばん下の息子のジョン・ルーズヴェルトだった。ハーヴァード大学のボート部に所属するジョンは、父の代わりにウルブリクソンの汽艇でぜひワシントンの練習を見学させてほしいともちかけた。

ジョン・ルーズヴェルトは長身で、髪を後ろになでつけた、明るい笑顔が魅力的な好青年だった。ウルブリクソンは申し出の翌日、ジョンを汽艇に伴い、彼の見ている前で漕手に最後のトライアルを行なわせた。レース当日の予行演習だ。まず、四マイルのスタート地点から新しい代表クルーが漕ぎはじめた。一マイル先で、ジョーら二年生クルーがレースに加わった。二年生クルーは見る間に加速して、代表クルーの前に立った。二マイルの地点で、トム・ボレスの隠し玉の一年生がさらにレースに加わった。レースはそれ以降、二年生と一年生の首位争いに終始した。見るからに疲労した代表クルーは、首位争いから取り残されていた。最終的に一位になったのは一年生で、その半艇身差で二年生がつづいた。代表クルーは一年生にも二年生にも大きく水をあけられてゴールした。

トライアルを見ていたジョージ・ポーコックは驚き顔でこう言った。「二年生はここ数週間とは、まるで別人のようだ。おそらく今一番、調子が上がっているクルーだ」。このときアル・ウルブリクソンは公にも、近しい人間にも、何も言葉を発しなかったようだ。だがおそらくその晩、ウルブリクソンは寝床の中で何度も寝返りを打ったはずだ。すでに賽《さい》は投げられている。大会のプログラムにはもう、年長チームが代表として漕ぐと印刷されている。ウルブリクソンは、たった今見た光景が現実とはとても思いたくなかっただろう。

六月一四日、ウルブリクソンはロイヤル・ブロアムを宿舎の二階に招き、あるものを見せた。ここ何カ月ものあいだブロアムは日々のスポーツコラム〈ザ・モーニング・アフター〉に、ひいきの二年生チームへの賛歌を書き連ね、新しく代表になる漕手らの怒りをしばしば買っていた。彼らはブロアムのコラムを、自分たちへの挑戦だと受けとめていた。そして今、宿舎の二階の更衣室には、彼らが士気を高めるために書いた標語がいくつも貼られていた。「〈ザ・モーニング・アフター〉を忘れるな!」、「ブロアムをぶちのめせ!」。ウルブリクソンはさらに言った。コックスのボビー・モックは、メンバーに気合を入れるかけ声を新たに考えた。その「R・B(ロイヤル・ブロアム)に力漕一〇本!」というかけ声をモックが叫ぶと、「やつらはめらめらと闘志を燃やして、オールのハンドルをアスベストでくるんでおかなければボートが燃えてしまいそうな勢いで全力でオールを漕ぐんだ」とウルブリクソンは話した。

ウルブリクソンはおそらく知らなかっただろうが、ボビー・モックはクルーにしかわからない秘密の標語も編み出していた。そのいくつかは、モックがたびたび口にする長い指令を短くしただけのものだ。たとえば、「S・O・S」は「Slow on Slides(スライドをゆっくり)」という意味であり、「O・K」は「Keep the boat on keel(ボートを安定させろ)」という意味だ。だが、おおかたの標語はよそのクルーやコーチに真意を悟られないよう暗号化されたものだった。「W・T・A」は「Wax their ass(やつらをぶちのめせ)」の略。「B・S」は「Beat the sophs(打倒二年生)」。そしてもうひとつ、「B・A・B」の意味するところは「Beat Al's babies(アルの野郎をぶちのめせ)」だった。

レガッタ当日の朝、ワシントンの艇庫は静かだった。アメリカンフットボールのコーチなら、大きな試合の前には選手の気持ちを高めるよう算段することが少なくないが、ボートのコーチはたいてい、そのまったく逆の策をとる。ウルブリクソンの経験でいえば、良く調整された漕手とは、神経のぴんと張りつめた競走馬のようなものだ。ひとたび動きはじめたら、不屈の意志で、心臓が破れようがかまわずに勝利に突き進む。だが、ゲートに連れていくときから馬を興奮させてしまうのは望ましくない。ウルブリクソンはいつも試合の前は、選手の緊張を高めすぎないように心がけてきた。だからその日の午前、ワシントンの学生たちは居眠りをしたりカードで遊んだり、無駄話をしたりして過ごした。

レガッタには一〇万人の出足が予想されていたが、午後三時ごろになっても、その三分の一程度しか観客は集まっていなかった。その日のポキプシーはひどい雨と風に見舞われ、暗い空から横殴りの雨が激しく降っていた。戸外でボート競技を観戦するには最悪の状況だ。海軍の駆逐艦と沿岸警備隊の監視船、全長七三メートルのタンパ号はすでに位置についている。だが、ゴールライン付近に集まっているレジャー用帆船やハウスボート、ヨットなどの小型船は、まだおそらく一〇〇艘にも満たない。それらの舟は錨をおろし、波や風に揺られるままにしている。中にいる人々はレースが始まるのを待ちながら、できるだけ船室から出まいとしている。

少し時間がたつと、ピーコートやレインコートに身を包んだ人々が甲板にあらわれはじめた。ポキプシーの町ではたくさんの漕艇ファンが鮮やかなピンクの防水シートを買い求め、ケープやフードをこしらえた。金物屋に押しかけてタール紙を一ロール買い、即席のレインコートをつくる人もいた。傘の下で体を丸めた人々の黒い群れが、大通りから急な坂道を降りて水辺に向かう。岸沿いに場所をとる人もいれば、川向こうに行くためのフェリーが到着するのを、列に並んで待つ人々もいる。特別観覧列車にも乗客が集まりはじめている。例年とちがって、壁の上部のない特別車両の人気は芳しくなく、反対に、屋根と壁に囲まれた車両はたちまち満員御礼となった。川の両側にある各ボート部の艇庫では、出場メンバーがシェル艇の装備《リギング》を終えた。その日、ハドソン川に登場した一六のシェル艇のうち一五艇はジョージ・ポーコックが製作したものだった。

四時少し前、強い雨の降りしきる中、トム・ボレスの一年生クルーはスタートラインの係留ボートの場所まで漕いでいくと、スタート位置にボートをつけた。両隣のレーンは、コロンビア大学とUCバークレー。トム・ボレスとアル・ウルブリクソンはともに、観覧列車の報道専用車両に乗りこんだ。一晩ですっかりワシントンの〈ハスキーズ〉のファンになったジョン・ルーズヴェルトの姿もそこにあった。トム・ボレスがかぶったゲンかつぎの古帽子のつばからは、雨粒がしたたり落ちている。一九三〇年に初めてこの帽子をかぶってレースを観戦して以来、彼の育てたクルーは一度も負けたことがない。

水上では岸辺よりも、雨風の状況はさらに悲惨だった。そんな中、各艇はスタートラインに並び、号砲が鳴った。レガッタが、そしてワシントンのエイト全勝という夢が、ひそかにスタートを切った。ロイヤル・ブロアムはNBCのマイクの上にかがみ込み、実況中継をはじめた。川沿いにずらりと並んだファンが、自分の応援するボートをさがして雨のカーテン越しに目を凝らす。

最初の三〇本までは、ふつうのレースだった。だが三〇本を過ぎたころから、整調にドン・ヒューム、ミドルに大男のゴーディ・アダム、二番に頑強なジョニー・ホワイトを据え、すべてのリズムが完璧に整ったワシントンの一年生は、ストロークごとにやすやすと前に出て、他のボートを造作もなく置き去りにした。

最初の〇・五マイルで勝負はほぼ決まった。ワシントンの一年生はその後もずっと、余裕のあるストロークを保った。最後の一マイルでも彼らは、ストロークごとにわずかずつ相手との差を広げた。ゴールまでの最後の一〇〇ヤード、ボレスは報道専用車両の中で動揺し、興奮し、ボートがゴールラインを越えた瞬間、一種の「ヒステリー」状態になったと人々は口をそろえた。ボレスは古帽子を高く掲げ、一年生のほうに激しく振りまわした。二位のバークレーとの差は四艇身。ボレスがこの数カ月言い続けてきたように、彼らは去年の一年生よりさらにすごいクルーなのかもしれなかった。


二軍のレースが始まる午後五時には、雨脚は少し弱まり、たたきつけるような雨は降ったりやんだりの雨に変わっていた。だが、まだ風は強く、水面には波が立っていた。スタートラインに向かって漕ぎ出したとき、ジョーにも他の漕手にも、考えなければいけないことは山とあった。対戦相手にバークレーはいないが、東部のクルーも力と才能にあふれた強豪ぞろいだ。とりわけ大きな敵となるのは、海軍兵学校だろう。だが、いちばん大きな危険が潜んでいるのは、ガンネルの外ではなく中のほうだった。

上級生クルーに幾度も敗北したことで、ジョーら二年生クルーの自信は打ち砕かれた。ここ何週間ものあいだ、ボートの中には「あそこが悪かったのではないか」という果てのない批判と屈辱が渦巻いていた。クルーは、シアトルからニューヨークまですべての人々に「いったいなぜ、こんなふうになってしまったのか」と問い詰められているように感じていた。ジョーにもほかの漕手にも、答えはわからなかった。わかっているのはただひとつ、オークランドのレガッタでバークレーに勝ったとき心にわきあがってきた自信が、もうずいぶん前から粉々に崩れ、かわりに絶望や不安、強烈な決意や怒りがないまぜになったものが、そして「シーズンが終わるまでになんとか面目を回復しなくては」という焦りが、みなの心を蝕《むしば》んでいることだ。

ジョーら二年生クルーは〈シティ・オブ・シアトル〉号に乗ってスタートラインにつき、三角波に揺られながら発艇の合図を待った。雨粒が首筋をつたって背中へと流れ、鼻先からもぽたぽたとしたたり落ちる。今重要なのは、心をボートの中に集中させられるだけ自分たちが成熟し、克己心を身につけられたか、あるいは、怒りや恐怖、不安に心をかき乱されて自滅するかだ。クルーはシートの上で少し体をずらし、オールのグリップを微調整した。体重をわずかに移動させ、角度を調節し、そして筋肉が固まったり硬直したりしないようにした。不意の風が彼らの顔を打ち、青年らは思わず目を閉じた。

号砲が鳴り、彼らのボートはゆっくりしたスタートを切った。前には他の三艇がいる。海軍兵学校と、シラキュースと、コーネルだ。最初の〇・五マイルまでは、二年生は例によって自滅しかけているように見えた。だが、〇・五マイルを越えたあたりで何かが、長いあいだ欠けていた何かが、彼らの中で殻を破った。絶望感は、強い意志で征服された。二年生は長くて美しいストロークを、たがいにぴったり同調して行ないはじめた。ピッチは三二という落ち着いたペースだ。最初の一マイルまで来たとき、彼らのボートはスウィングしていた。そしてボートはすっと前に出て、先頭に立った。コーネルのボートが後ろから追い上げ、つかのま首位を脅かしたが、そのまま脱落していった。海軍のボートは食いついてきて、二マイル地点の鉄道橋の下をくぐったとき、首位をゆく彼らのボートに迫った。だが、コックスのウィンスロウはペースアップを指示し、ピッチは三四に、さらには三五まで上がった。海軍のボートは手を打てないまま、ずるずると後退していった。

最後の一マイル半、ワシントンはすっかり落ち着き、華麗にオールを漕いだ。細く長いシェル艇は完全な動きをしながら、ゴールラインである自動車橋の下をくぐった。二番手の海軍のボートとは、二艇身差がついていた。橋の上から、ワシントンの勝利を示す号砲が鳴った。ラジオのマイクの前でロイヤル・ブロアムは、ひいきの二年生の勝利に小躍りした。彼はこう言い切った。三マイルのゴールラインを越えたとき、二年生は、去年二マイルレースに勝ったときとまったく同じように、ブロアムのほうをちらりと見たのだと――。まるでそのまま汗ひとつもかかずにニューヨークまで漕いでいって、町の見物でもしてくるといった余裕の表情で。

観覧列車の報道専用車両の中で、ウルブリクソンはレースの展開を無言で見つめていた。列車が折り返し、次に行なわれる代表の四マイルレースのスタート地点へと走り出しても、ウルブリクソンはずっと平然とした表情を保っていた。だが、彼の内面が平静だったわけがない。彼は今、史上どんなコーチもやり遂げたことのない、ポキプシーのエイト競技の全制覇という快挙に手を届かせようとしているのだ。彼はそれを手に入れて、シアトルの人々との約束を果たさなくてはならない。そしてベルリン・オリンピック出場の最右翼にならなくてはならないのだ。

最終レースがスタートする午後六時が近づくにつれ、天気はさらに少しもちなおした。それでも、細かな雨は断続的に降り続いていた。雨を避けてポキプシーのホテルのバーやロビーにたむろしていた人々が、徐々に川のほうへと向かいはじめた。雨が降っていようといなかろうと、その日ポキプシーに来たのなら、ウルブリクソンがあのものすごい二年生をおしのけて代表に据えたのがいったいどんなクルーなのか、見逃すわけにはいかない。

霞がかったようなぼんやりとした光の中、七つの大学代表チームが全米チャンピオンの座をかけてスタートラインに集まってきた。バークレーは一レーン。川の西岸にいちばん近いので、潮流の影響をもっとも受けにくく、いちばん有利なレーンだ。ワシントンはその隣の二レーン。それに続いて、海軍兵学校、シラキュース、コーネル、コロンビア、ペンシルヴァニアの順に計七校のボートが並んだ。

審判が「レディ・オール?」とコールをした。各艇のコックスが漕手に最後の指示を大声で叫び、順に手を上げ、その手を下ろした。スタートの号砲が鳴り、七艇はいっせいに飛び出した。一ストローク一ストローク、ボートは前に進み、最初の一〇〇ヤードはほとんど団子状態だった。そこからワシントンがゆっくりとわずかに抜け出した。その差はほんの四フィート。新しいシェル艇〈タマナワズ〉号の艇尾でコックスのボビー・モックは、クルーに向かってペースを落ち着けるよう指示した。ピッチは三二。そのペースでリードを守れそうなことを見てとり、モックは安心した。

半マイル地点で、ワシントンはあいかわらずリードを保っていた。すぐ下の二位につけるのはシラキュース。そしてその隣のレーンで、わずか数フィート遅れで海軍兵学校のクルー。コーネルとコロンビアは大きく後れをとっていた。

次の半マイルを終えるころ、外側のレーンのコーネルがゆっくりと追い上げ、三番手に届きかけた。だがワシントンは二番手のシラキュースとのリードをさらに広げた。バークレーのボートはあいかわらず後れをとっていた。観覧列車の中からエブライトは気をもんでいた。エブライトは身を乗り出し、双眼鏡を必死に覗き込みながら、レースのようすを一心に観察した。彼のクルーの位置からして、後半巻き返しを図るのは難しそうに見えた。

一・五マイル地点でワシントンは後続集団に水をあけ、さらにリードを広げつつあった。報道専用車両の中でシアトルのスポーツ記者やワシントンのファンが、大きな歓声をあげはじめた。先頭に立っているのは、「ワシントン、行け! 行け!」と繰り返しはじめた大統領の息子、ジョン・ルーズヴェルトだ。先頭のボートがやってくるのが見えるや、ポキプシーの桟橋やヨットの上で待ち受けていた観客からは、似たような歓声がつぎつぎにあがりはじめた。驚くほどたくさんの人々が、歴史的瞬間を見届けようと、ここに集まっているのだ。ここハドソン川で、エイトの種目全制覇という快挙。たとえそれを成し遂げるのが西海岸のチームであろうと、それを見逃すわけにはいかない。

先頭集団が二・五マイル地点を越えたとき、ワシントンはまだリードを保っていた。だがその差は、一〇フィートまで縮まっていた。アル・ウルブリクソンは報道専用車両の座席で、ワシントンのファンの嵐のような応援に囲まれながら、レースをじっと見つめていた。彼が全身全霊で欲してきたことが実現するまで、まだ一マイル半ある。それはよくわかっている。それに、ワシントンのレーンの両隣のバークレーとコーネルがいよいよスパートをかけはじめたのが見える。海軍とシラキュースは後退しはじめている。ここから先は、ワシントン、コーネル、そしてバークレーの三校の勝負になるはずだ。

コーネルとバークレーが一インチ一インチ、じりじりとワシントンのボートをとらえはじめた。コックスのボビー・モックは雨の降る中、〈タマナワズ〉号の艇尾でジョッキーのように前にかがみ、敵をかわそうと「力漕一〇本!」を連呼した。モックの指示を受け、ミドルの大男ジム・マクミランが大きくて力強い、スムースなストロークをする。二番のチャック・デイが、ストロークのピッチが上がってもボートが完全なバランスを保てるよう、巧みに調整をする。だが、ワシントンはそこでもう電池切れだった。バークレーとコーネルはまだパワーが残っていた。

三艇がそろって三マイルの鉄道橋の下をくぐったとき、コーネルが鼻ひとつ前に出た。バークレーも負けじとそれに続いた。ワシントンはゆっくりと、苦しげに、三番手に落ちた。そして最後の一マイルはバークレーとコーネルの一騎打ちになった。二艇はほぼぴったり並んでいたので、どの瞬間をとってもどちらがリードしているのかわからないほどだった。だが、ワシントンが二艇身後れているのはだれの目にもあきらかだった。

先頭集団がゴールラインを越えたとき、大混乱が起きた。鉄道橋の上で、勝者のレーンの数だけ号砲を鳴らす役目を仰せつかっていたポキプシーの酒場の主人、マイク・ボゴは、五つの号砲を鳴らした。五レーンはコーネルだ。バークレーのファンからは怒号がわき起こった。コーネルのファンは丘を一目散に駆けあがり、ポキプシー一の大きな賭け屋で配当を要求し、払い戻してもらった。それから数分後、公式の結果発表があった。勝者はコーネルではなく、バークレーだった。差はわずか三分の一秒。カイ・エブライトとそのクルーは、三年連続で代表レースの全米優勝という快挙を成し遂げた。今度はバークレーのファンが大急ぎで丘を駆けのぼり、先ほどと同じ賭け屋に配当金を要求し、払い戻させた。賭け屋は三万ドルの赤字を出し、それからまもなく業務停止に陥った。悄然としたマイク・ボゴはのちにこう語った。「どちらが勝っても私には同じだった。私はただ、号砲を鳴らしてみたかっただけだ」

バークレーはただ優勝しただけではなかった。大会記録にあと少しまで迫る一八分五二秒というすばらしいタイムを出したのだ。それも、激しい向かい風と波立つ川面という悪条件の中で。そして彼らがあと少しで記録を打ち破れなかったクルーとは、やはりエブライトが教えたバークレーの、一九二八年にオリンピックで金メダルに輝いたクルーだった。

アル・ウルブリクソンは、結果についてどう感じているかをちらりとも表に出さなかった。報道専用車両を降りる前に、ウルブリクソンはカイ・エブライトに礼儀正しく祝いの言葉を述べ、集中砲火のような質問にも堂々と答えた。最初にいちばん痛い所を突いてきたのは、ロイヤル・ブロアムだった。二年生を代表からおろしたのは、大きな判断ミスだったのではないか？　これに対してウルブリクソンは「そんなことは絶対ない」と低い声で答えた。「二年生がすばらしいレースをしたのは事実だ。だが、もし彼らが代表レースに出場していたら、三位すらとれなかっただろう。今日のあれは、史上まれに見る速いレースだった……われわれには敵を打ち負かすだけのパワーがなかったということだ」。だが翌日、ブロアムは自分のコラムの中でふたたび、こんな指摘をした。「愛すべき二年生のあらくれども」は三マイルのゴールラインを越えてもまだぴんぴんして見えた。四マイルにゴールしたときの代表クルーはそうではなかった、と。

ともあれ、ウルブリクソンが人々への約束をまたもや果たせなかったのは、否定しようもない事実だった。そして彼がもう一度、公約を果たすチャンスを得られるかどうかは、もはやわからなかった。

六月二一日、『シアトル・ポスト・インテリジェンサー』のスポーツ面には、「トム・ボレス。一万ドルで引き抜きか？」という大きな見出しが載った。その記事の内容は、一年生のレースからわずか数時間後、東部の某大学がボレスに接近して、引き抜きをかけたというものだった。提示された一万ドルという金額は、現代で言えば、一六万四〇〇〇ドルに値する。シアトルの大学事務局が即座にあきらかにした情報からすると、これはワシントンの給料をはるかに上回っていた。その日の午後、ボレスはそうした動きがあったことを否定したが、それはおそらく、彼がその申し出をすでに断っていたせいだ。シアトルの町では、ボレスは東部に引き抜かれるのではなく、ウルブリクソンの後釜になるのではないかという噂がまことしやかにささやかれていた。歴史の修士号をまだ取得中のボレスは、学位を無事取得する前に別の大学に移ることを、おそらく肯《うけが》わないだろうと人々は憶測した。

ともかく、ひとつだけはっきりしたことがあった。それは、ワシントンのコーチをめぐる情勢が突然ぐらつきはじめ、ボレスの株が急上昇すると同時に、ウルブリクソンの株が急降下したということだ。六月二三日、ロイヤル・ブロアムは読者に「噂に惑わされるな」と忠言し、たしかな筋からもたらされた情報として、「ボレスは、ウルブリクソンがどこかに栄転でもしないかぎり、自分がその座に就くことはけっしてないと約束した」と記した。だが、実際に何があったのかを知るのは大学の幹部だけで、ほかの人々はアル・ウルブリクソンを含めて、たしかなことは何も知らされなかった。ウルブリクソンにわかるのは、自分がコーチの仕事にもクルーの育成にもいささか熱を入れすぎたこと。そして自分が今、こっぴどく打ちのめされていることだった。「解雇されるのを待つまでもないさ」。ウルブリクソンはある友人に打ち明けた。「私のほうから辞める」

（下巻に続く）

注　記

この注記で使用している略語は次の通りである。*ST* (*Seattle Times*)、*PI* (*Seattle Post-Intelligencer*)、*WD* (*University of Washington Daily*)、*NYT* (*New York Times*)、*HT* (*New York Herald Tribune*)、*NYP* (*New York Post*)。

前付およびプロローグ

ポーコックの引用文は、Gordon Newell 著の優れた伝記、*Ready All!: George Yeoman Pocock and Crew Racing*（Seattle: University of Washington Press, 1987）p. 159 からの引用である。本書における同書からのポーコックの引用文はすべて、ワシントン大学出版局の許可を得て使用している。題辞は Homer の *Odyssey*〔『オデュッセイア』松平千秋訳、岩波書店、1994年ほか〕5.219–20 と 5.223–24 からの引用。

プロローグの題辞として記したポーコックの引用文は、Newell の著書 p. 154 からの引用。

第一章　すべてのはじまり。一九三三年、シアトル

本章の題辞は C. Leverich Brett に宛てたポーコックの手紙からの引用で、1944 年 6 月 15 日にフィラデルフィアの National Association of Amateur Oarsmen が発行した *Rowing News Bulletin*, no. 3（Season 1944）に掲載されている。シアトル地区の天候に関する記述はすべて、シアトル各地の観測拠点で委託観測員が測定して米国気象局に報告した日々の気象記録に基づいている。大恐慌の影響に関する統計資料の詳細は、Piers Brendon 著 *The Dark Valley: A Panorama of the 1930s*（New York: Vintage, 2002）p. 86 ならびに、*American Political Thought*, vol. 4（New Haven: Yale–New Haven Teachers' Institute, 1998）に収録されている Joyce Bryant "The Great Depression and New Deal" を参照されたい。興味深いことに、Erik Larson

の素晴らしい著書 ***In the Garden of Beasts***（New York: Crown, 2012）p. 375〔『第三帝国の愛人―ヒトラーと対峙したアメリカ大使一家』佐久間みかよ訳、岩波書店、2015年〕によると、映画『キング・コング』はアドルフ・ヒトラーもことのほか気に入っていたという。当時の株式相場については、***The Wall Street Journal*** に「一日のダウ平均株価上下率ランキング（"Dow Jones Industrial Average All-Time Largest One-Day Gains and Losses"）」の一覧表が掲載されている（http://online.wsj.com/mdc/public/page/2_3024-djia_alltime.html）。ダウ平均株価が次に381ドルを超えたのは、1954年11月23日だった。ダウ平均は、1932年の下落時には、最高値の89.19パーセントも下落していた。Harold Bierman 著 ***The Causes of the 1929 Stock Market Crash***（Portsmouth, NH: Greenwood Publishing, 1998）を参照されたい。フーヴァーの演説の全文は、***U.S. Presidential Inaugural Addresses***（Whitefish, MT: Kessinger Publishing Company, 2004）p. 211に掲載されている。

学生たちの外見や服装の記述は、その年の秋にワシントン大学のキャンパスで撮影された写真を参考にしている。艇庫でのジョーとロジャーの第一日目の描写は、2008年10月2日のロジャー・モリスへのインタビューなどに基づいている。ロイヤル・ブロアムに関しての詳細は、2003年10月29日付 ***PI*** の Dan Raley "The Life and Times of Royal Brougham" に書かれている。艇庫の記述は、私自身の観察と、1934年4月号 ***Esquire*** の記事 "Row, Damit, Row" 内のアル・ウルブリクソンによる描写をもとにしている。栈橋に当日集められた青年たちに関する測定記録は、1933年10月12日付 ***WD*** の記事 "New Crew Men Board Old Nero" による。その日の午後、艇庫の栈橋にいた人物のうちウルブリクソン、ロイヤル・ブロアム、ジョニー・ホワイトの三人は数十年後、ともにフランクリン高校の殿堂に入ることになる。

ベルリンのオリンピック施設の建設に関する膨大な資料は、第11回オリンピック・1936年ベルリン大会組織委員会発行の ***The XIth Olympic Games Berlin, 1936: Official Report***, vol. 1（Berlin: Wilhelm Limpert, 1937）で読むことができる。オリンピックに対するヒトラーの当初の考え方については、

Paul Taylor 著 ***Jews and the Olympic Games: The Clash Between Sport and Politics***（Portland, OR: Sussex Academic Press, 2004）p. 51 を参照されたい。ゲッベルスに対するドッド一家の印象は、Larson の ***In the Garden of Beasts*** に記されている。ゲッベルスと記者団にまつわる印象的な話については、1933 年 10 月 16 日付 ***Time*** の "Foreign News: Consecrated Press" に記載がある。

天文データ、たとえば日の出、日の入り、月の出などへの言及はすべて、アメリカ海軍天文台のウェブサイトによっている。ワシントン大学ボート部の歴史に関する最良の情報源は、インターネット上で Eric Cohen が作成している "Washington Rowing: 100+ Year History" という素晴らしい概要で、http://www.huskycrew.com で閲覧できる。1924 年のオリンピックで金メダルを獲得したイエール大学のエイト漕手の中には、未来のベンジャミン・スポック博士（訳注：米国の著名な小児科医）がいた。

第二章　ジョー・ランツの幼年時代

題辞は Gordon Newell の著書の p. 94-95 に登場するポーコックの言葉。ライト兄弟の飛行に関する記述は、2003 年 12 月 17 日付 ***Atlantic Monthly*** の記事 "A Century of Flight" を参照した。ジョージ・ワイマンの自動二輪車での長い冒険の旅についての詳細は、AMA Motorcycle Hall of Fame のウェブサイト（http://motorcyclemuseum.org/halloffame）の George Wyman の項目を参照されたい。1903 年という注目に値する年のさらなる興味深い出来事と数値は、2003 年 5 月 1 日付 ***USA Today*** の Kevin Maney "1903 Exploded with Tech Innovation, Social Change" に記されている。紛らわしいことに最初の A 型フォードは、大成功を収めた T 型フォードに続いて 1927 年から 31 年まで販売された有名な A 型フォードとはまったく異なる自動車だった。

当時のジョーの暮らしの詳細は一部、未発表のタイプ原稿 "Autobiography of Fred Rantz" によっている。スーラ・ラフォレットの両親の名前と生没年は、ワシントン州リンカーン郡にあるラフォレット家の墓地の墓碑銘による。スーラの暮らしぶりについては、ハリー・ランツ・ジ

ュニアへの 2009 年 7 月 11 日のインタビューから多くの事柄がわかった。金とルビーの鉱山の歴史を概観するにあたっては、1990 年 9 月 28 日の *Spokesman-Review* に掲載された "It's No Longer Riches That Draw Folks to Boulder City"、および、N. N. Durham, *Spokane and the Inland Empire*, vol. 3（Spokane, WA: S. J. Clarke, 1912）p. 566, John M. Schnatterly の項目を参照した。スーラの「千里眼」に関する逸話は、スーラの娘の一人、Rose Kennebeck が執筆した未発表の専攻論文 "Remembrance" から引用した。

第三章　イギリスから来たボート職人

題辞のポーコックの言葉は、Gordon Newell の著書の p. 144 に引用されたもの。ボート競技の厳しさに関するロイヤル・ブロアムの生き生きとした描写は、1934 年 5 月 31 日付 *PI* の "The Morning After: Toughest Grind of Them All?" に記されている。漕艇と漕艇による損傷の生理学的説明は一部、次の資料を参照した。米国漕艇協会のウェブサイト（http://www.usrowing.org/About/Rowing101）の "Rowing Quick Facts"。 Alison McConnell の *Breathe Strong, Perform Better*（Champaign, IL: Human Kinetics, 2011）p. 10。*Sports Medicine* 35, no. 6（2005）p. 537–55 に掲載された J. S. Rumball, C. M. Lebrun, S. R. Di Ciacca, K. Orlando "Rowing Injuries"。

ポーコックは、テムズの船乗りの中でも優れた漕ぎ手の一人、Ernest Barry の漕ぎ方を研究し、熱心に見習った。Barry は 1903 年に Doggett's Coat and Badge で優勝し、1912 年、1913 年、1914 年、1920 年にはシングルスカルの世界チャンピオンに輝いた。ポーコック一家の歴史の詳細については、多くが Newell の著書を典拠にしているため、同書を参照されたい。ポーコック一家についてのその他の詳細は、Stan Pocock への二度のインタビューや、1938 年 6 月 25 日付 *Saturday Evening Post* p. 16 の Clarence Dirks "One-Man Navy Yard"、および 1972 年にポーコック自身が執筆した未発表のタイプ原稿 "Memories" も参照した。ワシントン大学でウルブリクソンの前にコーチをしていたラスティ・カロウは何年ものちに、ポーコックについてこう語っている。「仕事に誇りをもって真摯に努力することが彼の信

条なのだ」

ハイラム・コニベアに関する情報の多くは、Broussais C. Beck の 1923 年の未発表タイプ原稿 “Rowing at Washington” による。同原稿は、ワシントン大学アーカイブの Beck Papers 収録番号 0155-003 に収められている。それ以外の情報は、1937 年 5 月 3 日付 *Time* の “Compton Cup and Conibear”、2011 年 5 月 6 日の *Sports Press Northwest* に掲載された David Eskenazi “Wayback Machine: Hiram Conibear's Rowing Legacy”（http://sportspressnw.com/2011/05/wayback-machine-hiram-conibears-rowing-legacy/）、および、前述のエリック・コーエンのウェブサイトに典拠している。漕手がポーコックに抱いていた尊敬の念をあらわすボブ・モックの言葉は、Christopher Dodd 著 *The Story of World Rowing*（London: Stanley Paul, 1992）〔『世界漕艇物語』榊原章浩訳、東北大学出版会、2009 年〕に記されている。

ベックの記述にあるように、初期の〈オールド・ネロ〉は漕手 10 人分のシートしかなかったようだ。アル・ウルブリクソンは “Row, Damit, Row” の中で、16 シートと言っている。ロジャー・モリスの少年時代の詳細は、彼へのインタビューから引用した。1930 年代にウルブリクソンが指導した基本的漕法の記述は、“Row, Damit, Row” の彼自身の記述に基づいている。時とともに、ワシントン大学の漕法はさまざまな点で進化を続けてきた。ゴルフボールのたとえは、ポーコック自身が “Memories” p. 110 に記している。

第四章　捨てられた一五歳

題辞は C. Leverich Brett に宛てた前述のポーコックの手紙からの引用で、*Rowing News Bulletin* に記載されている。スクイムでの暮らしの詳細の多くはジョー・ランツの回想によるもので、一部はハリー・ランツ・ジュニアの回想と、2005 年 5 月に Doug McInnes が自費出版した *Sequim Yesterday: Local History Through the Eyes of Sequim Old-Timers* による。それ以外のいくつかの事実は、2006 年 1 月 18 日付 *Sequim Gazette* の Michael Dashiell “An

Olympic Hero" による。大恐慌時代に農場の価格が及ぼした影響については、Piers Brendon 著 ***The Dark Valley*** p. 87、および Timothy Egan 著 ***The Worst Hard Time***（Boston: Mariner, 2006）p. 79 で論じられている。ジョーは、スクイムに置き去りにされた話やその後を懸命に生き抜いた話を、生前幾度となく事細かに語った。本書の記述は、ジョー自身が私に語ったこと、ならびに、ジュディ・ウィルマンとハリー・ランツ・ジュニアへのインタビューで集めた詳細に基づいている。チャーリー・マクドナルドと彼の馬に関する事柄のいくつかは、マクドナルド一家についてのほかの詳細と同様、パーリー・マクドナルドからジュディ・ウィルマンに宛てた 2009 年 6 月 1 日の e メールをもとにしている。

本章および本書を通じて、ジョイス・シムダースの一生に関する事柄は、ジョイスの娘であるジュディ・ウィルマンへのインタビュー、ならびに、ジュディが見せてくれた写真や文書による。ルーズヴェルト高等学校の体育館でウルブリクソンがジョーに目をとめた話は、私がジョーから話を聞き始めたとき真っ先に彼が語ったことの一つだった。

第五章　初めての競技ボート

題辞は Gordon Newell の著書の p. 144 に引用されたポーコックの言葉。ロジャー・モリスの生い立ちに関する記述は主に、2008 年 10 月 2 日の彼へのインタビューによる。大恐慌当初の家屋の抵当流れに関しては、***Federal Reserve Bank of Saint Louis Review*** の David C. Wheelock "The Federal Response to Home Mortgage Distress: Lessons from the Great Depression"（http://research.stlouisfed.org/）、ならびに、2009 年 3 月 8 日付 ***Cleveland Plain Dealer*** の Brian Albrecht "Cleveland Eviction Riot of 1933 Bears Similarities to Current Woes" を参照されたい。

ジョーがボート部で活動していた時期の大半にわたって作成していたスクラップブックから、艇庫でのようすやアルバイト、生活状況、大学時代にジョイスとともにしたさまざまな事柄の詳細を得た。1933 年秋のワシントン大学キャンパスの光景は、その秋の ***WD*** の複数の号をもとにしている。

1933年の砂塵嵐に関する記述は主に、同年11月14日付*NYT*の“Dust Storm at Albany”による。その秋のドイツの状況に関しては、1933年10月15日付*NYT*のEdwin L. James“Germany Quits League; Hitler Asks ‘Plebiscite’ ”、同年10月14日付*ST*の“Peace Periled When Germany Quits League”、Larsonの著書***In the Garden of Beasts*** p. 152〔『第三帝国の愛人』〕、Samuel W. Mitcham Jr.著***The Panzer Legions: A Guide to the German Army Tank Divisions of World War II and Their Commanders***（Mechanicsburg, PA: Stackpole, 2006）p. 8、1933年10月12日付*ST*の“U.S. Warns Germany”による。パナマ運河を通って運ばれる硝酸塩の記述は、1934年3月5日付*Time*の“Munitions Men”による。ウィル・ロジャースの引用文は、James M. SmallwoodとSteven K. Gragertが編集した***Will Rogers' Daily Telegrams, vol. 4, The Roosevelt Years***（Stillwater: Oklahoma State University Press, 1997）に収められている“Mr. Rogers Takes a Stand on New European Dispute”からの引用である。

気象学者の中には2006年11月の降水量は1933年12月の記録を上回ったと言う人もいるが、2006年の雨量の公式計測はシアトルから南へ13キロほど行ったシータック空港（シアトル・タコマ国際空港）でなされたもので、その地点はほかよりも降水量が多い傾向にある。2006年12月3日付*ST*のSandi Doughton“Weather Watchdogs Track Every Drop”、および、同年11月27日付*NYT*のMelanie Connor“City That Takes Rain in Stride Puts on Hip Boots”を参照されたい。

第六章　心はボートの中に！

題辞はGordon Newellの著書のp. 88に記されている。一年生が古い二本マスト船のバウスプリットの下を漕いでいる姿は、1934年2月18日付*ST*に写真がある。

本章および本書全般において、ウルブリクソンが目にしたさまざまな選手やチームに関するその時々の論評は、彼の日誌“Daily Turnout Log of University of Washington Crew,” vol. 4（1926; 1931–43）からの引用である。

この日誌はワシントン大学特別コレクション Alvin Edmund Ulbrickson Papers に収められている（収録番号 2941-001）。以後、当該日誌を「ウルブリクソンの日誌」と呼ぶ。

ドン・ブレッシングに関する記述は、1999 年 11 月 3 日付 ***Daily Californian*** の切り抜き記事 “Ebright: Friend, Tough Coach” からの引用。カリフォルニア大学バークレー校でのエブライトの最初の数年間とワシントン大学とのライバル関係についての多くは、「悪意と血にまみれた」という引用も含めて、1968 年に Arthur M. Arlett がエブライトに行なったインタビューに基づいている。これは、UC バークレー・バンクロフト図書館の Regional Oral History office に保管されている。エブライトとポーコックとのあいだの刺々しい手紙のやりとりは、1931 年 10 月から 1933 年 2 月まで続いた。それらの手紙もバンクロフト図書館に保管されている。ポーコックは “Memories” p. 63 で、バークレー校のヘッドコーチにエブライトを最初に推したのは自分だったと書いている。

1934 年のバークレー対ワシントンのレースの準備段階に関する記述は主に、1934 年 4 月の *ST* の記事 “Freshmen Win, Bear Navy Here”、同年 4 月 5 日付 *San Francisco Chronicle* の “Bear Oarsmen Set for Test with Huskies”、同年 4 月 6 日付の同紙の “Bear Oarsmen to Invade North”、同日同紙の “Huskies Have Won Four Out of Six Races”、同年 4 月 13 日付 AP 通信の “California Oarsmen in Washington Race Today” を参考にした。

ジョイスは、ジョーの初めてのレースをフェリーから観戦したときのことをよく覚えていた。彼女の心情や思いに関する記述は、彼女が娘のジュディと交わした数多くの会話に基づいている。ジョン・デリンジャーへの言及は、1936 年 4 月 13 日付 *San Francisco Chronicle* の “John Dillinger Sends U.S. Agents to San Jose Area” による。2 マイルで 300 回を超えるというストローク数は、Susan Saint Sing が著書 *The Wonder Crew*（New York: St Martin's, 2008）p. 88 に記した 2000 メートルで 200 ストローク、すなわち、10 メートルにつき 1 ストロークという数をもとに計算した。2 マイルは 3218 メートルであり、計算上は 321 ストロークになる。ただし、2000 メー

トルのスプリントに比べると、2マイルレースのほうがストロークの速度はどうしても遅くなる。1934年のバークレー対ワシントンの一年生のレースに関する記述は主に、1934年4月13日付AP通信のFrank G. Gorrie "Husky Shell Triumphs by 1/4 Length"、および、同年4月14日付*PI*のRoyal Brougham "U.W. Varsity and Freshmen Defeat California Crews"に基づいている。

ヨーゼフ・ゲッベルスの家庭生活に関しては、Anja Klabunde著*Magda Goebbels*(London: Time Warner, 2003)を参照されたい。帝国運動競技場に関して本章で述べた事実は、*The XIth Olympic Games: Official Report*、Duff Hart-Davis著*Hitler's Games*(New York: Harper & Row, 1986) p. 49〔『ヒトラーの聖火―ベルリン・オリンピック』岸本完司訳、東京書籍、1988年〕、Christopher Hilton著*Hitler's Olympics*(Gloucestershire: Sutton Publishing, 2006) p. 17による。聖火リレーは1936年のベルリン・オリンピックの事務局長Dr. Carl Diemの発案とされることが多いが、*The XIth Olympic Games: Official Report* p. 58によれば、もともとは情報省内から提案があったという。

レニ・リーフェンシュタールとナチス指導者たちとの関係に対する現在のとらえ方については、Steven Bach著*Leni: The Life and Work of Leni Riefenstahl*(New York: Abacus, 2007)〔『レニ・リーフェンシュタールの嘘と真実』野中邦子訳、清流出版、2009年〕をぜひお読みいただきたい。また、Ralf Georg Reuth著*Goebbels*(New York: Harvest, 1994) p. 194、およびJurgen Trimborn著*Leni Riefenstahl: A Life*(New York: Faber and Faber, 2002)も参照されたい。リーフェンシュタールは戦後、ゲッベルス一家やほかのナチス指導者たちと親しい間柄にあったことを否定していたが、のちに公になった1933年当時のゲッベルスの日記その他の文書によって、彼女が実際にはそうした人間とつきあいがあったこと、しかも彼女自身が中心的存在であったことが明らかになっている。

第七章　全米チャンピオン

本章冒頭のポーコックの引用文は、面白いことに、1958年のヘンリー・ロイヤル・レガッタに参加しているワシントン大学のクルー宛てに彼がオールに巻いて送った短い手紙の一部である。出典は、Gordon Newellの著書p. 81。本章で述べる1934年の代表チームのレースに関する記述は、一年生のレースと同様、主に前述のGorrie “Husky Shell Triumphs by 1/4 Length” とBrougham “U.W. Varsity and Freshmen Defeat California Crews”、ならびにウルブリクソンの日誌に基づいている。

ポキプシーに向かう列車に初めて乗り込んだときのジョーの不安と興奮の入り混じった心情は、東部への旅その他の細かな出来事、特に歌い始めた彼が誇りを傷つけられたこととならんで、ジョーがジュディに幾度となく語った事柄の一つだった。

ポキプシー・レガッタの歴史については、大学漕艇協会のポキプシー・レガッタに関するウェブサイト（http://library.marist.edu/archives/regatta/index.html）に参考資料が数多く掲載されている。ワシントン大学がポキプシーで初勝利したときの記述は、Stan Pocockへのインタビュー、前述の “One-Man Navy Yard” p. 49のジョージ・ポーコックの引用文、1923年7月9日付*Time*の記事 “From Puget Sound”、前述のSaint Singの*Wonder Crew* p. 228、Newellの著書p. 73に基づいている。1926年のポキプシーのレガッタでウルブリクソンが肉離れを起こした記述は、*Literary Digest* 122号p. 33–34の “Unstarred Rowing Crew Champions: They Require Weak But Intelligent Minds, Plus Strong Backs” による。東部対西部というテーマに関しては、Saint Singの著書p. 232–34を参照されたい。

1934年のレガッタ当日のポキプシーに関する記述の多くは、1934年6月17日付*NYT*のRobert F. Kelleyによる素晴らしい記事 “75,000 See California Win Classic on Hudson” から引いた。ジム・テン・エイクが1863年にボートの試合に出場したという記述は、1937年5月27日付*PI*のブロアムのコラム “The Morning After” による。その記事には、テン・エイクが、1936年から37年のワシントン大学代表チームは自分が見てきた中でもっとも素晴らしいチームだと公言した、とも記されている。

1934年のポキプシーのレースのようすは、Robert F. Kelleyの前述の記事、ならびに、1934年4月13日付*NYT*の“Washington Crew Beats California”、同年6月17日付*NYT*の“Ebright Praises Washington Eight”、*ST*のGeorge Varnell “Bolles' Boys Happy”（ジョー・ランツのスクラップブックにあった切り抜き記事。日付は不明）、“U.W. Frosh Win”（ジョー・ランツのスクラップブックの記事。日付は不明）、1934年6月17日付*NYT*の“Syracuse Jayvees Win Exciting Race”をもとにしている。

1934年春夏の気象データは、一部はJoe Sheehan “May 1934: The Hottest May on Record”に典拠している。同記録は米国気象局の気象予報事務所のウェブサイト（http://www.crh.noaa.gov/fsd/?n=joe_may1934）で閲覧可能。そのほか、W. R. GreggとHenry A. Wallaceによる*Report of the Chief of the Weather Bureau, 1934*（Washington, D.C.: United States Department of Agriculture, 1935）、“Summer 1934: Statewide Heat Wave”（http://www.ohiohistory.org）、1934年8月20日付*Time*の“Grass from Gobi”なども参照した。同年の砂塵嵐については、前述のEgan著*Worst Hard Time*、特にp. 5およびp. 152を参照されたい。

1934年の西海岸における労働争議の模様は、Rod PalmquistによるWaterfront Workers' History Projectのウェブサイト（http://depts.washington.edu/dock）に非常に詳しく記されている。ルーズヴェルトに対するおおげさな非難の例は、1934年7月3日付*PI*の“New Deal Declared 3-Ring Circus by Chairman of Republican Party”、同年7月5日付*PI*の“American Liberty Threatened by New Deal, Borah Warns”に記されている。エフラタでのルーズヴェルトの演説全文は、American Presidency Projectのウェブサイト（http://www.presidency.ucsb.edu）の1934年8月4日“Remarks at the Site of the Grand Coulee Dam, Washington”に記録がある。

第八章　新しいコーチ

ポーコックの言葉はGordon Newellの著書p. 156からの引用。木槌やくさびを使ってスギを割る描写は、ジョーの娘のジュディから教えてもらっ

たことなどを参考にした。ジュディは父親のジョーからこれらの技術を教わったという。ウルブリクソンが艇庫のスロープで青年たちにしたスピーチは、さまざまな報道記事と、その数カ月前に ***Esquire*** で Clarence Dirks にウルブリクソン自身が語った話を典拠としている。チーム編成の記述は、アル・ウルブリクソンの 1935 年春の日誌と *WD* の記事による。

ランツ一家のシアトルでの歳月の詳細は主に、ハリー・ランツ・ジュニアへのインタビューと彼の未発表タイプ原稿 "Memories of My Mother" に基づいている。シアトルの物資配給所や社会主義運動については、"Communism in Washington State"（http://depts.washington.edu/labhist/cpproject）を参照されたい。〈ゴールデン・ルール〉の労働争議に関しては、The Great Depression in Washington State のウェブサイト "Labor Events Yearbook: 1936"（http://depts.washington.edu/depress/yearbook1936.shtml）に記されている。ジョーがスーラとバグリーの家で相対したときのことは、彼の記憶に深く刻まれた。ジョイスも同様だった。二人とも、そのときのことと、そのあと車の中で二人が交わした会話を詳細まで覚えていた。ポーコックへの尊敬の念、特に彼が工房で仕事をしているときに彼に払われた敬意は、2011 年 2 月 22 日に Jim Ojala と話をして非常によくわかった。著述家であり、発行者、ボート漕手、そして、ポーコック家の友人である Jim のおかげで、ポーコックの工房のようすがとてもよく理解できた。本書に掲載した写真の数枚も、Jim の助力で入手することができた。本章で引用したポーコックとエブライトの手紙のやりとりは、1934 年の 9 月 1 日から 10 月 30 日のあいだのものである。

ポーコックがどのようにシェル艇を製作したかについて大いに参考になったのは、Stan Pocock 著 ***Way Enough!***（Seattle: Blabla, 2000）、Stan へのインタビュー、Newell の著書 p. 95–97、p. 149、1937 年 5 月 6 日付 *WD* の "George Pocock: A Washington Tradition"、および、ジョージ・ポーコックの "Memories" である。

1934 年の巨大なサイクロンについての記述は主に、1934 年 10 月 22 日付 *PI* の "15 Killed, 3 Ships Wrecked As 70-Mile Hurricane Hits Seattle" に基づ

いている。最終的な死亡者数など、この記事の数字の一部は、後日、修正された。サイクロンについては、Wolf Read "The Major Windstorm of October 21, 1934" (http://www.climate.washington.edu/stormking/October1934.html)、および1934年10月23日付 *WD* その他に典拠している。東部の大学が使用しているローイング・タンクについては、ワシントン大学ボート部の部長ボブ・アーンストが生き生きと描写してくれた。

レニ・リーフェンシュタールの映画『意志の勝利』についての記述は、前述の Trimborn, Bach, Brendon の各著書をもとにしているが、部分的にはリーフェンシュタールの自叙伝 *Leni Riefenstahl: A Memoir* (New York: St. Martins Press, 1993) 〔『回想』椛島則子訳、文藝春秋、1991年〕にも基づいている。ただし、多くの出来事に関するリーフェンシュタール自身の記述はその信憑性に十分注意を払う必要があり、疑わしい部分を見分けるよう心掛けた。

「大学四年生は借金生活 "Senior Men Face Life with Debts"」の記事はジョーのスクラップブックに収められていた。その記事を読んだときの気持ちを、ジョーは晩年になっても覚えていた。

第九章　熾烈な争い

題辞はポーコックが National Association of Amateur Oarsmen 宛てに書いた手紙からの引用。手紙は1944年の *Rowing News Bulletin* に掲載されている。艇庫でのウルブリクソンの話は、1935年1月15日付 *PI* の Clarence Dirks "Husky Mentor Sees New Era for Oarsmen: Crews Adopt 'On to Olympics' Program as They Launch 1935 Campaign"、および、同日付 *WD* の "Husky Crew Can Be Best Husky Oarsmen" をもとに組み立てた。Broussais Beck Sr. については、ワシントン大学図書館特別コレクションの Beck Papers、収録番号0155-001に収められた "Broussais C. Beck labor spy reports and ephemera" を参照されたい。その1月のいつにない寒さは、シアトルの新聞の一連の記事に記されている。モックとグリーンについての逸話は、Marilynn Moch へのインタビューと、モック家所蔵の筆記録に記録されて

いる2004年11月のMichael J. Socolowによるインタビューでモック自身が語った事柄に基づいている。ウルブリクソンが二年生と行なった彼いわく「懇談」の出席者名は、1935年2月13日の彼の日誌に列挙されている。

ショーティ・ハントに関する詳しい記述のいくつかは、彼の娘たち、Kristin CheneyとKathy Groganへのインタビューによる。ドン・ヒュームの人物描写は、1936年6月の*ST*のRoyal Brougham "Varsity Crew to Poughkeepsie"などに基づいている。チャック・デイの短い性格描写は、Kris Dayへのインタビューなどをもとにしている。

ボートのメンバーを替えるというウルブリクソンの試みは、彼の日誌と*ST*や*PI*の報道に、その経緯の記録がある。その春初めての暖かな日にカヌーに乗ったときのことはジョーとジョイスの記憶に深く刻まれ、彼らはよく懐かしそうにジュディに話してきかせた。〈ゴールデン・ルール〉を訪れたジョーが車の中で父親と交わした会話もまた、彼が生涯にわたってジュディに語ってきたように私にも事細かに語ってくれた重要な出来事の一つだった。〈スウィング〉に関する記述は、大勢の漕手と話をしたことに基づいているが、Eric Cohenからの情報は特に役立った。UCバークレーとのレースに出場する代表クルーをウルブリクソンが決めずにいたことについては、1935年4月の*ST*、*PI*、*NYT*に一連の記事が掲載されている。関連事実のいくつかは、その月のウルブリクソンの日誌による。1935年4月12日にウルブリクソンが「申し訳ない」で始まる話をした件は、2004年にMichael Socolowがボブ・モックにインタビューしたおりにモックが語っている。オークランド・ニスチュアリでのレースの記述は、1935年4月14日付*San Francisco Chronicle*のBill Leiser "Who Won?"、同日付*ST*の"Husky Crews Make Clean Sweep"、*WD*のBruce Helberg "Second Guesses"（ボブ・モックのスクラップブックの切り抜き記事。日付は不明）、1935年4月14日付*ST*の"Husky Crews Win Three Races"、同日付*San Francisco Chronicle*の"Washington Sweeps Regatta with Bears: Husky Varsity Crew Spurts to Turn Back U.C. Shell by 6 Feet"に基づいている。

シアトルでの凱旋パレードのようすは、1935年4月19日付*ST*の

George Varnell "Crew, Swim Team Welcomed Home" と、同日付 *PI* の "City Greets Champions" に記されている。Jack Medica ものちに 1936 年のベルリン・オリンピックに出場し、銀メダル二つと、400 メートル自由形では金メダルを獲得する。ジョーは、拍手喝采を浴びて驚きと誇らしい気持ちが湧きあがったときのことを何十年ものちに私に語りながら、また目に涙を浮かべていた。

第十章　スランプ

ポーコックの言葉は Gordon Newell の著書 p. 85 からの引用。鉄製の肩パッドの件は、ポーコック著 ***Way Enough*** p. 51 に記されている。シアトルの当時のスポーツ界の概略は、以下を参考にした。2011 年 6 月 13 日付 *PI* の Dan Raley "From Reds to Ruth to Rainiers: City's History Has Its Hits, Misses"、メジャーリーグ公式サイト MLB.com の C. J. Bowles による記事 "Baseball Has a Long History in Seattle"（http://seattle.mariners.mlb.com)、ウェブサイト A Short History of Seattle Baseball（http://seattlepilots.com/history1.html)、2007 年 4 月 30 日付 *PI* の Dan Raley "Edo Vanni, 1918–2007: As player, manager, promoter, he was '100 percent baseball' "、ウェブサイト（Historylink.org）の "Seattle Indians: A Forgotten Chapter in Seattle Baseball"、Jeff Obermeyer の "Seattle Metropolitans"（http://www.seattlehockey.net/Seattle_Hockey_Homepage/Metropolitans.html)。シアトル・パイロッツの誕生によって 1969 年にようやくシアトルにも大リーグ球団ができたのだが、一年もしないうちに球団は解散した。

ブラック・サンデーの記述は Egan 著 ***Worst Hard Time*** p.8、Oklahoma Climatological Survey のウェブサイト（http://climate.ok.gov）の 2010 年 4 月 13 日の記事 "Black Sunday Remembered"、Sean Potter "Retrospect: April 14, 1935: Black Sunday"（http://www.weatherwise.org）に基づいている。続く大平原諸州からの大移動がシアトルに及ぼす影響については、1935 年 5 月 4 日付 *PI* の "Great Migration Westward About to Begin" その他による。作者不明の言葉「ボートの漕手は美しいアヒルだ…」は何年も前から使わ

れているが、もともと誰の言葉か知っている人間はいないようだ。アル・ウルブリクソンは、1939年10月発行の国際オリンピック委員会の *Olympische Rundschau* (*Olympic Review*) *7* の中で、肉体的な能力の異なる漕手が一緒に漕ぐことの複雑な点を論じている。素晴らしいクルーであるためには全体として肉体的な能力と精神的な資質の両面のバランスがとれていなければならないという基本を、私はボブ・アーンストから学んだ。

ジョーら二年生クルーと、最終的にポキプシーのレガッタの代表に選ばれる二軍クルーとのあいだに続いた競い合いの経緯は、1935年の5月初旬から6月初旬にかけての *PI*、*ST*、*NYT*、*New York American* の一連の記事に記されている。ボビー・モックの暗号表は、Marilynn Moch が見せてくれた彼のスクラップブックの中にあった。

1935年のポキプシー・レガッタの詳細な描写は主に以下の資料を参考にした。1935年6月17日付 *ST* の "Huge Throng Will See Regatta"、同年6月19日付 *PI* の "California Varsity Wins, U.W. Gets Third"、同日付 *ST* の "Western Crews Supreme Today"、同日付 *NYT* の Robert F. Kelley "California Varsity Crew Victor on Hudson for 3rd Successive Time"、1935年7月1日付 *Time* の "Sport: Crews"、同年6月25日付 *New York Post* 紙の Hugh Bradley "Bradley Says: 'Keepsie's Regatta Society Fete, With Dash of Coney, Too' "、同年6月20日付 *PI* の Royal Brougham "The Morning After"。

本書は二〇一四年九月に単行本『ヒトラーのオリンピックに挑んだ若者たち――ボートに託した夢』として早川書房より刊行された作品を改題、二分冊で文庫化したものです。

翻訳協力／榊原章浩

訳者略歴　上智大学外国語学部フランス語学科卒，翻訳家　訳書にヴェルメシュ『帰ってきたヒトラー』，フォックス『脳科学は人格を変えられるか?』，ムーティエ『ドイツ国防軍兵士たちの100通の手紙』他多数

HM=Hayakawa Mystery
SF=Science Fiction
JA=Japanese Author
NV=Novel
NF=Nonfiction
FT=Fantasy

ヒトラーのオリンピックに挑《いど》め
若者たちがボートに託した夢
〔上〕

〈NF470〉

二〇一六年七月　十　日　印刷
二〇一六年七月十五日　発行
（定価はカバーに表示してあります）

著者　ダニエル・ジェイムズ・ブラウン
訳者　森《もり》内《うち》　薫《かおる》
発行者　早川　浩
発行所　株式会社　早川書房
郵便番号　一〇一‐〇〇四六
東京都千代田区神田多町二ノ二
電話　〇三‐三二五二‐三一一一（大代表）
振替　〇〇一六〇‐三‐四七七九九
http://www.hayakawa-online.co.jp

乱丁・落丁本は小社制作部宛お送り下さい。送料小社負担にてお取りかえいたします。

印刷・中央精版印刷株式会社　製本・株式会社フォーネット社
Printed and bound in Japan
ISBN978-4-15-050470-0 C0198

本書は活字が大きく読みやすい〈トールサイズ〉です。